고양이 여관 미아키스

고양이 여관 미아키스

후루우치 가스에 연작소설 · 전성아 옮김

아르챌

목
차

구름 한 점 없는 화창한 날.

뜨거운 태양 아래 펼쳐진 끝없는 아스팔트에는 자동차
가 드문드문 주차되어 있었다. 마치 잔잔한 바다에 한가로
이 떠 있는 나룻배 같았다.

이곳은 지방 도시의 거대한 야외 주차장으로, 그 안쪽으
로는 쇼핑 센터, 게임 센터, 음식점 등을 갖춘 복합상업시
설이 영업 중이었다.

그곳 장애인 주차 구역 쪽에 버티고 서 있는 녹나무 한 그
루. 그 위에서 고양이 한 마리가 인적 없는 주차장을 굽어보
고 있었다. 호박琥珀을 연상시키는 노란색 눈동자를 가진

검은 고양이는 한낮의 햇볕을 받아 털이 반들반들 빛났다.

얼마 안 있어 엔진 소리가 나고 검은색 미니밴이 주차장으로 들어왔다. 군데군데 상처가 난 지저분한 미니밴은 녹나무 바로 아래, 휠체어 표시가 그려진 공간에서 난폭하게 멈췄다. 운전석 문을 열고 짧은 머리를 노랗게 물들인 남자가 내렸다. 이어서 다갈색 머리를 허리께까지 기른 젊은 여자도 조수석에서 내렸다.

"자기야, 여기 장애인 주차 구역 아니야…?"

작은 목소리로 쭈뼛쭈뼛 말하는 여자를 향해 그보다 머리 하나가 더 큰 남자가 획 돌아보았다. 그 순간, 여자가 몸을 움찔했다.

"그래서 여기에 주차한 거잖아. 여기가 게임 센터에서 제일 가까워서."

남자가 위압적으로 언성을 높였다.

"주차장이 이렇게 텅 비었는데 어디에 주차하든 뭔 상관이야? 멍청한 게, 쓸데없는 소릴 지껄이고 있어."

"잘못했어…."

힘없이 웅얼거리며 여자가 뒷자석 문손잡이를 잡았다.

"야!"

남자가 소리를 버럭 지르며 문을 열려던 여자를 가로막았다.

"또 쓸데없는 짓 한다. 시끄러우니까 자게 내버려 둬."

"그래도."

여자가 조금 반항해 보았다.

"이런 데서 재우면 열사병에 걸릴지도 몰라…."

"하, 뭔 소릴 하는 거야."

남자가 여자 앞에 얼굴을 바싹 갖다 댔다.

"그래서 나도 배려해서 나무 그늘에 주차한 거잖아. 그랬더니 네가 장애인 주차 구역이니 뭐니 종알거렸고."

"미안, 잘못했어."

"금방 돌아오면 문제없어. 너 지금이 몇 월인 줄 알아? 이제 곧 10월이야. 가을이라고, 가을. 바보 같은 게. 바보는 입 다물고 내가 하자는 대로 하면 돼."

말이 끝나자마자 남자가 여자의 머리를 세게 갈겼다.

퍽 하고 건조한 소리가 났다.

새파랗게 질린 여자의 얼굴에서 표정이 사라졌다.

"가자. 잠깐 혼자 둬도 별문제 없어. 게임할 때 얼쩡거리면 정신만 산만해져. 평소처럼 혼자 기다리게 놔두면 참견하기 좋아하는 오지랖 넓은 할망구가 경비원을 부르겠지."

남자가 발길을 돌려 복합상업시설을 향해 걷기 시작했다.

여자는 잠시 말없이 서 있었으나,

"얼른 안 오고 뭐 해!"

남자의 고함 소리에, 여자가 마지못해 그 뒤를 쫓아갔다.

그 광경을 내내 지켜보던 검은 고양이가 나뭇가지를 타고 스르륵 내려와 미니밴 뒷좌석 안을 들여다보았다.

갑 티슈와 빈 페트병이 어지럽게 널려 있는 뒷좌석에는 꼬질꼬질한 프릴 셔츠에 오버올을 입은 다섯 살가량의 어린 소녀가 자고 있었다.

고양이는 소녀를 잘 알고 있었다.

부모가 게임 센터에 가고 나면 주차장에 거의 혼자 남아 있곤 하는 소녀. 가끔은 게임 중인 남자가 시켰는지 쇼핑 센터에 물건을 사러 나온 젊은 여자가 젤리나 요구르트가 든 봉지를 손에 들고 숨을 헐떡이며 들르기도 했다.

"다 먹으면 빈 봉지는 꼭 쓰레기통에 버려야 돼. 절대 아빠한테 들켜선 안 돼. 안 그러면 큰일 나."

타이르듯 말하고 여자는 비장한 표정을 짓고는 긴 머리를 날리며 게임 센터로 달려갔다. 소녀가 늘 입고 있는 오버올 가슴 주머니에 캐러멜과 사탕을 한 움큼 넣어 놓고 간 적도 있다.

남겨진 아이는 젊은 엄마의 뒷모습을 아련하게 쳐다보았다.

"야옹아, 이리 와…."

요구르트 뚜껑을 시간을 들여 힘겹게 따고 나면 소녀는

꼭 고양이를 불렀다. 나뭇가지처럼 앙상한 팔. 자기도 배가 고플 텐데, 소녀는 뚜껑에 요구르트를 가득 부어 고양이 앞에 내밀었다. 고양이는 본능에 이끌려 요구르트를 먹었다. 조그만 혀로 할짝할짝 요구르트를 핥아먹는 고양이를 소녀는 행복한 듯 웃으며 바라보았다.

고양이는 뒷자석에 앉아 있는 소녀의 모습을 주의 깊게 살펴보았다.

나무 그늘이 진 자리에서 잠든 소녀의 가슴께로 뜨거운 태양이 슬그머니 다가오고 있었다.

고양이는 주차장으로 사뿐히 내려와 주위를 두리번거렸다. 망망대해와도 같이 드넓은 주차장에는 사람 하나 보이지 않았다. 하물며 장애인 주차 구역에는 소녀가 탄 미니밴을 제외하고는 주차된 차량이 한 대도 없었다. 고양이는 자동차가 모여 있는 곳으로 달려갔다.

그렇게 겨우 쇼핑 센터에서 나오던 초로의 부부를 발견한 고양이는 인간이 부를 때 내는 살가운 소리를 흉내 내며 부부에게 다가갔다.

"아이 싫어, 검은 고양이야. 재수없게스리."

"뭐야, 그냥 길고양이잖아? 그냥 내버려 두고 갑시다."

집요하게 주변을 맴도는 고양이를 노부부는 성가시다는 듯이 쫓아냈다. 아쉽게도 그들은 고양에게 친근함을 느끼는 부류의 인간은 아닌 모양이다.

그 뒤에도 고양이는 사람을 발견하면 다가가서 애원하듯 울었다. 하지만 그들은 무작정 다가와 놀리려고 하거나 노골적으로 거부반응을 보일 뿐이었다. 고양이의 소리를 이해하는 이는 아무도 없었다.

고양이의 울음소리는 점점 더 사납게 변했다.

"뭐야, 이 고양이. 기분 나쁘게 왜 이래."

"어디 이상한 병에 걸린 거 아냐?"

사납게 울부짖으며 주차장을 배회하는 고양이를 사람들은 점점 더 피했다.

그러는 사이에 강렬한 태양이 주변을 달궜다. 금방 돌아온다던 남자도, 젊은 여자도 돌아올 기미가 없었다.

고양이는 뜨겁게 달궈진 아스팔트를 박차고 녹나무 밑에 주차된 미니밴으로 달려갔다.

나무 그늘은 이미 저만치 가 버리고 소녀는 뜨거운 직사광을 정면으로 받고 축 늘어져 있었다.

고양이는 자동차 보닛에서 지붕으로 기어 올라가 뒷자석 유리창을 발톱으로 긁었다.

얼굴이 빨갛게 익은 소녀가 살며시 눈을 떴다. 바싹 마른 입술이 미세하게 떨렸다.

야옹아….

소리 없는 소리를 들은 순간, 검은 고양이는 자기 안쪽에서 지금까지 개체의 본능에 눌려 깨닫지 못했던 깊은 충동이 부글부글 끓어오르는 것을 느꼈다.

그것은 기원전, 까마득히 먼 옛날부터 면면히 이어져 내려온 자신들만이 가진 예지였다.

바로 그때, 고양이는 '우리'라는 인칭을 얻고 자신들이 얼마나 특별한 존재인지를 자각했다.

아, 우리는 이 아이를 알고 있다.

유성처럼, 태곳적 기억이 고양이에게 쿵 떨어졌다.

이 아이와 우리는 현세에서 맺어진 인연이 아니다.

약 1만여 년 전, 아득히 먼 옛날. 티그리스강 지류에 위치한 비옥한 초승달 지대. 깊은 숲속에서 빠져나온 우리에게 고깃덩이를 내밀던 소녀가 있었다.

자기들도 배가 고팠을 텐데 왜 '그들'은 '우리'에게 먹이를 주었을까?

인간과 우리의 불가사의한 인연은 그렇게 시작되었다.

태곳적 기억에, 요구르트를 핥아먹는 자신을 사랑스럽게 쳐다보던 소녀의 모습이 하나로 포개졌다.

그 순간, 고양이는 미칠 듯이 초조함을 느꼈다.

지금 자신은 얼마나 무력한가. 신화의 시대부터 면면히 내려온 전능한 예지를 발휘할 수가 없다니.

고양이는 덧없이 유리창만 끼익끼익 긁었다.

더워, 답답해….

소녀의 마음속 외침이 들려와 고양이는 더욱더 무력함에 사로잡혔다. 숭고한 '우리'에게 그것은 견딜 수 없는 굴욕이었다.

이윽고 살짝 열린 눈 사이로 보이는 소녀의 눈동자에 먼 환영이 비치기 시작했다.

깊은 산속 맑고 푸른 호수.

그곳은 언젠가 소녀가 엄마와 단 둘이 갔던 추억의 장소인 듯했다.

"아빠한테는 비밀로 하고 또 오자."

잊을 수 없는 약속을 소녀는 몽롱한 의식 속에서 여러 번 되새겼다.

엄마….

이제 소녀에겐 눈을 깜빡일 힘도 남아 있지 않았다.

약속해….

더위에 몸부림치는 작은 영혼이 차가운 호수로 빨려 들어가는 모습을 검은 고양이가 호박색 눈으로 조용히 지켜보고 있었다.

제
1
장

경쟁시키는 여자

산길에 들어서자마자 굵어진 빗방울이 자동차 앞 유리를 세차게 내리쳤다.

기지마 미사는 와이퍼 속도를 올리고 눈을 가늘게 떴다. 악천후 탓에 이제 막 오후 5시를 지났을 뿐인데도 벌써 주변이 어둑어둑했다.

"가을이구나."

미사가 웅얼거렸다.

매일 한여름 같은 늦더위가 계속된 탓에 계절을 잠시 혼동했으나 이미 10월에 접어든 참이었다. 앞으로 해가 점점 짧아질 것이다.

그나저나 지방 국도는 도쿄에선 상상할 수 없을 정도로 좁았다. 맞은편에서 차가 온다는 생각만 해도 식은땀이 흘렀다. 울창한 숲으로 둘러싸인 도호쿠東北 남부의 산길에는 가드레일은커녕, 전등 하나 보이지 않았다.

악천후 속에서 자동차 전조등에 의지해 홀로 달리다 보니 미사는 점점 마음이 불안해졌다. 이럴 줄 알았으면 부매니저도 데리고 오는 건데.

안 돼, 미사는 머릿속 생각을 바로 털어 냈다.

오늘 같은 날, 이 사태에 전혀 공감할 줄도 모르는 그런 어린 남자와 동행하는 건 정신 건강에 좋지 않다.

어차피 협상이 결렬되리란 건 처음부터 뻔히 알고 있었다.

이날, 미사는 어느 지방 도시의 필름 커미션을 다녀오는 길이다. 필름 커미션이란, 영화나 TV드라마 등의 지역 촬영지를 알선하는 영상지원기관을 말한다. 필름 커미션이 유치하는 지역 영화는 그 지역 활성화에도 기여하는 바가 적지 않다.

방금 전에 만난 필름 커미션 프로듀서의 성난 얼굴을 떠올리자 미사는 금새 우울해졌다.

지방의 영화사 출신인 초로의 프로듀서는 영화만 알던 청년 시절의 순수했던 마음을 그대로 간직한 인물이었다.

그렇게 강직해 보이는 사람에게 도쿄에서의 속된 방법이
통용될 리가 없다고 예상했지만 미사가 내민 '위자료'를
그렇게 단칼에 거절할 줄은 몰랐다.

"이딴 거 가져오지 마시고 사실 확인을 철저히 한 뒤에
해당 멤버에게 응분의 해명과 사죄를 받아 오세요."

지극히 당연한 말이라 절로 고개가 숙여졌다.

미사는 현재 중견 연예 기획사에서 매니저로 일하고 있
다. 원래는 10대부터 20대 초까지 같은 기획사에서 탤런
트로 활동했었다. 미사키라는 예명으로.

대학 졸업과 동시에 지지부진했던 탤런트 활동을 접고
전문 상사에 들어가 일했다. 그러다 서른 중반에, 전에 몸
담았던 기획사 사장에게 매니저로 일해 보면 어떻겠냐는
제의를 받았다. 독신으로 홀가분한 몸이었던 미사는 이때
다, 하고 다시 연예계로 복귀했다.

현재 미사는 십대 독자 모델(패션 잡지 모델 중, 다른 직업이나
학업에 종사하고 있는 일반인 모델을 의미한다―옮긴이)이 중심이 된
아이돌 유닛 '플라티나엔젤'의 총괄 매니저를 맡고 있다.

서른일곱밖에 안 된 미사가 입사 2년 만에 총괄 매니저
가 된 건, 미사의 사무실에서는 이례적인 출세였다. 하지만
이렇게 되기까지에는 나름의 사연이 있다.

플라티나엔젤 멤버가 물의를 일으키는 바람에, 원래 이

그룹을 맡은 남성 총괄 매니저가 감독 소홀을 책임진다며 갑작스레 사퇴해 버린 것이다.

이번 영화는 포기해야겠지.

좁은 산길을 운전하며 미사는 체념하듯 한숨을 푹 내쉬었다.

올여름, 필름 커미션이 주도하는 지역 영화에 플라티나엔젤의 멤버 아야카가 여주인공으로 발탁되었다. 아야카로서는 첫 영화 출연에, 첫 주연이라는 큰 기회를 거머쥔 셈이다. 플라티나엔젤에 배우도 가능한 멤버가 있다는 건 나쁘지 않은 얘기여서 미사도 개인적으로 응원하는 마음이었다.

그런데 일련의 사건이 터지면서 그 기회가 수포로 돌아가게 생겼다.

지역 영화의 오디션엔 아야카 본인이 강력히 희망해서 참가한 것이었다. 하지만 아야카의 바람과 다르게 기획사는 이 건에서 손을 떼려는 모양이었다.

출연료도 얼마 안 되니 문제가 더 커지기 전에 위자료만 건네주고 속히 없었던 일로 하려는 것이 기획사 사장의 본심이었다. "아무튼 오래 끌지 마." 출장을 떠나기 전부터 사장은 미사에게 은근하게 당부했다.

그렇지만.

첫 오디션을 따낸 아야카의 커다란 눈동자에 실망의 빛이 어리는 모습이 미사의 뇌리에 스쳤다.

아야카에게 지금 상황은 엎친 데 덮친 격임에 틀림없었다.

이런 상황을 정리하는 게 총괄 매니저의 일인가.

"나 좀 봐주라."

그 말을 하고 미사는 더 우울해졌다. 총괄 매니저로 승진했다고 하면 좋게 들리겠지만 그저 골치 아픈 문제의 뒤처리를 떠안은 것뿐이다.

지난달, 플라티나엔젤 멤버 간 괴롭힘 사건이 발각됐다.

실제로 이런 일은 드물지 않다. 미사가 탤런트로 활동하던 시절부터 일어나던 일이다. 비단 탤런트나 아이돌에만 국한된 이야기는 아닐 것이다. 학교에서든 회사에서든 일정 수의 인간을 치열한 환경 속에 던져 놓으면 크든 작든 반드시 알력이 생긴다.

문제는 멤버들이 문자로 주고받은 '저격' 내용이 밖으로 유출되었다는 것이다.

― 촌스런 지역 영화에 출연한다고 배우인 양 뻐기고 다니는 게 소름.

― 그만 시간 있으면 춤이나 더 연습하라 그래.

― 오디션에 붙은 건 걔가 거기 출신이라서 그래. 시골

촌닭이라 붙었다니까.

— 요새 나대는 꼴 봐, 앞으로도 무시가 답이야.

괴롭힘의 표적이 된 것은 아야카였다.

— 그런 시시한 지역 영화가 지방자치단체나 문화재청 지원금으로 만들어진다니. 돈 쓸데가 그렇게 없나.

— 도대체 누가 본다고. 완전 세금 낭비야.

골치 아프게도 아이들이 '저격한' 내용에는 이제 곧 촬영에 들어갈 지역 영화에 대한 비방도 포함되어 있었다.

가해자는 플라티나엔젤의 맨 앞줄에서 활약하는 중심 멤버들이다. 주범은 플라티나엔젤의 센터이자 리더인 '루나루나'란 이름으로 활동하는 루나다.

루나와 멤버들은 춤과 노래 실력이 부족해 주목받지 못하던 '병풍 멤버' 아야카가 일찌감치 배우로 데뷔하는 것이 영 못마땅했던 모양이다.

현재, 플라티나엔젤의 공식 SNS는 가해자 멤버를 향한 욕설로 도배돼 손댈 수 없는 지경에 이르렀다.

피해는 거기서 그치지 않았다.

가해자 멤버에 대한 비난이 확산되는 가운데, 최근에는 피해자인 아야카에 대한 억측이 쏟아졌다. 가해자 멤버의 팬들이 퍼트린 것인지, 혹은 불난 곳에 기름을 부으려는 선동꾼의 소행인지, 아야카가 지금까지 얼마나 멤버들의 발목을 잡았는지를 검증하는 사이트가 등장한 것이다.

콘서트에서 혼자만 춤동작을 틀리거나 가사를 까먹은 아야카의 영상에는 '이러니 멤버들이 화를 내는 것도 당연하다'는 식의 댓글이 줄줄이 달렸다.

설상가상으로 아야카가 여주인공으로 발탁된 것은 필름 커미션 프로듀서에게 성 접대를 해서라는 근거 없는 소문까지 흘러나오기 시작했다.

설탕 떨어진 곳을 발견한 개미 떼처럼 신이 나서 우르르 몰려드는 익명의 무리들을 보고 미사는 역겨움을 느끼지 않을 수 없었다.

"사실 확인을 철저히 한 뒤에 멤버에게 응분의 해명과 사죄를 받아 오세요."

파렴치한 소문에 휩싸인 필름 커미션 프로듀서의 차가운 목소리가 귓가에 메아리쳤다.

프로듀서의 말은 지극히 타당했다. 본래라면 마땅히 그래야 했다. 아야카도 울면서 동행하겠다고 나섰다.

하지만 사장이 그렇게 하는 걸 절대로 용납하지 않았다. 비록 순수하게 사죄한다고 해도, 괜한 억측만 불러일으킬지 모른다는 게 사장의 입장이었다. 더불어 괴롭힘의 주범인 루나는 사장의 편애를 받고 있었다.

사장의 명령은 "아무튼 오래 끌지 마"에 초점이 맞춰져 있었다.

기획사에 중요한 것은 플라티나엔젤이란 이름이고 솔직히 멤버는 어떻게 되든 상관없었다.

소동이 가라앉지 않으면 사장은 예뻐하는 루나와 피해자인 아야카를 포함해 사건에 얽힌 멤버를 한꺼번에 내쳐서 사태를 진정시키려는 듯했다. 새로운 멤버가 되려는 독자 모델은 얼마든지 있기 때문이다.

이러한 기획사의 방침을 따르는 것에 미사는 일말의 주저함을 느꼈다.

즐거운 듯 웃으며 십대 잡지의 지면을 장식하고 가끔씩 예능 방송에도 출연하니 얼핏 화려해 보이지만 실제로 독자 모델은 벌이가 썩 좋지 않다. 어디 그뿐인가. 자비를 들여 헤어나 메이크업을 하고 그 외로도 자기 돈이 들어가는 경우도 적지 않다. 플라티나엔젤에 소속된다 해도 사정은 달라지지 않는다.

그럼에도 그만두지 못하는 건 소녀들이 가진 지나치게 강한 인정 욕구 때문이다.

과거, 비슷한 경험을 한 적 있는 미사는 그 허기짐과도 같은 감정을 충분히 이해했다.

치열한 환경 속에서 센터 자리를 놓고 경쟁을 벌이거나 악수회(한국의 팬사인회와 유사한 개념. 다만 악수회는 해당 아이돌

그룹 멤버와 직접 악수하는 것을 중심으로 한 행사를 의미한다-옮긴이)
에 부를 수 있는 팬의 수로 끊임없이 비교당하는 십대 소
녀들이 문제를 일으키지 않는 게 더 이상하다.

　그런 근본적인 문제를 바로잡으려 하지 않고 '위자료' 따
위로 대충 무마해도 되는 것일까?

　우울한 생각에 잠겼던 미사는 더욱 거세지는 빗소리에
정신이 퍼뜩 들었다.

　"잠깐만."

　앞이 보이지 않을 정도로 비가 쏟아지자 미사의 얼굴이
새파랗게 질렸다. 바람도 많이 부는 것 같았다. 근처에 태
풍이라도 오는 것일까?

　미사가 뉴스를 들으려 라디오를 켜 봤으나 태풍 정보는
어디에서도 나오지 않았다. 조수석에 둔 토트백에서 스마
트폰을 꺼내 보니 먹통이었다.

　"도움이 안 되네."

　라디오 채널을 바꿔 봤지만 어느 방송국이나 디제이가
태평하게 떠들고 있을 뿐이었다.

　이 비는 산간 지역에만 내리는 집중호우인가.

　그렇다면 얼마 안 있어 곧 그치겠지.

　조금은 안도한 미사의 귓가에 '부모의 손에 죽은 아이'란
말이 들려왔다. 무의식중에 미사는 고지식하게 뉴스를 전

하는 남성 캐스터의 목소리에 주파수를 맞췄다.

지난달, 부모가 게임 센터에서 노는 사이, 차 안에 방치된 다섯 살 난 소녀가 열사병으로 목숨을 잃은 가슴 아픈 사건이 있었다. 그 후, 소녀가 일상적으로 학대를 받은 정황이 드러나면서 그 내막이 세간을 떠들썩하게 달구었다.

부모가 끼니를 제때 챙겨 준 적이 없는 듯 소녀의 체중은 평균보다 5킬로그램이나 적어 영양실조에 걸리기 일보 직전인 상태였다. 소녀의 발뒤꿈치에는 담뱃불에 지진 화상의 흔적이 몇 군데나 발견되었다고 한다.

TV에서는 연일 이 사건이 보도되었다.

해사하게 웃는 소녀의 사진과 함께 화면에는 다갈색 머리를 허리께까지 기른 이십대 모친의 모습이 연속으로 흘러나왔다.

짧은 머리를 노랗게 염색한, 척 보기에도 불량해 보이는 부친이 후드를 푹 뒤집어쓰고 얼굴을 감춘 것에 비해 모친은 자신을 둘러싼 보도진 앞에서도 태연하게 얼굴을 드러내고 있었다. 가면과 같은 무표정한 얼굴이 온갖 미디어에 쉴 새 없이 흘러나왔다.

—참 냉혹한 여자야. 무서운 엄마. 저런 여잔 인간도 아냐.

인터넷에서는 온갖 비난이 젊은 모친을 향하고 있었다.

"관계자 정보에 따르면 소녀의 엄마는 지금은 부모가 면

저 세상을 떠나 안 계시지만, 원만한 가정에서 자란 모양이에요. 어째서 자기가 받은 사랑을 딸에게 주지 않은 걸까요?"

라디오 출연자도 학대의 주모자는 소녀의 엄마라는 듯 거침없이 의견을 말했다.

비판의 목소리를 들으면서도 미사는 왠지 모르게 뭔가가 마음에 걸렸다.

이쪽을 노려보는 듯한 모친의 표정은 단아한 외모만큼이나 확실히 냉혹하게 보였다. 하지만 같은 영상을 반복해서 보는 사이, 미사는 그녀가 그저 망연자실한 것은 아닐까, 하고 생각하게 되었다.

보도진 앞에서 얼굴을 감추는 것도 잊어버릴 정도로 이 사람은 빈껍데기만 남았다.

그렇게 생각하자 자기보다 훨씬 젊은 이십대 엄마의 무표정한 얼굴이 처음 봤을 때와는 다르게 느껴졌다.

현재로선 학대 주모자가 누구였는지에 초점을 맞춰 조사가 계속되고 있는데, 육아에 관해서는 전부 모친에게 맡겼다며 부친은 일찌감치 발을 뺀 모양이다.

모친의 진술은 전혀 보도되지 않았다. 가면과도 같은 차가운 표정만 반복해서 나올 뿐이었다.

자식을 죽음에 이르게 한 죄는 결코 가볍지 않지만 이런 보도가 작위적으로 느껴지는 건 비단 자기뿐일까?

무의식중에 미사의 미간에 주름이 깊게 잡혔다.

이 보도에서 걸러지지 않은 이 같은 미묘한 편견은 우리 안에 뿌리 깊게 내재된 '모성' 신앙과 관계된 것일지도 모른다.

"아이를 낳지 않은 여자는 여자도 아니야."

탤런트로 활동하던 시절, 주변 아저씨들이 미사에게 걸 핏하면 했던 말이다. 그들에게 모성이 없는 여자는 부도 덕한 존재나 다름없었다. 서른 중반이 넘어서도 결혼하 지 못한, 미래가 보이지 않았던 미사도 당시에는 그렇다 고 생각했다.

하지만 지금은 모성이란 말에 의문이 든다.

그렇지 않은가. 같은 가해자라 해도 자식에게 무관심한, 혹은 폭력을 휘두르는 아빠보다 모성이 없는 엄마 쪽이 더 심하게 욕을 먹는 것은 어딘가 이상하다. 솔직히 말해 모 성 신앙에 자기 멋대로 배신당해 히스테리를 부리는 것으 로밖엔 안 보인다.

사실 미사가 플라티나엔젤의 총괄 매니저로 발탁된 과 정도 그 모성 신앙과 아주 관계가 없진 않으리라.

사무실이 바라는 것은 잘못을 저지른 소녀들을 잘라 내 는 것이지 그곳에 만연해 있는 고질병을 말끔히 치료하는 것이 아니다. 여성인 자신에게 미숙한 아이들을 끌어 주는 역할을 맡긴다고 모성을 믿는 남성 사회의 기만이 감춰질 거라 생각하는 걸까?

우울해진 미사는 라디오를 껐다.

총괄 매니저만 남자에서 여자로 바뀌었을 뿐, 사무실의 방침 자체는 아무것도 변하지 않았다. 미사가 아이들에게 내린 지침 역시 과거 자신이 탤런트로 활동하던 시절, 남자 매니저가 충고랍시고 떠들어 댄 말을 그대로 따라한 것뿐이다.

프로 의식을 갖고 행동해라. SNS를 개인적으로 사용하지 마라. 다시 말해, 들키지 말고 하라는 말이다.

루나의 반항적인 눈빛에 미사는 초조함을 느꼈다. 여기서 우습게 보이면 안 된다고 생각했다. 그래서 더 강하게 말했다.

"불만이 있으면 지금 당장 그만둬. 너희를 대신할 사람은 얼마든지 있어."

멤버 전체를 둘러보면서 미사는 거듭 다짐하듯 소리쳤다.

"단, 여기에서 도망치면 너희들은 평생 패배자가 되는 거야."

순간, 사무실이 찬물을 끼얹은 듯 조용해졌다.

패배자.

과거 남자 매니저에게 들었던 말 중, 미사가 가장 상처 받았던 말이다.

'패배자'란 말이 인정 욕구에 목마른 소녀들에게 얼마나 큰 상처를 주는지 미사는 누구보다 잘 알았다.

그래서 일부러 더 말한 것이다.

자신도 남자 매니저들과 별반 다르지 않다. 얼마든지 대체할 사람이 있는 소녀들처럼 '모성 매직'으로 매니저가 된 미사도 결국엔 윗사람들에게 적당히 이용당하는 것뿐이다.

하지만 어쩔 수 없다. 그것이 옛날부터 변하지 않는 현실이니까.

'어른'으로서 주어진 역할을 해내는 수밖에 없으니까.

길이 좁아지자 미사는 내심 마음을 졸이며 커브를 돌았다.

울창하게 자란 나무들이 여기저기 칡넝쿨 잎으로 뒤덮여 있었다. 사람의 손길이 미치지 않는 이런 산속에 악수회 참가권을 얻기 위해 팬들이 구입한 CD가 대량으로 버려진다는 이야기를 들은 적이 있다.

팬들이 꼭 '최애'인 아이돌을 위해 거금을 쓰는 건 아니다. 악수회 등의 이벤트에 모이는 팬들 사이에는 자기들만의 계급이 있다. 그 사이에서 인정받고자 빚을 내면서까지 거금을 들이는 경우도 적지 않다. 아이돌 비즈니스가 어린 여자들만이 아니라 '아싸'인 내성적인 남자들의 인정 욕구마저 이용하고 있다는 뜻이다.

참 야박한 세상이다.

자포자기하는 심정으로 커브를 돌다가 놀라서 숨을 멈췄다.

눈앞에 나무가 쓰러져 있었다.

"말도 안 돼…."

망연자실한 미사가 쓰러진 나무 앞에 차를 세우고 주차 브레이크를 걸었다. 빗줄기는 약해질 기미가 보이지 않았다. 전화도 먹통이고 이렇게 좁은 길에서는 유턴도 불가능했다.

초조한 마음으로 주변을 둘러보니 마침 쓰러진 나무를 우회하듯 샛길 하나가 나 있었다. 내비게이션에는 나와 있지 않은 길이다. 임산도로이거나 개인 소유의 도로일 것이다.

어쨌든 이 길로 가는 수밖에 없어, 미사가 주차 브레이크를 풀며 생각했다.

샛길은 좁았지만 달리기에 편했다. 그런데 대체 어디로 가는 것일까.

묘하게 달리기 편한 길을 운전하는 동안 미사는 점점 더 자신이 어디로 가는지 알 수 없게 됐다. 비바람은 더 강해졌고 어느새 주변은 칠흑같이 어두워진 상태였다.

이대로 길을 잃어버리면….

가슴팍에서 식은땀이 배어 나왔다.

그때, 전방에 희미한 불빛이 보였다. 그제서야 잔뜩 긴장했던 미사의 어깨에 힘이 빠졌다.

살았다.

역시 이 길은 개인 소유의 도로였던 모양이다. 가까이 가서 보니 아무래도 호텔이나 펜션인 듯하다. 조명 아래, 성벽과도 같은 석벽이 보이고 '여관'이라는 간판이 눈에 띄었다.

여관. 이런 곳에 여관이 있다니.

여기서 차라도 마시면서 큰 도로로 나가는 길을 알려 달라고 하자.

미사는 핸들을 꺾어 주차장으로 보이는 광장에 차를 세웠다.

차에서 내리자마자 폭격이 쏟아지듯 폭풍우가 휘몰아쳤다. 주차장에서 여관 현관까지, 고작 십여 미터 거리를 걷는 동안 미사는 머리에서 물방울이 뚝뚝 떨어질 정도로 쫄딱 젖어 버렸다.

갑작스런 봉변에 미사는 양팔로 몸을 감싸고 서둘러 로

Hotel of the cat
by the cat
for the cat

Hotel Miacis

비로 들어갔다. 인적이 없는 산중에 있는 여관치고 제법 세련된 곳이었다. 양탄자가 깔린 로비 한복판에는 오래돼 보이는 거대한 벽시계가 째깍째깍 시간을 가리키고 있었다.

"어서 오세요."

갑작스러운 말소리에 미사가 화들짝 놀랐다.

프런트에 몸집이 통통한 젊은 여성이 앉아 있었다. 흰색 바탕에 검정색과 갈색이 점점이 박힌 프린트 무늬 원피스를 입은 걸로만 봐서는 호텔에서 일하는 사람처럼 보이지 않았으나 프런트 직원인 모양이었다.

"제가 길을 좀 헤매서."

미사는 국도에 나무가 쓰러져 있다는 것과 도쿄 방면으로 가고 싶다는 의사를 짤막하게 전했다. 원피스를 입은 프런트 직원이 진지한 표정으로 미사의 설명에 귀를 기울였다.

"그래서 도쿄 방면으로 가려면….."

처음에는 열심히 들어주는 태도에 감탄했으나 말이 길어지는 사이 미사는 점점 의아한 기분이 들었다.

살짝 고개를 갸우뚱거리며 이쪽을 말똥말똥 쳐다보는 여성의 커다란 눈이 그저 초점 없이 보였기 때문이다. 그 눈동자가 유리구슬처럼 보여서 더욱 그랬다.

게다가 미사가 말을 마치자마자, 그 직원이 고개를 홱 돌려 버리는 게 아닌가. 아무리 호텔에 묵을 손님이 아니라도 태도가 너무 무례하다.

"저기요!"

미사가 눈썹을 치켜올렸을 때, 뒤에서 소리가 났다.

"손님."

살짝 높은 톤의, 중성적이면서도 맑은 목소리가 들려왔다.

"안타깝지만 여기서 도쿄 방면으로 가려면 국도를 통해야 합니다. 그 외에 다른 방법은 없습니다."

뒤를 돌아본 미사의 눈이 휘둥그레졌다.

긴 머리를 가슴께까지 늘어트린 아름다운 남자가 조용히 다가오고 있었다.

윤기가 흐르는 긴 흑발에 투명한 흰 피부, 한쪽 귀에 금으로 된 피어스를 하고 있는 남자.

업계가 업계인지라 미사는 그런대로 미남미녀에 면역이 있는 편이었지만, 이런 산속에 이토록 뛰어난 인물이 있을 줄은 상상도 하지 못했다.

"오너."

프런트 직원의 뺨이 붉게 물들었다.

"방금 전에 지방 정비국 쪽에서 연락을 받았습니다. 쓰러진 나무를 치우고 도로를 복구할 때까지 시간이 좀 걸린다고 하네요."

오너라 불린 남성이 미사에게 가볍게 인사했다. 비단처럼 윤기 흐르는 흑발이 차르르 어깨로 흘러내렸다.

"괜찮으시다면 이곳에서 하룻밤 어떠신가요? 시간도 늦었고, 주말이지만 오늘은 운 좋게도 방이 하나 비어 있습니다."

남자의 아름다운 외모에 넋이 나갔던 미사는 외모만큼이나 유려한 그의 말솜씨에 도리어 경계심을 강화했다.

장사 수완이 보통이 아니다.

"아니요, 그보다는 전화를 좀 쓸 수 있을지…."

미사는 그렇게 말하고는 괘종시계의 문자판을 보고 깜짝 놀랐다. 시간이 언제 이렇게 흐른 거지? 이미 밤늦은 시각이었다.

"물론 괜찮습니다."

오너가 이쪽을 물끄러미 쳐다보았다. 눈꼬리가 긴 눈이 예리하게 빛났다.

"차 안에서 하룻밤을 보내려는 생각은 안 하는 게 좋아요옹. 이 근방에 곰이 출몰하거든요옹."

프런트 직원이 애교 섞인 목소리로 겁을 주었다.

"괜찮아요."

고집을 부리며 거절하던 중 미사는 문득 한기를 느꼈다.

비에 젖은 셔츠가 피부에 달라붙으며 몸이 달달 떨리기

시작했다. 산속에 있어서인지, 뼛속까지 추웠다. 계속된 늦더위로 코트도 가져오지 않았는데.

"떨고 계시는군요. 자, 이쪽으로."

오너가 손짓했다.

안쪽에서 불이 활활 타오르는 난로를 보고 미사는 결국 백기를 들었다.

밖에는 아직도 비바람이 강하게 부는지 난로 위 천창에서 덜컥덜컥 소리가 났다. 이런 악천후에, 그것도 야심한 밤에, 길이 막혀 있는데도 혼자서 차로 돌아가는 것은 무모한 짓이다. 게다가 비에 젖은 몸이 식어서 떨림이 멈추지 않았다. 남부라고 해도 이곳은 도호쿠 지역이다. 도쿄와는 기온이 하늘과 땅 차이다.

미사는 오너를 따라 난로 옆 소파에 앉았다. 그 순간, 급격히 피로가 몰려왔다.

"이곳 여관에서는 잘 말린 사과나무를 장작으로 씁니다. 자, 좀 더 불 가까이로 오시죠. 몸도 녹이고 사과 향도 맡으실 수 있을 겁니다."

탁탁 소리를 내며 타오르는 난로에서는 오너가 말한 대로 달콤한 사과 향이 은은하게 났다. 따뜻한 불꽃을 바라보는 사이, 미사는 겨우 정신이 드는 것 같았다. 몸이 파묻힐 듯 폭신폭신한 소파도 편안했다.

난롯불을 쬐면서 미사는 체크인 수속을 부탁하기로 했다.

오너의 지시로 프런트 직원이 따뜻한 코코아를 서비스로 가져다주었다. 역시나 눈을 말똥말똥 뜨고 있는 것을 보니 일부러 그렇게 쳐다보는 것이 아니라 원래 그렇게 생긴 사람인 듯했다. 직원은 팔과 배에도 통통하게 살이 올랐고 피부가 탱탱해서 젊어 보였다.

그에 비해 난롯불을 조절하고 있는 오너는 나이를 가늠하기 어려웠다.

눈꼬리가 긴 눈은 흑요석처럼 검게 빛났고 오똑한 콧마루에 얇은 입술도 더할 나위 없이 아름다웠다. 무서울 정도로 아름다운 외모였다. 진주 빛으로 환하게 빛나는 피부는 맑고 투명했고 숱이 많은 머리카락에서는 윤기가 자르르 흘렀다.

그런데 어딘가 나이가 들어 보였다.

혹시 성형이라도 했나?

미사가 심술궂게 쳐다보다 오너의 날카로운 시선과 마주치고 숨을 죽였다.

"태풍이 지나갈 때까지 천천히 머물다 가시죠."

"네에…."

정말로 태풍이 왔다니.

미사는 어느 라디오방송에서도 태풍 정보를 듣지 못했

다. 머리 한구석에서 미심쩍은 생각도 들었지만 차가운 몸에 따뜻한 코코아가 들어가자 점차 의식이 몽롱해졌다.

미사는 아직 소년처럼 앳돼 보이는 호텔 보이에게 짐을 맡기고 몽롱한 상태로 계단을 올라갔다. 생각해 보면 아침부터 내내 신경이 곤두서 있었다.

거래처에 갔다가 매몰차게 거절당하고 악천후를 뚫고 홀로 산길을 운전하다, 설상가상으로 쓰러진 나무에 길이 막혀 오도 가도 못한 신세가 된 것이니 지치지 않는 편이 이상했다.

복도 끝에 있는 방의 문을 열자 창가에 화려한 천개天蓋 (침대 위에 달린 캐노피 장식-옮긴이)가 달린 침대가 놓여 있었다. 이제 미사의 눈에는 폭신폭신해 보이는 침대 외에는 아무것도 보이지 않았다.

호텔 보이가 방을 나가자 미사는 젖은 옷을 훌렁 벗어던지고 서둘러 침대 안으로 들어갔다.

잠에서 깨자, 머리 위를 덮은 천개가 눈에 들어왔다.

순간, 자신이 어디에 있는지 몰라 미사는 눈을 깜빡거렸다.

맞다. 어제 쓰러진 나무에 길이 막혀 하룻밤 묵고 가기로 했지.

서서히 선명해지는 의식 속에서 어젯밤의 전말이 떠올랐다. 침대 위에서 몸을 일으켜 봤으나 여전히 머리가 멍했다. 잠을 푹 잤는데도 피곤이 풀리지 않았다.

미사는 침대에서 내려와 연둣빛 커튼을 열어젖혔다. 비바람은 그쳤지만 주변에 짙은 안개가 깔려 있었다.

"앗."

사이드 테이블에서 손목시계를 들고 미사가 작게 소리질렀다. 벌써 정오에 가까운 시각이었다. 본래라면 체크아웃 시간이다.

당황해서 옷을 입으려고 했으나 바닥에 벗어던진 옷은 아직 차갑고 축축했다. 어떡할지 고민하는데, 사이드 테이블 위에 프런트 직원이 입던 하얀 바탕에 검은색과 갈색 모양이 점점이 박힌 원피스가 놓여 있는 게 보였다. 어젯밤, 호텔 보이가 두고 간 모양이었다.

원피스를 입고 얼굴과 머리를 정리한 뒤 미사는 방을 나와 프런트로 내려갔다.

"안녕하세요."

프런트에 앉아 있는 여직원은 어제처럼 초점 없는 멍한 표정으로 인사했다.

"미안해요, 늦잠을 자는 바람에…."

"아니에요, 아침 식사를 준비해 놓았어요옹."

미사가 바로 체크아웃 수속을 할 요량으로 말하자 여성
은 로비 안쪽에 있는 다이닝 키친을 손으로 가리켰다.

"아직 괜찮을까요?"

아침이라기엔 벌써 오후 시간이지만.

"괜찮고말고요, 팡구르의 아침 식사를 맛보셔야죠. 안 먹
곤 못 배길걸요옹. 조식치곤 푸짐하게 나온답니다."

프런트 여직원이 포동포동한 볼에 웃음을 띠고 몸을 내
밀며 권했다. 팡구르라니 레스토랑 이름인가.

아침을 먹는 동안, 옷을 말려 줄 수 있겠느냐고 부탁하
자 프런트 직원은 큰 눈을 초승달 모양으로 만들며 흔쾌
히 수락했다.

"근데 그 옷도 제법 잘 어울리네요옹."

자신이 입은 것과 같은 원피스를 가리키며 여성은 살집
있는 등을 구부리고 키득키득 웃었다. 악의는 없을지 몰라
도 썩 기분 좋은 웃음은 아니었다.

또다시 그녀에게 혐오감을 느낄 것 같아 미사는 서둘
러 그 자리를 피했다. 호텔 종업원치고 그녀는 개성이 너
무 강했다.

식당에 들어가자 다른 숙박객들은 진즉에 아침 식사를
마친 듯, 테이블에는 아무도 없었다. 하얀 식탁보가 깔려 있
는 테이블에는 유리컵에 담긴 야생화가 장식되어 있었다.

청자색 화병의 소박한 아름다움을 감상하고 있으려니, 지글거리는 소리와 함께 마늘을 버터에 볶는 군침 도는 향이 퍼졌다. 미사는 순간 식욕이 돌았다. 그러고 보니 어제는 저녁도 거르고 잠들어 버렸다.

기대를 담아 오픈 키친에 시선을 돌리자, 백발의 긴 머리를 두건으로 묶은 장신의 요리사가 프라이팬을 들고 흔들고 있었다. 제법 베테랑 요리사로 보였다.

음식을 기다리며 미사는 창밖으로 눈길을 돌렸다. 자작나무와 참나무 숲에 짙은 안개가 서려 있었다. 날씨가 이런데 운전을 할 수 있을까.

이런저런 걱정으로 불안해지려는 찰나, 커다란 접시가 눈앞에 불쑥 다가왔다.

바삭하게 구운 베이컨과 계란프라이, 큼직한 버섯이 들어간 갈릭버터소테, 적채너트샐러드.

"와아."

빛깔 고운 음식이 수북이 담긴 접시를 보고 미사가 저도 모르게 탄성을 질렀다.

음식을 가져온 요리사를 돌아보곤 미사는 더욱 놀랐다. 흰머리 때문에 초로의 남성인 줄 알았는데, 서양에서 온 체격 좋은 청년이 유리잔에 장밋빛 주스를 따라 주고 있는 게 아닌가.

"크랜베리 주스Cranberry juice."

한참 올려다봐야 할 정도로 키가 큰 청년은 양쪽 눈 색이 달랐다. 한쪽은 옅은 하늘색이고 다른 한쪽은 빛이 비추는 각도에 따라 금색으로도 보이는 갈색이었다.

노랗게 빛나는 눈이 이쪽을 내려다보자, 미사는 몸을 움직일 수가 없었다.

"복스티Boxty."

귀에 익지 않은 단어를 말하면서 청년 요리사는 팬케이크가 담긴 접시를 테이블 위에 내려놓았다.

"엔조이Enjoy."

그 말을 남기고 청년 요리사는 발길을 돌렸다. 소리도 없이 사라지는 거대한 뒷모습을 미사는 멀거니 바라보았다.

나이를 가늠할 수 없는 아름다운 오너에, 묘하게 사람을 깔보는 데가 있는 통통한 프런트 직원과 백발의 오드아이인 요리사까지. 이 여관의 직원은 어째 다들 세상과 동떨어진 느낌이다. 미사는 왠지 딴 세계에 잘못 섞여 들어온 것 같은 불가사의한 기분에 사로잡혔다. 하지만 밀려드는 공복감에 바로 현실로 돌아왔다.

나이프를 들고 김이 모락모락 나는 팬케이크를 갈랐다. 한 조각 입에 넣자 입안 가득 버터밀크 맛이 퍼졌다. 부드럽고 쫄깃쫄깃한 식감이 보통의 팬케이크와는 전혀 달랐다.

어느새 미사는 팬케이크를 정신없이 입안에 넣고 있었다.

견과류를 포인트로 넣은 적채샐러드는 싱싱했고 두툼한 버섯이 들어간 갈릭버터소테도 한 끼 식사로 부족함이 없었다.

이렇게 맛있는 아침은 실로 오랜만이었다. 어딘가 수상쩍은 데도 있지만 어쩌면 숨어 있는 멋진 곳을 발견한 건지도 몰랐다.

우연이라고 해도 미사는 왠지 행운아가 된 기분이었다.

한밤중에 비에 쫄딱 맞은 자신을 재워 주고 체크아웃 시간이 지났는데도 이렇게 밥도 먹게 해 주다니. 정말 친절한 사람들이다. 다들 개성이 강해서 의심했으나 고마워하면 했지 경계할 필요는 없어 보였다.

미사는 맛있는 음식을 배불리 먹고 오랜만에 만족스러운 기분으로 로비로 돌아왔다.

프런트에 있던 여성은 자리를 비우고 없었고, 로비 안쪽에선 오늘도 난롯불이 빨갛게 타오르고 있었다. 난로 앞에서는 다갈색 머리의 호텔 보이가 뭔가를 하고 있었다.

'뭐야, 내 옷이잖아!' 자신이 맡긴 축축한 옷을 난롯불에 쬐고 있는 것을 보고 미사는 갑자기 부끄러움이 밀려왔다. 말려 달라고 부탁했지만 설마 난롯불에 말릴 줄은 몰랐다.

"미안해요. 제가 할게요."

미사는 호텔 보이의 손에서 셔츠를 낚아채서 직접 옷걸이에 걸었다.

"괜찮아요. 이것도 제 일인걸요."

호텔 보이가 스스럼없이 도로 가져갔다. 하지만 건조기면 몰라도 아직 소년처럼 보이는 젊은 남자에게 입다 벗은 옷을 맡기자니 썩 내키지가 않았다.

셔츠를 옷걸이에 거는 미사의 모습을 호텔 보이가 빤히 쳐다보았다. 그러다 눈이 마주치자 '헤헤헤' 하고 넉살 좋게 웃었다.

"아침 식사는 어떠셨어요?"

"아주 맛있었어요."

"그렇죠. 팡구르 씨 요리는 최고니까요."

다갈색 머리의 호텔 보이가 만면에 웃음을 띠고 엄지를 척 올렸다.

어딘가 세상과 동떨어져 보이는 다른 직원과 달리 이 친구는 꽤나 친근하다. 접객업에 종사하는 사람치곤 태도나 말투가 너무 가벼워 보이지만 십대라면 어쩔 수 없지.

"팡구르 씨?"

"요리장 이름이에요."

게다가 이 호텔 보이와는 대화하기가 편하다.

"복스티가 뭔가요? 일반 팬케이크와는 전혀 다르던데."

내친김에 미사는 요리에 관해서도 물어보았다.

"아, 복스티는 감자로 만든 팬케이크에요. 삶은 감자를 으깨서 버터밀크를 듬뿍 넣고 밀가루랑 잘 섞어서 구워요. 팡구르 씨가 태어난 나라에서는 보통 아침에 먹는대요."

"팡구르 씨는 어느 나라 사람인데요?"

"아일랜드요."

"아일랜드."

녹음이 풍부한 초원의 이미지가 미사의 머릿속에 떠올랐다. 부드럽고 쫄깃쫄깃한 팬케이크의 비밀은 으깬 감자를 잘 반죽한 생지에 있는 모양이다.

"복스티, 완전 맛있죠. 베이컨 기름을 바르고 프라이팬에 충분히 달궈서… 와, 먹고 싶다!"

호텔 보이가 입가를 할짝할짝 핥았다. 애교 넘치는 모습에 미사는 웃음이 났다.

"여기서 아르바이트하는 거예요?"

"아르바이트라… 뭐, 수련의 일종이에요."

"수련."

호텔 보이가 자못 진지한 투로 대답한 말을 미사가 엉겁결에 따라했다.

"무슨 수련인데요?"

"그걸 한마디로 설명하기는 어려워요."

호텔 보이가 점잔을 빼며 팔짱을 꼈다.

호텔 보이에 따르면, 오너를 비롯해 여기에 있는 직원들은 각각 목적이 있어 여기에서 일하고 있다고 한다. 게다가 그 수련이 끝날 때까지는 산을 내려갈 수도 없는 모양이다.

"제법 혹독하네요."

"뭐, 그만큼 단련된다고 보시면 돼요."

이곳에 그런 현지 연수도 포함되어 있다는 뜻인가. 최근 지방에서는 지역 활성화를 포함해 다양한 비즈니스 모델이 시도되고 있는데, 이 여관도 그러한 새로운 시도로 운영되는 곳인지도 모른다.

지금은 그렇게 경영해야 지방에서도 행정적으로 더 지원을 받을 수 있겠지.

미사가 그런 생각을 하고 있는데, 문득 호텔 보이가 목소리를 낮췄다.

"목적이 생기면 어느 날 갑자기 자각하게 돼요… 아니, 부름을 받는다고 해야 하나."

"부름을 받는다고요? 누구한테?"

"산이죠."

갑작스러운 전개에 미사는 호텔 보이가 하는 말을 따라잡을 수가 없었다.

"산… 이라고 할지, 누구 한 명이 강한 힘에 눈을 뜨면 같은 목적을 가진 '우리'에게도 그게 전해져요. 그러니까 전산과 오너 양쪽의 부름을 받은 거예요. 일단 부름받은 걸 자각하면 그걸 무시하기는 불가능해요. 수련을 거듭해서 목적을 달성하지 않고는 못 배겨요."

유행하는 만화, 아니면 애니메이션 이야기라도 하는 건가?

"자각한 우린 기본적으로 전능하지만 처음부터 모든 걸 뜻대로 할 수 있는 건 아니니까요. 여러 가지로 절차가 필요해요."

"그게 대체…."

별안간 연극조로 나오는 호텔 보이를 보고 미사가 당혹스러워하자, 로비 맨 끝 방에서 오너가 소리도 없이 나타났다.

"안녕하세요."

물 위를 미끄러지듯 오너가 스르륵 다가왔다.

한낮의 조명 아래에서 봐도 감탄이 절로 나오는 외모다. 표정은 얼음장처럼 차가웠지만.

"미안해요. 늦잠을 잤는데, 아침까지 제공받아서…."

미사가 인사하자 오너는 고개를 살짝 옆으로 흔들었다. 윤기 나는 긴 흑발 사이로 한쪽 귀에서 금으로 된 피어스가 쨍하고 빛났다.

"방금 전에 지방 정비국에서 연락이 왔는데, 국도에 쓰러진 나무를 철거하려면 아직 시간이 좀 더 필요한 모양입니다. 괜찮으시다면 추가 비용 없이 체크아웃을 늦추는 것도 가능합니다만."

미사는 이제 어젯밤처럼 오너의 말을 의심하지 않았다. 어차피 옷도 덜 말랐고 밖은 아직 안개가 자욱하다. 이참에 느긋하게 쉬다 가는 것도 나쁠 건 없을 터였다.

"그렇게 해 주세요."

미사가 순순히 응하자, 다갈색 머리의 호텔 보이가 "오예" 하고 환성을 질렀다. 오너가 그런 호텔 보이를 매섭게 흘겨보았다. 분명 이 사람 밑에서 일하면 여러 가지로 단련은 될 것 같다고 미사는 동정을 금치 못했으나, 호텔 보이는 오너의 반응에 아랑곳하지 않고 주먹으로 얼굴을 박박 문질렀다.

"손님."

호텔 보이의 묘한 동작을 보고 있으려니, 오너가 갑자기 부드럽게 불렀다.

"모처럼 이곳에 오셨으니 이 주변을 산책해 보시면 어떨까요? 근처에 아름다운 호수가 있는데."

"호수."

현관 너머로 해가 흐릿하게 비추고 있었다. 안개도 다소 걷힌 듯했다.

"산책하고 오시면 아이리시 티를 준비해 놓겠습니다."

오너의 매력적인 제안에 미사는 밖으로 나가 보기로 했다.

조금 쌀쌀했지만 비온 뒤의 맑은 공기가 상쾌해서 기분이 좋았다. 주변에는 허브 향이 가득했다. 입구에서 이어지는 비탈을 내려가 뒤를 돌아보자 푸른 나무숲을 배경으로 여관이 홀로 우뚝 서 있었다.

담쟁이덩굴로 뒤덮인 흰 벽에 슬레이트기와를 얹은 검은 지붕.

여관이라곤 하지만 이곳은 산 위에서 흔히 볼 수 있는 오두막집이 아니라 장원 영주가 사는 고풍스러운 저택처럼 보였다.

주위는 울창한 숲뿐이고 아무것도 없었다. 미사로서는 그 폭풍 속에서 이곳에 도착한 것이 새삼 행운이라는 생각이 들었다.

자작나무가 드문드문 늘어선 숲속을 걷다 보니 얼마 안 가 나무 사이로 파랗게 빛나는 호수가 보였다. 야생화의 꽃잎을 연상시키는 짙푸른 색에 미사는 잠시 시선을 빼앗겼다.

그렇게 크지 않은 호수 주변에는 산책로가 나 있었다. 미사는 어슴푸레한 해를 받아 아련히 빛나는 호수를 구경하며 산책로를 걸었다. 호수 너머 산중턱에는 구름 몇 조각이 걸려 있었다.

그건 그렇고 어쩜 이렇게 파랄까? 호수 바닥에 가라앉은 돌들이 꼭 사파이어처럼 빛났다. 그 돌 위로 작고 투명한 물고기 떼가 요리조리 몰려다녔다.

호수가 한눈에 보이는 장소에 외따로이 벤치가 놓여 있었다. 아직은 좀 축축했지만 미사는 물기를 손으로 털어 내고 자리에 앉았다.

파란빛이 도는 고요한 호수와 구름이 낮게 깔린 푸른 나무숲.

눈앞에 펼쳐진 신비한 광경을 감상하며 미사는 숨을 깊게 들이마시고 기지개를 켰다. 이렇게 느긋하게 쉰 게 얼마 만이었더라.

하지만.

저녁 무렵엔 도쿄로 돌아가 남은 일을 처리해야 한다. 위자료는 내지 않았지만 영화 촬영 직전에 출연을 못하게 되면 정식으로 거액의 위약금을 물어 줘야 하는 걸까. 아니면 업계의 관행대로 흐지부지될까.

어차피 사장은 멤버에게 직접 사죄나 해명을 시킬 생각이 털끝만큼도 없을 것이다.

기껏 아름다운 경치를 앞에 두고도 미사의 마음은 점점 무거워졌다.

사죄도 해명도 없이 영화 출연이 무산되면 고지식한 성격의 아야카는 순순히 받아들이지 못할 것이다. 세간의 관심이 식으면 루나는 다시 플라티나엔젤의 센터에 설지도 모르지만, 아야카는 십중팔구 원래 자리로 돌아오지 못한다.

아까워.

솔직한 심정이었다. 배우로 순조롭게 데뷔할 수만 있으면 오히려 성장 가능성은 아야카에게 있을지도 모르는데…. 모처럼 싹튼 재능이 어른들의 사정으로 피워 보기도 전에 짓밟히다니.

하지만 원래 이 세계는 재능만으로는 버티기 힘든 법이다. 연예계에서 살아남으려면 재능을 넘어선 뱃심과 독기가 필요하다.

루나가 어떻게 사장의 눈에 들었는지 미사는 깊이 생각하지 않으려 한다. 생각해 봤자 소용이 없기 때문이다. 루나가 도움을 청하지 않는 한, 깊이 관여할 수가 없다. 루나가 원했을 수도 있다.

미사도 그런 추잡한 불문율을 외면한 탓에 탤런트로 대성하지 못한 케이스라고 할 수 있다. 물론 그와 무관하게 건전하게 커 나가는 아이돌이나 탤런트도 많다. 하지만 권력을 쥔 아저씨들과 사이좋게 지내는 아이가 특별한 대우를 받는 것도 사실이었다.

"닳는 것도 아니고."

탤런트로 활동하던 시절 미사도 스폰서나 프로듀서에게 그런 말을 종종 들었다. 특히 해외 로케로 출장 기간이 길어지면 위험도도 높아졌다. 가정에서 벗어난 아저씨들이 해방감을 느끼는 탓이다.

그들은 술에 취하면 은근슬쩍 미사의 몸에 손을 대려고 했다.

"그만하세요." "안 된다고 했죠."

미사는 실실 웃으면서 피했지만 속으로는 저러다 정색하고 달려들지나 않을까 불안해서 가슴이 터질 것 같았다. 겨우 혼자 쓰는 방으로 도망친 뒤에도 이제 두 번 다시 해외 로케는 못 오겠구나, 이제 비교적 좋은 일은 따내지 못하겠구나 하며 가슴앓이를 했다.

마지막 선만 넘지 않으면 몸에 닿는 정도는 어쩔 수 없다고 체념한 적도 있었다. '닳는 것도 아니기' 때문이다.

그런 사실을 알면서 이 세계로 돌아온 것은 일반 기업도 사정이 비슷하다는 걸 알아 버렸기 때문이다.

아이를 낳지 않은 여자와 술자리에서 술을 따르지 않는 여자는 어쩐지 같은 도마 위에 올라 음으로든 양으로든 과하게 욕을 먹었다. 취했다는 구실로 몸을 더듬으려는 아저씨들도 끊이지 않았다.

그렇다면 따분한 사무직에 몸담기보다 꿈으로만 남은 연예계에서 이번에는 매니저로서 제대로 꽃을 피워 보고 싶었다. 미사에게도 그 정도 야심은 있었다. 급여도 다소는 올려 준다고 했고.

하지만 그 결과가 이건가.

미사는 어느새 무겁게 한숨을 쉬었다.

무얼 바라고 연예계로 돌아온 걸까. 자신도 알 수가 없었다. 자기처럼 무명 시절을 겪어 본 사람만이 할 수 있는 일이 있을 거라고 생각했는데.

결국 보잘것없는 경험과 이상만으론 옛날부터 뿌리내려 온 연예계의 관행 앞에서 조금도 버텨 낼 수가 없는 법이다.

근본적인 해결보다는 관행에 따라 그저 흐르는 대로 사는 길. 이는 비단 연예계에서만 볼 수 있는 행태는 아닐 것이다. 자신도 이대로 흘러가는 대로 살면 된다. 맞서 싸우는 것보다 그게 훨씬 편하니까.

이제 됐어.

더 이상 생각해 봤자 소용없어.

어차피 세상은 그런 거니까.

여자에게 요구되는 건 모성과 그와 밀접하게 관계된 처녀성뿐이다. 아이돌의 연애 금지 조항도 겉으론 그럴싸하게 포장하지만 어차피 처녀성의 희생양일 뿐이다.

미사는 고개를 흔들어 우울한 생각을 떨쳐 냈다.

모처럼 이런 아름다운 곳에 왔는데, 최소한 지금만이라도 골치 아픈 생각은 접어 두자.

미사는 벤치에 기대어 파란 호수를 바라보았다. 싸늘한 공기가 볼을 어루만졌다. 빌려 입은 원피스가 생각보다 따뜻해서 그렇게 춥게 느껴지지는 않았다.

문득 호수에서 시선을 돌리다 미사가 화들짝 놀랐다.

벤치 바로 옆 풀숲에 다섯 살쯤 된 작은 여자아이가 앉아 있었다.

왜 어린 소녀가 이런 곳에 혼자 있는 거지? 미사는 주변을 둘러봤지만 보호자로 보이는 사람은 보이지 않았다. 게다가 소녀는 계절에 맞지 않게 얇은 옷을 입고 있었다.

"애, 너 혼자 뭐하니?"

아이가 놀라지 않게 미사는 시선을 낮추고 물어보았다.

"혼자 아냐. 엄마가 올 거야."

소녀는 미사를 보고 해맑게 웃었다. 아이의 표정이 밝아서 미사는 조금 안심했다. 어쩌면 이 아이도 여관의 손님인지 모른다.

그러고 보니 오너가 "다행히 방 하나가 비어 있다"고 말했는데, 지금까지 다른 손님의 모습을 보지 못했다.

"엄마랑 같이 왔어?"

소녀가 기운차게 고개를 끄덕였다.

"전에도 왔었어."

"전에도?"

"엄마가 여길 좋아해."

"그래, 아름다운 곳이니까."

맞장구를 치자 소녀는 기쁜 듯 웃었다.

"애, 춥지 않니?"

소녀는 하늘거리는 프릴 셔츠에 오버올만 입고 있었다. 아무래도 신경이 쓰여서 확인했더니 고개를 옆으로 흔들었다.

"계속 더웠는걸."

"그래, 덥긴 했지."

소녀의 말에 미사도 계절에 맞지 않은 늦더위를 생각했다. 아직 초등학교도 들어가기 전인 듯한데, 아주 야무지다. 전혀 낯을 가리지 않는 모습에 미사가 감탄했다.

"엄마가 안 오네."

"아냐, 올 거야."

소녀는 자신만만하게 대답했다. 하지만 주변에 사람의 기척은 느껴지지 않았다. 혹시 이 애, 멋대로 여관을 빠져나온 게 아닐까.

야무지고 올찬 아이가 의외로 대담하게 행동하는 법이다. 지금쯤 소녀의 엄마가 걱정하며 찾고 있을지도 몰랐다.

"얘, 같이 숙소로 돌아갈래?"

말을 걸어 보았으나 소녀는 토끼풀을 뜯는 데 정신이 팔려 있었다. 너무 즐거워 보여서 흥을 깨기가 미안했다.

"언니, 여기 화관. 엄마한테 화관 만들어 줄래."

소녀가 토끼풀을 내밀었다. 무더운 날이 계속된 탓인지, 토끼풀은 여전히 희고 동그란 꽃을 피우고 있었다. 어린 시절, 미사도 들판에서 엄마와 토끼풀을 엮어 화관을 만든 기억이 있다.

여자아이라면 누구나 이맘때가 인생에서 가장 사랑받는 시기인데….

미사는 부모가 지켜 주던 어린 시절이 그리웠다.

"언니, 도와줘. 엄마한테 줄 화관."

"좋아."

어느새 미사도 동심으로 돌아가 소녀와 함께 토끼풀을 엮기 시작했다.

문득 대학 시절 사귀었던 연인과 결혼했다면 지금쯤 이만한 아이의 엄마가 되었을지도 모른다는 생각이 들었다. 하지만 당시 미사는 탤런트 활동을 접지 못해 결혼은 꿈도 꿀 수 없는 상황이었다. 어영부영하는 사이에 연인은 떠났고, 일반 기업에 취직한 뒤로는 연애를 할 여유가 없었다. 정신을 차리고 보니 서른 중반이 지나 있었다.

학교에서 공부를 열심히 하면 그렇게 칭찬해 주더니, 사회에 나와서는 열심히 일해도 부모님은 별로 기뻐해 주지 않았다.

"그런 것보다 더 중요한 게 있잖니."

서른이 될 때까지 종종 들었던 엄마의 잔소리도 지금은 반쯤 포기 상태로 침묵 속에 봉인되었다. 아이를 낳지 않은 여자는 진짜 여자가 아니란 생각은 결코 세간의 아저씨들만 하는 게 아니다.

미사에게는 결혼도 출산도 여전히 현실적으로 거리가 먼 이야기였다. 미사는 그런 자신을 마음속으로 은밀히 벌 주었다.

"화관, 언니한테도 줄게."

둘이서 만든 토끼풀 화관을 소녀가 미사의 머리에 씌워 주었다.

"고마워."

앳된 얼굴을 가까이서 보고 있자니 미사는 문득 이 아이를 어디선가 본 느낌이 들었다.

'그래, 난 이 아이를 알고 있어. 그것도 몇 번이나 본 것 같아.'

그때도 여자아이라면 누구나 이맘때가 인생에서 가장 사랑받는 시기인데, 하고 생각했던 기억이 난다.

그 순간, 어째선지 가슴속 깊은 곳에서 격렬한 통증이 밀려왔다.

이 욱신거림은 뭐지?

멀리서 고지식한 캐스터의 목소리가 들려왔다. 하지만 음성이 뚝뚝 끊겨서 무슨 말을 하는지는 알 수가 없었다.

왜 자신이 받은 애정을… 딸에게 주지….

바로 얼마 전에 들었던 것 같은데 이야기의 골자를 파악할 수가 없었다.

억지로 생각해 내려 하자 갑자기 눈꺼풀이 무거워졌다. 저항하면 할수록 무섭게 졸음이 쏟아졌다. 미사는 어떻게든 눈을 감지 않으려고 애썼지만 결국 눈앞에 있는 파란 호수에 의식이 사르르 빨려 들어갔다.

퍼뜩 정신을 차렸을 때, 미사의 몸이 부르르 떨렸다. 벤치에 기대어 졸았는지 몸이 차가웠다.

그 아이는?

당황해서 주변을 둘러보았지만 주위엔 아무도 없었다. 순간 꿈인 줄 알았으나 미사의 무릎에 소녀와 함께 만든 토끼풀 화관이 놓여 있었다.

설마 호수에 빠진 건 아니겠지?

그러나 걱정이 무색하게도 파란빛이 도는 호수는 한없이 맑고 고요했다. 어쩌면 엄마가 데리러 왔을지도 모른다.

그렇게 생각하니 정말로 누군가와 손을 잡은 소녀가 자신을 향해 손을 흔드는 모습을 본 것 같기도 하다.

아무리 그래도 이렇게 정신을 놓다니, 미사는 헛웃음을 지으며 소녀에게 받은 화관을 들고 산책로를 걷기 시작했다. 안개도 걷히고 있고 옷도 거의 말랐을 것이다. 국도에 쓰러져 있는 나무만 철거되면 도피행도 이걸로 끝이다.

어렴풋이 아쉬움을 느끼며 미사는 여관으로 돌아왔다.

로비에 들어선 순간, 큼지막한 괘종시계가 시간을 알려왔다.

댕, 댕, 댕, 댕.

무거운 소리가 네 번 울렸다. 이어서 문자판 아래에 있는 작은 문이 열리고 시계 안쪽에서 무언가가 나왔다. 금빛 접시 위에서 빙글빙글 춤추는 장화 신은 고양이였다.

고양이가 나오는 뻐꾸기시계라니 특이하다. 미사가 춤추는 고양이를 보고 있는데 별안간 뒤에서 살짝 높은 톤의, 중성적이면서도 맑은 목소리가 들려왔다.

"호수는 어떠셨습니까?"

거짓말을 들킨 사람처럼 미사는 들고 있던 화관을 떨어트렸다.

오너가 긴 머리카락을 귀 뒤로 넘기고 몸을 숙여 화관을 주웠다. 화관을 건네받으면서 미사는 한 가지를 깨달았다. 훈련이라도 받는지 이곳 직원들에게서는 발소리가 나지 않는다는 것을. 다들 마치 연기처럼 뒤에서 소리도 없이 다가왔다.

"아주 아름다웠어요."

미사는 토끼풀로 만든 화관을 보며 대답했다.

"거기서 귀여운 소녀도 만나고."

별생각 없이 한 말에, 오너의 잘생긴 눈썹이 살짝 움직였다.

"그 애는 호수에 있었습니까?"

"네. 호숫가 벤치 근처에."

역시 엄마가 찾고 있었구나. 그렇게 생각하면서 다시 오너에게 시선을 돌리자 얼음장처럼 차갑던 그의 얼굴에 약간의 감정이라 할 만한 것이 떠올랐다.

"이거, 그 애랑 같이 만든 거예요."

화관을 내밀고는 미사가 놀랐다.

아주 잠깐이었지만 오너가 미세하게나마 웃었던 것이다. 단정한 얼굴에 붙어 있던 얼음이 그 순간만큼은 부드럽게 녹아내렸다.

"역시 여기 손님이었군요."

하지만 그 말이 끝나기가 무섭게 오너가 원래의 차가운 표정으로 되돌아왔다.

"다른 손님에 관해선 함부로 말씀드릴 수가 없어서."

그렇게 나오니 미사도 더는 할 말이 없었다.

어색한 침묵이 흐르는 가운데, 금 접시 위에서 춤추던 고양이가 희미하게 금속음을 내며 시계 안쪽으로 들어갔다. 장화를 신은 고양이의 모습이 사라지자 문자판 아래에 있던 문이 닫히고 다시 째깍째깍 소리가 났다.

"쓰러진 나무는 철거되었나요?"

미사가 물었다.

"네, 이제 지나갈 수 있습니다."

오너가 점잖게 끄덕였다.

"차를 준비해 뒀으니 체크아웃은 이쪽에서."

그 말에 미사는 마음속 어딘가에서 실망하는 자신을 발견했다. 하지만 길이 뚫린 이상, 언제까지 비일상에 머물러 있을 수는 없었다.

방에 돌아오자 침대 위에 다 마른 옷이 놓여 있었다. 서둘러 옷을 갈아입고 짐을 정리했다. 소녀가 준 화관도 토트백에 넣었다.

계단을 내려오자 달달한 향이 코를 찔렀다. 난로 앞 작은 탁자에서 호텔 보이가 차를 준비해 주었다.

"팡구르 씨의 특제 애플 타르트입니다."

호텔 보이가 쾌활하게 말했다. 테이블에는 킬트 덮개를 씌운 찻주전자와 먹음직스러운 타르트가 놓여 있었다.

"아일랜드식 애플 타르트에는 뜨거운 커스터드 소스를 발라 먹는 게 철칙이에요."

미사의 앞에서 호텔 보이가 타르트에 커스터드 소스를 듬뿍 발라 입안에 넣는 시범을 보였다. 달콤한 향의 정체는 아무래도 이 소스인 모양이다.

"자, 드세요."

호텔 보이의 권유에 미사는 뜨거운 커스터드 소스를 바른 타르트를 입안에 넣었다. 산미가 강한 사과 필링과 달콤한 소스가 입안에서 하나로 어우러졌다. 침샘이 자극을 받아 턱뼈가 시큰거렸다. 타르트 생지도 바삭하고 버터 향이 부드럽게 코를 찔렀다.

"맛있어…."

"다행입니다." 엉겁결에 나온 말에 오너가 대답했다.

"그럼, 천천히 드세요."

"정말 여러 가지로 감사드려요."

다소 무례한 구석도 있었지만 역시 좋은 곳을 알게 되었다고 미사는 순순히 인정했다. 떫은맛이 나는 아이리시 티는 산미가 강한 애플 타르트와 잘 어울렸다.

난로 앞 소파에서 차를 마시고 있으려니 역시나 아쉬운 기분이 들었다.

"저."

문득 생각이 나서 미사는 로비 중앙에 있는 괘종시계를 가리켰다.

"저기에 있는 뻐꾸기시계는 『장화신은 고양이』를 모티프로 한 건가요?"

"잘 아시는군요."

오너가 긴 머리카락을 어깨 뒤로 넘기며 끄덕였다.

많은 이들이 그렇듯 미사 역시 어린 시절, 프랑스 시인 페로Charles Perrault의 『장화신은 고양이』를 그림책으로 읽었다. 이야기의 골자는 대략 이렇다. 가난한 방앗간 집 삼형제가 재산을 나누기로 하고 첫째 아들이 방앗간을, 둘째 아들이 당나귀를, 막내아들이 고양이를 물려받는다. 두 형이 고양이 따위 아무 짝에도 쓸모가 없다며 막내아들을 비웃자 이를 본 고양이가 "이래 봬도 제법 쓸 만하답니다"라고 막내아들을 위로한다.

그러면서 고양이는 막내아들에게 졸라 장화와 주머니를 받게 되는데, 그 보답으로 온갖 기지와 임기응변을 발휘해 막내아들을 후작으로 만들어 주고 결국 막내아들은 정말로 큰 부자가 된다는 이야기다.

허리에 검을 차고 깃털이 달린 챙이 넓은 모자를 쓴 장화 신은 고양이. 그 모습이 아주 늠름했던 기억이 난다.

"왜 고양이가 막내아들에게 장화를 갖고 싶다고 졸랐는지 아십니까?"

오너의 질문에 미사는 고개를 저었다.

'주머니'는 왕의 선물을 포장한다는 서사적 필연성이 있었는데 고양이가 '장화'를 신으려는 이유는 불분명했다.

그러게, 진짜 왜 그랬을까?

"당시 유럽에서는 복장에 엄격한 제한이 있어서 장화는 고귀한 계급이 아니면 신을 수가 없었습니다. 다시 말해…."

오너가 눈을 빛내며 미사를 바라보았다.

"막내아들이 자신에게서 그만큼의 가치를 찾아낼 수 있는지 고양이가 시험해 본 겁니다."

난로의 장작이 타닥, 하고 터져서 미사가 움찔했다.

"재미있는 해석이네요."

미사는 『장화신은 고양이』를 고양이가 인간을 시험하는 이야기라고 생각해 본 적이 없었다.

"『장화신은 고양이』와 비슷한 이야기가 유럽 전체에 널리 퍼져 있습니다. 유럽 외에 아프리카와 인도에도 비슷한 이야기가 있다고 해요. 페로의 『장화신은 고양이』에선 막내아들도 고양이도 행복한 결말을 맞지만, 페로판이 출간되기 반세기 전 발표된 이탈리아 궁정시인 바실레의 유사한 이야기 〈갈리우소Gagliuso〉를 보면 전혀 다른 결말이 나옵니다."

"듣고 싶어요."

갑자기 말이 많아진 오너를 앞에 두고 미사는 홍차 잔을 받침에 내려놓았다.

분명 이 사람은 유럽 문화에 조예가 깊을 것이다. 저 괘종시계도 오너가 구입한 골동품인지 모른다.

별난 여관을 경영하는 박식해 보이는 오너의 이야기에 미사는 순수하게 흥미를 느꼈다.

"그럼 잠시 실례하겠습니다."

호텔 보이가 차를 따라 주자 오너가 맞은편 소파에 앉았다. 그러고는 흰 찻잔에 잘생긴 입술을 댄 뒤 〈갈리우소〉에 대해 이야기하기 시작했다.

방앗간 집 형제가 재산을 나누면서 막내아들이 고양이를 물려받는다는 시작은 페로판과 다르지 않다. 고양이가 임금님에게 선물을 진상하고 자신의 주인이 얼마나 고귀한 사람인지를 떠들어 대는 것도 똑같다. 여기선 고양이가 막내아들을 '갈리우소'라는 이름의 어마어마한 재산을 가진 청년으로 포장해 준다.

"고양이의 허풍에 속은 임금님이 거액의 지참금과 함께 딸을 시집보내기로 하면서 막내아들은 진짜 귀족이 됩니다."

"『장화신은 고양이』와 거의 비슷하군요."

"네, 여기까지는. 단 〈갈리우소〉에는 이 뒤에 이야기가 더 이어집니다."

가난의 밑바닥에서 위로 올라온 청년은 고양이에게 고마워하며 "네가 죽으면 죽은 몸에 향을 뿌리고 황금 항아리에 넣어 내 방에 모셔 둘 거야"라고 약속한다. 그런데 시험 삼아 고양이가 죽은 척하자 청년은 약속을 어기고 고양이의 몸을 창밖으로 던져 버린다.

"저런."

미사는 미간을 찌푸렸다.

죽은 척하던 고양이는 마당으로 훌쩍 내려와 "이것이 너에게 몸 바쳐 헌신한 나에 대한 예우인가, 네놈은 욕할 가치도 없다"라고 일갈하고 망연자실해하는 청년을 두고 도망친다.

"그 뒤로 고양이는 자취를 감추고 두 번 다시 인간 앞에 모습을 드러내지 않았다고 합니다."

난롯불을 보면서 오너가 이야기를 마쳤다. 너무 가혹한 결말이었다.

"그런데 왜 주인공 청년은 은혜를 베푼 고양이에게 그런 짓을 한 걸까요?"

아무리 동화의 원형 중에는 잔혹한 내용이 많다고 해도, 이 이야기는 너무 부당하게 느껴졌다.

"유럽에서는 옛날부터 고양이를 불길한 것으로 여겼습니다."

오너가 담담하게 이어 말했다.

"왜냐하면 그 땅에서는 오랫동안 고양이가 악마를 부르는 연금술 의식에 쓰였기 때문이죠."

"연금술 의식이요?"

"북유럽이나 영국에서는 의식을 치를 때 악령을 제압하려고 금속 무기를 부딪쳤는데, 그때 나는 소리가 고양이 울음소리와 흡사했다고 합니다."

연금술 의식이 고양이를 사일 밤낮으로 쉬지 않고 울게 하는 잔혹한 짓이란 말에 미사는 단숨에 식욕을 잃었다.

"나흘간, 한순간도 고양이 울음소리가 끊어져선 안 됩니다. 어떤 방법을 쓰는지는 역겨워서 상상하고 싶지도 않지만 생포된 고양이들은 이 세상 소리라곤 생각할 수 없는 울음소리를 냈다고 합니다."

오너는 덤덤하게 말했다. 난롯불에 진주 빛 뺨이 때때로 붉게 물들어 보였다.

"대부분의 고양이가 도중에 탈진했습니다."

연금술이란 모호한 의식을 위해 수많은 고양이가 떼로 희생되었다는 이야기를 듣고 속이 안 좋아진 미사는 포크를 내려놓았다.

"딱 한 사람, 영국의 한 남자가 연금술에 성공해서 신으면 영원히 살 수 있는 은 구두를 정제해 냈다고 합니다. 단, 그 구두는 맞는 사람이 없어서 누구도 신을 수가 없었습니다. 그리고 연이은 전쟁 속에서 구두의 행방도 묘연해졌다고 해요."

연금술 이야기는 별 소득도 없이 허무하게 끝이 났다.

"그리 유쾌한 이야기는 아니었죠. 실례했습니다."

"아니에요."

차게 식은 애플 타르트를 억지로 입에 욱여넣고 미사는 소파에서 일어났다.

"잘 먹었습니다. 신세가 많았습니다."

짐을 챙겨 프런트로 가자 원피스를 입은 통통한 프런트 직원이 초승달 모양으로 눈웃음을 지으며 전표를 내밀었다. 별생각 없이 받아 든 미사의 얼굴이 이내 굳어졌다.

순간 자릿수를 착각한 줄 알았다. 전표에 제시된 금액은 도심지에 있는 오성급 호텔 숙박 요금의 세 배나 되는 가격이었다.

"말도 안 돼."

엉겁결에 한 말에 "뭐가 말이 안 되는데요옹?" 하고 여성이 따지듯 물었다.

"이런 악천후 속에서 묵게 해 줬는데 당연하죠옹. 지금도 오너를 독차지해 놓고선."

"네?"

"카드는 안 돼요옹. 현금만 받거든요옹."

"그런 거금을 갖고 있을 리가⋯."

말하다 말고 미사는 입을 다물었다. '위자료'로 준비한 금액이 마침 제시된 숙박료와 일치했던 것이다.

하지만 설마. 그걸 알 리가 없어.

"아무리 그래도 너무 비싸요."

예정에도 없이 찾아오긴 했지만 이런 거금을 낼 순 없다. 저녁도 먹지 않았고 방도 보면 이 가격의 십분의 일에도 못 미치는 수준이다.

"내, 내역을 보여 주세요."

오너에게 항의하려고 돌아보다 발이 얼어붙었다.

오너와 호텔 보이, 백발의 요리사가 어느새 뒤에서 자신을 빙 에워싸고 있었다.

"뭘 놀라십니까. 당연히 대가를 치러야죠."

아름다웠던 오너의 얼굴이 악마처럼 일그러졌다. 입이

귀까지 찢어지고, 눈동자는 금빛으로 번쩍거렸으며 길고
검은 머리카락은 굼실굼실 곤두서 있었다.

"대가요, 대가."

호텔 보이의 표정에도 천진함이 완전히 사라져 있었다.

"팡구르는 팡구르의 일을 했어. 그러니까 당신도 대가
를 치러야 해."

백발의 키가 큰 청년도 미사를 덮칠 듯이 다가왔다.

이 사람들 정말로 이상해.

네 사람의 동공이 일제히 커지더니 강렬한 빛을 발산했다.

"대가를!"

오너가 귀청이 떨어져 나갈 만큼 날카롭게 소리를 질
렀다.

"대가를! 대가를! 대가를!"

프런트 직원까지 합세해 다 같이 포효하듯 크게 소리 질
렀다.

"그만!"

머릿속까지 울리는 소리를 견디지 못하고 미사는 토트
백을 뒤져 현금이 들어 있는 봉투를 찾았다.

"대가를! 학대받은 우리에게 대가를!"

다가오는 그림자가 점점 더 커지는 듯했다. 미사는 겁이
나서 차마 돌아보지 못하고 봉투를 뒤로 던졌다. 그때 소

녀에게 받은 화관이 봉투 모서리에 걸려 같이 날아갔다.

그 순간, 미사를 짓누르던 가장 큰 압력이 훅 하고 꺼졌다. 미사는 그 틈에 주차장으로 허겁지겁 달려갔다. 그 무렵 밖은 어스름이 깔리기 시작해 푸른 나무숲 뒤로 검붉은 석양이 지고 있었다.

완전히 해가 떨어지기 전에 이곳을 떠나야 해.

본능적으로 그렇게 느낀 미사는 힘껏 차 문을 열었다. 차키를 꽂으려는 손이 바들바들 떨렸다.

여관에서 여전히 무언가가 쫓아오는 기색이 났다. 검은 구름처럼 밀려오는 기색을 떨쳐 내고 차를 출발시켰다.

어슴푸레한 길을 달리면서 미사는 기이한 환각에 사로잡혔다.

땡! 땡!

귀에 거슬리는 금속음이 울려 퍼지는 가운데, 수많은 소녀들이 입을 크게 벌리고 쉴 새 없이 노래를 불렀다.

그 안에는 아야카도 있고 루나도 있고 그리고 과거의 미사도 있었다.

십대 시절의 미사가 눈에 눈물을 글썽이며 노래한다.

"금을 만들어라!"

누군가의 목소리가 들린다.

땡! 땡!

"꿈을 팔아라!"

쿵! 쾅!

소녀를 금속으로 두드린다. 소녀들은 손발에서 피가 흘러나와도 웃으며 노래한다.

지쳐서 주저앉으려고 하면 가차 없이 날벼락이 떨어진다.

이대로 끝나고 싶어?

널 대신할 사람은 얼마든지 있어!

여기서 도망치면 넌 평생 패배자야!

소녀들에게 몰려든 추악한 마귀들. 그것들이 녹초가 되어 표정이 텅 비어 버린 소녀들을 농락한다. 그것들은 소녀들을 찢어발기고 골수까지 빨아먹는다.

"이제 그만!"

미사가 핸들을 꽉 잡고 고개를 옆으로 흔들었다.

소녀들을 농락하는 마귀가 갑자기 고개를 들고 이쪽을 쳐다본다. 거기서 자기 얼굴을 발견한 미사는 온몸으로 비명을 질렀다.

그 순간 터널을 빠져나온 듯 주변이 밝아졌다.

국도다.

쓰러진 나무는 이미 사라지고 없었다. 울창한 숲속에 있던 게 거짓말이었던 것처럼 길 앞에 가로등 불빛이 환하게 보였다. 어느새 라디오에서는 디제이의 경쾌한 멘트가 흘러나오고 있었다.

미사는 전방에 있는 가로등 불빛을 망연히 바라보았다.

2주 뒤. 미사는 도호쿠 남부의 산길을 달리고 있었다.

10월 하순이 되어도 낮 최고기온은 20도를 웃돌았다. 올해는 가을을 건너뛰고 겨울을 맞이할 모양이다.

그날의 칙칙한 어둠이 환영이기라도 한 듯이 삼나무 숲은 환하게 밝았다. 미사는 백미러로 뒤를 확인했다.

뒷자석 오른쪽에는 아야카가 무릎 위에 손을 얹고 창밖을 보고 있었다. 왼쪽에 앉은 루나는 부루퉁한 표정으로 스마트폰을 만지고 있었다.

거울 속에서 미사와 눈이 마주치자 루나는 살짝 겸연쩍은 표정을 지었다. 하지만 바로 샐쭉해져서 어깨를 으쓱했다.

"보기만 하는 거예요. 글은 안 올리고."

"스마트폰 돼?"

미사는 최대한 냉정하게 물었다.

"됐다가 안 됐다가. 와이파이도 안 잡히고, 짱나."

스마트폰을 던지고 루나는 차창에 기대어 눈을 감았다. 그 후, 다신 아무도 입을 열지 않았다. 라디오에서 흘러나오는 음악만이 차 안에 울려 퍼졌다.

라디오를 한 귀로 흘리면서 미사는 요 2주일간을 떠올렸다.

여관에서 도망친 뒤 미사는 매니지먼트 일을 진지하게 그만두려고 했다. 자신이 하는 일도 악취 나는 연금술이라는 걸 절실히 깨달았기 때문이다. 미사는 날마다 소녀들을 농락하는 작은 마귀들 속에서 자기 얼굴을 보는 악몽에 시달렸다.

미숙한 소녀들의 꿈과 희망을 착취해 조악한 금을 찍어내는 일. 소녀들은 문제를 일으킬 경우 교체되었고, 딱히 문제를 일으키지 않아도 나이 들고, 처녀성을 잃으면 '졸업'이라는 명목으로 가차 없이 버려졌다.

연금술은 그로부터 얻은 경험을 살려 스스로 성장하게 만들어 준다고 공언하지만 소녀들은 대개 연성도 되기 전에 탈진해 버렸다.

이게 바로 예전부터 면면히 이어져 내려온 아이돌 비즈니스의 실상이다. 아마추어보다는 낫다지만 프로라고 하기엔 실력이 부족한 소녀들을 악수회나 허접한 이벤트에 이용하는 지금의 운영 방식은 결국 당사자인 소녀들만이 아니라 거기에 모인 남자들까지 멸시하는 행위다.

플라티나엔젤에 국한해서 말하자면 멤버에게도, 그들에게 헌신하는 팬에게도 정당한 대가를 지불한다고 할 수 없었다.

그래서 더 이상 이 일을 계속하기가 어려웠다.

하지만 실제로 사표를 쓰고 나서 미사는 한 번 더 곰곰이 생각했다.

자신이 그만둔다한들, 아무것도 변하지 않을 것이다. 어딘가에서 끌려 나온 다른 누군가가 똑같이 뒤처리를 맡아서 하게 될 뿐이다.

"대가를! 대가를! 대가를!"

이러다 그 아우성치는 소리에서도, 밤마다 꾸는 악몽에서도 영영 벗어나지 못하면 어쩌지?

깊이 생각한 끝에 미사는 한 가지 결단을 내렸다.

필름 커미션 프로듀서가 요구한 대로, 멤버를 데리고 사죄와 해명을 하기로 한 것이다. 당연히 사장에게는 허락받지 않았다.

이건 미사의 독단적인 결정이다.

이 결정이 어떤 결과로 이어질지는 알 수 없다. 상대가 받아 주지 않으면 전부 헛수고로 끝날 수도 있고, 매스컴의 반응에 따라 돌이킬 수 없는 사태로 번질 수도 있다. 더

욱이 사장의 허락도 받지 않고 움직였으니 잘릴 가능성이
매우 높다.

그래도 사과하러 가고 싶으냐고 물었더니, 아야카는 물
론이고 뜻밖에 루나까지 동의했다.

루나가 왜 이번 사과에 동행하기로 했는지 진짜 이유는
알 수 없다. 이대로 가다가는 늦든 빠르든 자신도 버림받
을 거라고 느낀 걸까? 그렇다면 함께 사과해서 이미지를
관리하는 편이 낫다고 판단한 걸까?

미사는 다시 백미러를 보았다. 황갈색 머리가 어깨까지
흘러내리는 루나는 미니스커트에서 뻗어 나온 날씬한 다
리를 꼬고 샐쭉한 표정으로 자고 있었다.

술자리에서 사장이 테이블 아래로 손을 뻗어, 옆에 앉은
루나의 허벅지를 만지는 광경을 몇 번인가 본 적이 있다.
당사자인 루나는 사장에게 술을 따르면서 즐거운 듯이 깔
깔 웃고 있었다.

하지만.

그때 루나의 과장된 웃음을 보고 미사는 이렇게 생각하
지 않을 수 없었다.

'즐거운 척하지 않으면 견딜 수 없을 때도 있지.'

"에이 그만해요."

명백히 성희롱인데도 헤실헤실 웃으면서 적당히 흘려

넘기던 과거 자신의 모습이 뇌리를 스쳤다.

"닮는 것도 아니고"라며 다가오는 남자들을 받아 주느냐 아니냐에 따라 대우가 달라질 때도 있었다. 거기에 기댄 것은 루나의 잘못이지만 기댈 수밖에 없는 불안한 마음을 모르는 바도 아니다.

닮는 것도 아니고.

미사도 그런 말로 슬쩍 넘어가려던 때가 있었다.

하지만 아무리 닮는 게 아니라고 해도 분명히 닮는 게 있다.

미사 자신이 그랬다. 좋아하지도 않는 남자가 몸을 만지는데 정말로 아무렇지도 않을 여자가 어디 있을까.

닮는다.

가슴과 엉덩이와 허벅지만이 아니라 누가 부당하게 어깨와 등과 팔과 손만 만져도 마음 어딘가가 잘려 나간다.

몇 년이 지나도 그 공포와 굴욕은 결코 지워지지 않는다.

치유되지 않는 결손을 메우기 위해, 루나가 '괴롭힘'이 아닌 다른 방법을 진지하게 찾으려 한다면 미사는 그 결심을 믿어 주고 싶었다.

커브 길에 접어들자 미사가 눈을 가늘게 떴다.

쓰러진 나무가 이 근방에 있었다. 하지만 아무리 주의 깊게 둘러봐도 옆으로 빠지는 샛길은 보이지 않았다.

신기한 건 그것만이 아니었다.

도쿄에 돌아가고 나서 알게 됐는데, 그날은 일본 어디에서도 태풍이 불지 않았다. 국도에 나무가 쓰러져서 피해를 입었다는 뉴스도 샅샅이 찾아봤지만 나오지 않았다.

그뿐인가. 여관에 대해 기억해 내려고 하면 어쩐지 곳곳에서 기억이 모호해졌다. 그렇게 강렬한 체험을 하고 날마다 악몽을 꿨는데도 자세히 기억해 내려 하면 바로 망망대해에 떠 있는 것처럼 갈피를 잡을 수가 없었다.

마치 강력한 최면술에라도 걸린 것 같았다.

그날, 사실은 어딘가에서 '위자료'를 분실하고 미친 듯이 찾아 헤맨 끝에 지방 도시의 비즈니스호텔에서 하룻밤을 묵었다가 지치고 초조한 나머지 긴 악몽을 꾼 건 아닐까?

생각하면 생각할수록 모호하게 흐려진 기억보다 이 쪽이 훨씬 더 현실적으로 느껴졌다.

그야 말이 안 되잖아.

그러고 보니 또 하나 마음에 걸리는 게 있었다.

조사해 보니, 도호쿠 남부에 위치한 이 일대에 '네코마가다케'라는 산지가 있는 모양이다. 옛날부터 이곳에는 요력을 기르는 고양이들이 모여 수련을 한다는 전설이 전해 내려온다.

일본에는 '네코다케猫岳'라고 불리는 이러한 고양이들

의 수련장이 규슈, 도호쿠 외에도 몇 군데 더 있다. 어느 날 사람들이 사는 마을을 떠난 고양이들은 '네코다케'에 모여 산속을 헤매는 인간을 홀리며 온갖 요력을 쌓는다고 한다.

이제는 기억이 희미해져 얼굴도 떠오르지 않았지만 여관의 호텔 보이가 분명 그런 말을 했었다.

자신들은 여기서 수련을 하고 있다고.

일단 힘에 눈뜨면 산의 부름을 받아 목적을 이루지 않고는 못 배긴다고.

불현듯 사람들의 마을을 떠난 고양이들이 네코다케 여관에 모이는 모습이 떠올랐다.

설마.

역시 말도 안 되는 이야기다.

미사는 쓴웃음을 지었다.

하지만 정말로 그들이 사람으로 변신한 고양이고, 어떤 목적을 이루기 위해 요력을 기르려 수련을 하고 있는 거라면 그것이 다소나마 그녀에겐 통했을지도 모른다.

뭘 해도 변하지 않는다. 그렇다면 흘러가는 대로 사는 게 편하다. 그렇게 생각했던 자신이 처음으로 벽을 무너트리려 하고 있으니까.

이는 비단 아야카와 루나만을 위해서는 아니다. 그녀 자신을 위해서이기도 하다.

미사는 백미러로 뒷자석에 앉은 두 사람을 바라보았다.

아야카는 결연한 눈빛으로 앞을 보고 있었고 루나는 여전히 뾰로통한 표정으로 자고 있었다.

도쿄를 빠져나와 여기까지 오는 동안 두 사람은 대화는 커녕 눈도 마주치려 하지 않았다. 그래도 이 둘은 지금 같은 목적을 갖고 달리는 차 안에 있다. 지금은 그게 전부다.

만약에 기획사에서 잘리면 어떻게 해야 할까. 과연 두 사람을 데리고 독립할 수 있을까? 사장의 방해로 아무것도 하지 못하고 업계에서 비참하게 추방될지도 모른다.

하지만 우리는 힘을 합쳐 벽을 무너트려야 한다. 그렇지 않으면 영원히 앞으로 나아가지 못한다.

이는 아마 연예계에 국한된 이야기는 아닐 것이다.

순간, 금빛 눈동자를 번쩍이던 오너의 얼굴이 선명하게 떠올랐다.

긴 흑발을 나부끼던 무섭게 아름다운 오너가 각오가 됐느냐고 묻는 것만 같다.

그렇다. 이건 수련이다.

무모해도 도전하지 않으면 이 세계는 변하지 않는다.

여자들끼리 모여서 뭘 할 수 있겠느냐고 많은 사람들이 숙덕거릴 것이다.

하지만 언제까지고 그렇게 '모성'과 '처녀성'의 틀 안에 갇혀 있을 수만은 없다.

미사는 핸들을 꽉 잡고 신중하게 액셀을 밟았다.

고양이들이 깔아 놓은 눈에 보이지 않는 경계선을 넘어서.

그렇게 우리도 변할 것이다.

제
2
장

도
망
치
는　남
자

한낮의 시대극 재방송에는 중간중간 광고가 많다. 그것
도 같은 광고만 반복해서 나온다. 스폰서가 적은 탓인지
도 모르겠다.

　"100세 시대, 밝고 즐거운 미래에, 여러분의 보험."

　와타히키 기요토는 이불 대신 깔아 놓은 방석 위에서 하
품을 하며 기지개를 켰다. 누운 채로 텔레비전 리모컨을 들
고 채널을 이리저리 돌리고 있다.

　거만한 표정의 연예인이 진행하는 와이드 쇼.

　텔레비전 화면 가득 어린 소녀의 사진이 떴다.

　또 학대 뉴스인가….

리모컨을 든 채 기요토는 눈살을 찌푸렸다.

얼마 전부터 아이를 돌보지 않고 방치한 사건을 다루는 아동 학대 뉴스가 늘었다. 키울 자신도 기개도 없으면서 왜 아이를 낳는 걸까.

사진 속 소녀는 부모가 게임 센터에서 노는 사이 차 안에 방치된 채 열사병으로 사망했다. 아직 늦더위가 가시지 않은 계절이라 차 안은 온도가 50도 가까이 올랐다고 한다.

얼마나 덥고 괴로웠을까.

소녀의 앳된 미소가 한 번 더 클로즈업되자 기요토는 가슴이 아팠다. 그 역시 저런 맑은 눈으로 누군가를 믿던 시절이 있었다.

어느 시대나 어른들은 다 자기 멋대로다. 기요토가 어렸을 때도, 어른들은 죄다 거짓말만 했다.

기요토의 가슴속을 차가운 것이 스치고 지나갔다.

노인들만 사는 지방 도시에 있다 보면 아무리 시간이 지나도 '젊은 축'에 속하지만 나이만 보면 기요토도 이미 어엿한 성인이다. 성인이 되고 7년. 그 역시 거짓말만 하는 제멋대로인 어른이 되었다. 그러지 않고서야 이런 각박한 세상을 어떻게 살아 나갈 수 있을까.

기요토는 자세를 바꾸고 터져 나오는 하품을 억지로 참았다.

11월에 접어들자 기타칸토北関東(일본 관동 지방의 북부와 중
북부 지역. 이바라키현, 도치기현 등이 포함된다—옮긴이)의 이 도시
는 찬바람이 부는 초겨울 같은 계절이 되었으나 남향의 방
은 따뜻한 햇살이 방 안쪽까지 비쳐서 따뜻했다. 볕이 드
는 곳에 가만히 있으면 땀이 날 정도였다.

이곳은 방 2개에 거실과 주방이 있고 욕조와 화장실, 넓
은 주차장까지 딸려 있다. 도쿄 도심에서 이런 방을 얻으
려면 집세를 얼마나 내야 할지 모른다.

다만 이 방에선 생선 비린내가 났다.

하지만 집세를 내는 건 기요토가 아니었기에, 배부른 소
리를 할 처지는 아니었다.

기요토는 리모컨을 바닥에 내려놓고 몸을 뒤척여 텔레
비전에서 등을 돌렸다.

고등학교 선배인 도모미가 사는 이 방에 굴러 들어온 지
도 벌써 2년이 지났다.

도모미와는 재작년 말, 도쿄에서 도망치듯이 돌아온 직
후에 지역 소방단 모임에서 재회했다. 재회라곤 하지만 기
요토는 도모미를 전혀 기억하지 못했다.

"와타히키, 와타히키지? 축구부에 있던."

그래도 뜨거운 시선을 받았을 때는 이게 웬 떡이냐, 하
고 생각했다.

기요토는 도모미의 눈을 보고 웃어 주었다. 자신의 어떤 점이 여성에게 인기가 있는지 알고 짓는 웃음이었다.

"날 기억해?"

기대에 찬 질문에 기요토는 "물론"이라고 대답했다. 기꺼이 그녀의 기대에 부응한 것이다. 그때, 기요토는 솔직히 궁지에 몰려 있었다. 믿고 있던 파견 회사에서는 계약 해지를 통보받았고, 그렇지 않아도 인구가 많은 도쿄와 비싼 집세, 만원 전철에 질린 참이었다. 배낭을 메고 어딘가로 가려 해도 수중에 돈이 없었다.

기요토는 하는 수 없이 외가가 있는 시골집에 내려가 잠시 머물렀으나 숨이 막혀 견딜 수가 없었다. 도모미가 현청 소재지의 수산가공 공장에서 일하면서 혼자 산다고 했을 때, 기요토는 기회라고 생각했다.

딱히 도모미를 속인 것은 아니다. 두 사람 다에게 이익이 되는 방법을 택한 것뿐이다.

지역 소방단 모임에 온 도모미는 서른을 앞두고 한껏 초조해 보였다. 도쿄라면 몰라도 지방 도시에서 독신으로 있으면 눈치가 보이기 마련이다. 여성이라면 더더욱 그렇다.

그때 도모미는 어깨까지 오는 머리를 부드럽게 말고 분홍색 니트를 입고 있었다. 고등학교를 졸업하고 바로 수산가공 공장에서 일하기 시작했다는 도모미는 한눈에 봐도 만남에 목말라 있다는 것을 알 수 있었다.

나중에 듣기로 도모미가 일하는 수산가공 공장에서는 아직도 수작업으로 진행되는 일이 많아서 대개의 부서에는 중년 여성밖에 없는 듯했다. 오래 고향을 떠나 있던 기요토의 등장은 도모미에게도 두 팔 벌려 환영할 순간이었을 것이다.

건어물, 생선 조림, 생선 통조림…. 도모미는 매일같이 수산가공품을 가지고 돌아왔다. 식비는 아낄 수 있었지만 부엌에서는 늘 비린내가 났다. 밤에 몸을 섞을 때, 도모미의 몸에서 생선 비린내가 날 때도 있었다. 어쩌면 그 냄새는 그의 몸에도 배었는지 모른다.

하지만 그 정도는 눈감아 주는 수밖에 없다. 다들 자기 자신을 위해 누군가를 이용하니까.

가족도 마찬가지다.

문득 눈앞에 쾅 하고 닫히던 잿빛의 문이 되살아났다.

"금방 돌아올게."

엄마는 늘 그렇게 말하고 어린 기요토를 두고 가 버렸다. 지키지도 않을 약속만을 남기고.

자기도 모르게 기요토는 입술을 꽉 깨물었다.

기요토의 부모는 기요토가 어린 시절에 이혼했다. 아빠의 얼굴은 이제 기억도 나지 않았다. 기요토는 영문도 모르고 엄마를 따라 그녀의 고향인 기타칸토의 시골 마을로 갔다.

도내의 아파트와 다르게 시골집은 넓었지만 여태까지 몰랐던 냄새가 나서 무서웠다. 오래된 다다미와 불단의 선향, 관광농원에서 일하는 조부모의 땀과 체취가 뒤섞인 냄새였다.

"꼭 데리러 올 테니까 얌전히 기다리고 있어."

조부모에게 맡겨진 기요토는 그 말을 믿고 밤이나 낮이나 엄마가 돌아오기를 기다렸다. 처음 일 년 동안 엄마는 많을 때는 일주일에 한 번, 적어도 한 달에 몇 번 정도는 돌아왔다.

하지만 언젠가부터 횟수가 줄더니 한 달에 한 번이 몇 개월에 한 번이 됐고, 다시 반년에 한 번이 됐다가 결국에는 일 년에 한 번이 됐다.

더 이상 그 기억을 떠올리고 싶지 않았다. 기요토는 바닥에 내려놓은 리모컨을 다시 들고 텔레비전 볼륨을 올렸다.

와이드 쇼에서는 방금 전 내보냈던 아동 학대 뉴스는 다 잊은 듯 연말 쇼핑 특집을 하고 있었다. 아메요코(도쿄 최대의 재래시장. 명소로 손꼽히는 곳이므로 도쿄 여행 코스에 빠지지 않고 나온다-옮긴이)를 걷는 리포터가 카랑카랑한 목소리로 알찬 쇼핑 정보를 소개하기 시작했다.

기요토는 채널을 돌리고 크게 한숨을 쉬었다.

자칫하면 자기도 어린 소녀처럼 될 수 있었다. 엄마에겐 우연인지 다행인지 어린 자식을 맡길 수 있는 고향이 있었고, 조부모가 아이를 받아 주었기에 자신은 목숨을 부지한 것뿐이다.

학대를 받진 않았지만 사랑을 받은 기억도 없다.

할머니는 표정이 없는 과묵한 사람이었다. 엄마처럼 기요토의 응석을 받아 주지 않았다.

"말 들어. 안 그럼 엄마 안 온다."

기요토가 울 때마다 할머니는 나직이 그렇게 말했다. 엄마를 끌고 나오면 아무리 불안하고 초조해도 성질을 내지 못했다.

속절없이 흘러내리는 눈물을 참으며 경련을 일으키듯 딸꾹질하던 당시의 모습을 떠올리면 기요토는 지금도 가슴속에 구멍이 날 것만 같았다.

낮동안 할아버지를 도와 관광농원에서 일하던 바쁜 할머니로서는 귀찮은 상황을 모면하려고 별생각 없이 한 말이었으리라. 하지만 어린 기요토는 그 말에 한 가닥 희망을 걸었다.

'얌전히' 있으면 엄마가 꼭 데리러 올게.

그 말만 믿고 아무도 상대해 주지 않는 쓸쓸한 나날을

견뎠다.

필사적이었던 만큼 그 기억은 깊고도 무거웠다. 그렇게 오래전 일임에도 불구하고.

그딴 노력 해 봤자 소용없었는데.

중학교 2학년 여름방학. 오랜만에 돌아온 엄마는 도쿄에서 재혼을 했다고 말했다. 이름도 외모도 싹 달라져 있었다. 배는 남산만 하게 불러 있었다.

엄마는 눈물을 글썽이며 언제든 보러 오라고 했고, 도쿄의 주소를 두고 갔다.

그저 보러 오라고만 했을 뿐, 같이 살자는 말은 하지 않았다.

그날 밤, 기요토는 엄마의 주소가 적힌 쪽지를 라이터 불로 태웠다.

기요토는 고개를 저으며 불쾌한 기억을 털어 냈다.

그러고도 부모라고 할 수 있나. 자식을 속이고.

그런 까닭으로 기요토는 '나만은 나 자신을 속이지 않으리라. 주변을 속일지언정 나 자신의 마음을 배신하지 않으리라' 하고 다짐했다.

고등학교를 졸업하자 도쿄에 있는 전문학교에 다닌다는 핑계로 기요토는 외갓집을 나왔다. 주변 친구들처럼 관광농원 일을 돕는 것이 싫었기 때문이다.

어차피 그곳은 우리 집이 아니었다.

어렵사리 학비를 내고도 전문학교에는 거의 나가지 않았다. 도쿄에서는 아르바이트하고 놀며 시간을 보냈다.

도쿄 어딘가에 있을 엄마를 보러 가겠다는 생각은, 처음부터 해 본 적도 없다.

제멋대로 사는 어른들처럼 그도 하고 싶은 대로 하며 살았다.

기요토는 쭉 그렇게 생각했다. 하고 싶지 않은 것은 하지 않겠다고. 한 번도 정규직으로 취직하지 않은 것도, 결혼을 하지 않은 것도 다 그 때문이다. 아이도 생기지 않게 세심하게 주의를 기울였다.

그랬는데….

스치는 불안감에 기요토는 팔꿈치를 괴고 일어났다.

석양이 지기 시작한 살풍경한 거리를 물끄러미 바라보았다. 11월에는 해가 일찍 저문다. 오후 3시 반을 지나자 노란 햇빛에 일찌감치 어스름이 스며들어 왔다. 이 계절이 되면 기타칸토에서는 해가 지자마자 기온이 뚝 떨어져서 밤에는 으슬으슬 추웠다. 방금 전까지만 해도 따뜻했는데, 벌써 창틈으로 냉기가 들어오기 시작했다.

언제까지 여기에 있어야 할까.

문득 그런 의문이 뇌리를 스쳤다. 무얼 해도 어디를 가도 가슴에 뚫린 구멍은 메워지지 않았다.

"100세 시대, 밝고 즐거운 미래에—"

생각 없이 채널을 돌리다 시대극 채널로 돌아온 듯 다시 같은 광고가 흘러나왔다.

"지겨워."

텔레비전을 끄고 리모컨을 밥상 위로 던졌다.

100세 시대라니, 생각만 해도 끔찍하다.

기요토는 방석을 베고 다시 누웠다.

지금 당장 죽고 싶진 않지만 27년을 산 것만으로도 아주 지겨워 죽겠다. 이대로 몇십 년이나 질질 끌며 사는 건 정말이지 사양하고 싶다. 시간 때우기는 이미 충분히 했다.

대체 보험이 무슨 소용이람? 아무리 보험을 들어 놔도 이 세상은 너무나도 불확실하다. 그렇지 않은가. 금융 위기, 수해, 재해, 원전 사고…. 사는 동안 세상에는 그런 사고가 끊이질 않았다.

이런 세상에서 노력하고 살라니, 진심으로 사양이다.

칠십이 넘어서도 관광농원에서 악착같이 일하는 할아버지와 할머니도, 생선 비린내를 풍기면서 매일 출근하는 도모미도 사서 고생한다는 생각뿐이다.

일하고 돌아온 도모미를 위해 기요토는 마음이 내키면 참치 샐러드나 고등어 통조림으로 카레를 만들었다.

처음에는 도모미도 기뻐하는 것 같았다.

하지만 최근 들어 도모미는 부쩍 심기가 불편해 보였다.

언제나 일손이 부족한 수산가공 공장에서 몇 차례나 불렀지만, 어물어물 변명만 늘어놓고 일하길 피하는 기요토 때문에 도모미도 슬슬 인내심에 한계가 온 걸까? 하지만 그것과 별개로 요사이 도모미의 컨디션이 부쩍 좋지 않아 보였다. 기요토는 그게 영 마음에 걸렸다.

어젯밤에는 저녁에 거의 손도 대지 않았다.

설마.

방금 전 스쳐 간 불안이 가슴으로 밀려와 기요토는 미간을 찌푸렸다.

지금의 생활도 말하자면 시간 때우기다. 책임질 만한 일은 만들고 싶지 않다.

기요토는 더 이상은 생각하기 귀찮다는 듯 어깨에 힘을 뺐다. 어느새 창밖은 어두워지고 있었다.

히터를 켜고 기요토는 바닥에 드러누웠다.

그리고 며칠 후 주말, 도모미가 평소보다 이른 시간에 집에 돌아왔다.

"무슨 일이야? 빨리 왔네."

평소처럼 마루에서 뒹굴뒹굴 누워서 텔레비전을 보던

기요토가 당황해서 일어났다. 물론 이런 순간에도 이성에게 먹히는 정교한 웃음을 짓는 일은 까먹지 않았다.

하지만 2년 가까이 시간이 지나자, 그 정도로는 기요토의 빈둥거리길 좋아하는 한량기가 감춰지지 않았다.

"오늘은 일하고 있을 상황이 아니라서."

그 미소에 정신을 못 차리던 도모미도 지금은 흥이 깨진 듯 한번 흘깃 보더니 차 키를 현관 선반에 던져 놓았다.

"그보다 잠깐 이쪽으로 와 봐. 할 얘기가 있어."

도모미가 부엌에 있는 테이블 의자를 끌고 와서 털썩 앉았다. 오늘은 평소보다 더 심기가 불편해 보였다.

기요토는 불길한 예감에 몸을 움츠리며 좁은 부엌으로 들어갔다. 생선 비린내가 훅 끼쳤다.

"일단 어떤 상황인지 너도 알아야 할 것 같아서."

도모미가 토트백에서 서류 한 장을 꺼내 기요토 앞에 내밀었다.

〈임신 확인서〉

서류 맨 위에 적힌 글자를 보고 작위적인 웃음을 짓던 기요토의 표정이 얼어붙었다.

"임신 8주째래. 이제 심장 소리도 들려서 병원에 가서 임신 확인서를 받아 왔어. 이제부터 수속을 밟고 산모 수첩도 받을 거야."

완전히 굳어 버린 기요토를 도모미가 눈을 치켜뜨고 노려보았다.

"나, 낳을 거야."

단호한 말투에 기요토는 숨이 멎는 듯했다.

나쁜 예감일수록 잘 맞는다는 게 이런 건가.

"하, 하지만 이런 건 둘이서 신중하게 의논하지 않으면…."

기요토는 떨지 않고 말하려고 최선을 다했다.

아이라니, 말도 안 된다.

"의논이라니 뭘?"

도모미가 코웃음을 쳤다.

"2년이나 같이 사는 동안, 네가 날 진지하게 생각하지 않는다는 것쯤은 잘 알고 있어. 나, 네가 생각하는 것만큼 바보는 아니니까."

도모미가 앉은자리에서 자세를 바꾸고 팔짱을 꼈다.

"고등학교 시절의 날 기억한다고 했던 말도 거짓말이지."

대답하지 못하는 기요토에게 도모미가 냉소를 지었다.

"뭐 꼭 결혼해 달라는 말은 아니야."

"어?"

기요토가 무심결에 안도한 얼굴을 그대로 내보이자, 도모미가 절망적인 표정을 지었다.

"뭐야, 그렇게 좋아?"

기요토는 미안하다고 말하고 입을 다물었다. 여기서 고맙다고 말하면 도모미에게 실례일 것이다.

"넌 진짜 나쁜 자식이야."

그렇게 말하고 도모미는 각오한 듯이 몸을 쑥 내밀었다.

"단 착실히 일해서 양육비를 줬으면 해. 아이를 위해서."

기요토가 끼어들 틈도 없이 도모미가 이어서 말했다.

"결혼은 하지 않아도 인지청구(가정법원의 확정 판결에 의하여 혼인 외의 자와 법률상의 부모자 관계를 형성하거나 확인할 것을 보장하는 제도-옮긴이)는 할 거야. 강제 인지청구도 할 수 있다니까."

강제 인지청구. 그 말에 기요토의 가슴팍과 옆구리에서 땀이 후끈 솟았다.

"내가 다니는 공장에서라면 내일이라도 당장 일할 수 있으니까."

도모미는 얼마 전부터 혼자 생각하고 이 모든 걸 정했을 것이다. 기요토는 내심 초조함을 감추려 애썼으나 도모미는 무서울 정도로 진지했다.

"돈은 꼭 있어야 해. 돈만 있으면 뒷일은 어떻게든 헤쳐나갈 수 있어."

도모미가 나직이 속삭였다.

"다음 주에 같이 공장에 가자."

"아, 알았어…."

도모미의 박력에 밀려 기요토가 모호하게 대답했다. 지금은 어떻게 해서든 이 상황을 빠져나가야 한다. 도망칠 방법은 다음 주까지 생각해도 늦지 않을 테니.

"그리고 보험에 들어."

"뭐?"

도망칠 궁리를 하던 기요토는 예기치 못한 요구에 얼빠진 소리를 냈다.

왜 여기서 갑자기 보험 이야기가 나오는 거지.

'100세 시대, 밝고 즐거운 미래에, 여러분의 보험.'

지금 상황에 전혀 어울리지 않는 텔레비전 광고 문구가 머리에 떠올랐다.

"지금 당장 결혼하지 않아도 수속만 제대로 밟으면 보험금, 나랑 태어날 아이가 수령할 수 있어."

도모미가 다시 토트백에서 서류 다발을 꺼냈다.

"일단 여기에 사인해."

볼펜과 함께 들이밀자 기요토의 안색이 변했다.

"자, 잠깐만."

"무슨 일이 생겼을 때를 대비해서 나도 보험을 들어 두고 싶어. 이것도 다 아이를 위해서야."

도모미가 눈을 부라렸다.

"아니, 그건 좀, 이상하지 않아?"

기요토는 초조함을 감추지 못했다.

뭐야 이게. 대체 무슨 일이야.

"너도, 네가 하는 약속도 도저히 믿을 수가 없어. 난 약간의 보증이 필요해. 결혼하지 않아도 되니까 보험에 들어서 나랑 아이를 수령인으로 해 줘."

"무슨, 말도 안 되는 소리를."

"왜 말이 안 돼? 도망치려고 하면 나 널 죽일 거야."

도저히 농담처럼 들리지 않는 단호한 어조에 기요토가 몸을 떨었다.

"이런 말을 하게 만든 네 잘못도 있어…."

겁먹은 모습을 보고 도모미가 조금 씁쓸한 표정을 지었다.

"도, 도모미. 진정해, 응?"

기요토는 잽싸게 회유에 나서려고 했으나 그게 도리어 역효과였던 모양이다.

"뭘 어떻게 진정하란 거야!"

더는 참을 수가 없다는 듯 도모미가 언성을 높였다.

"자, 이러쿵저러쿵하지 말고 어서 서류에 사인해! 안 그러면… 안 그러면 진짜로 죽일-"

순간, 서류와 볼펜이 테이블 밑으로 후드득 떨어지고 도모미가 말을 멈췄다.

"도모미?"

도모미가 손으로 입을 막고 벌떡 일어나 세면대로 달려
갔다. 곧이어 세면대 문 안쪽에서 토사물이 튀는 소리와 괴
로워하는 신음 소리가 새어 나왔다.

도모미….

아주 잠깐, 마음이 약해졌으나 기요토는 정신을 차리고
의자에서 벌떡 일어났다.

여기에 있으면 꼼짝없이 발목 잡힌다. 여차하면 정말로
죽을지도 몰라.

몸속에 생명을 잉태한 도모미의 눈빛은 진지했다.

도모미는 여전히 세면대에서 속을 게워 내고 있었다. 도
망치려면 기회는 지금뿐이었다.

그 순간, 선반 위에 있는 자동차 키가 눈에 들어왔다. 기
요토는 거실로 달려가 서둘러 다운재킷을 걸치고 키를 낚
아챈 뒤 현관을 뛰쳐나왔다.

주차된 차에 올라타 차키를 꽂자 도모미가 비틀거리며
따라 나왔다.

'미안. 네 제안을 받아들일 수는 없어. 기개도 자신감도
없는 내가 아이를 낳다니, 도저히 무리야.'

이쪽을 향해 손을 내미는 도모미를 외면하고 기요토는

차를 출발시켰다.

도쿄 방면으로 갔어야 했다.

가로등 하나 없는 국도, 아니 '망가진 도로'를 달리면서
기요토는 미간을 찡그렸다. 외가가 있는 시골집으로 돌아
갈 생각은 추호도 없었다. 그런데 정신을 차리고 보니 차
를 몰고 북쪽으로 달리고 있었다.

도모미의 차는 산길에 강한 사륜구동이었으나 중고를
저렴하게 산 것이므로 내비게이션이 달려 있지 않았다. 거
기에 사방이 삼나무로 뒤덮인 산길은 꼭 깊은 밤처럼 어
두컴컴했다.

이제 어디로 가면 좋을까.

어딜 가도 자신이 있을 곳은 없는 것 같았다.

입덧을 하면서도 자신을 쫓아오던 도모미의 모습이 떠
올라 기요토는 가슴이 아렸다. "네가 나를 진지하게 생각
하지 않는다는 것쯤은 잘 알고 있어." 사실 이 말은 꼭 도
모미에게만 해당되는 건 아니다. 원래부터 기요토는 매사
에 진지하게 생각하는 걸 싫어했다.

그보다도 원치 않는 아이로 태어난 자신이 다시 원치 않
는 아이를 낳다니, 이 무슨 운명의 장난이란 말인가?

산다는 건 정말로 절망 그 자체다.

하지만 애초에 오래 살고 싶은 생각도 없으면서 이렇게 필사적으로 도망치는 이유가 뭘까? 어차피 필요 없는 목숨이라면 보험이든 뭐든 들어서 도모미와 배 속의 아이에게 주면 그만인 걸.

마음속 자기모순을 발견하고 기요토는 깊이 한숨을 쉬었다.

하고 싶은 건 하나도 없다. 굳이 말하자면 하고 싶지 않은 것을 하지 않는 게 유일하게 하고 싶은 것이다.

일하는 것도 싫고, 아이를 책임지는 것도 싫고, 보험에 드는 것도 싫다.

그러니 이렇게 도망치는 수밖엔 없다.

마음을 다잡고 기요토는 액셀을 밟았다.

하지만 몇 차례 급커브를 도는 사이에 점점 불안해졌다.

어째 이상한데.

아까부터 쭉 산속을 달렸지만 불빛이 보이지 않았다. 깊은 바다 속을 달리듯 아무리 달려도 캄캄하기만 했다. 주변엔 다른 차량이 한 대도 보이지 않았다.

국도를 달리고 있었을 텐데….

"앗."

다운재킷 주머니에서 스마트폰을 꺼내 보고 기요토는 엉겁결에 소리 질렀다.

이미 밤늦은 시각이었다.

생각에 잠긴 동안 제법 달려온 모양이다. 이러다가 현 경계를 넘어갈지도 모르겠다.

애플리케이션으로 지도를 연 순간, 화면 액정이 어두워졌다.

"하필 이런 때 배터리까지…."

기요토는 혀를 차며 스마트폰을 호주머니에 집어넣었다.

대체 여기가 어디지?

어딘가에 차를 잠깐 세우려고 주변을 두리번거리다 기요토는 아연실색했다.

하얀 것이 사이드미러로 떨어졌다. 별안간 눈이 내리기 시작한 것이다. 겨울 폭풍이라도 오려는 것일까?

"에이 설마."

기요토의 등에서 식은땀이 흘렀다. 어물어물하는 사이에 깜깜한 하늘에서 눈이 내리더니 자동차 앞 유리가 순식간에 하얗게 뒤덮였다. 부랴부랴 와이퍼를 움직였으나 치우고 치워도 앞 유리에 달라붙은 하얀 눈은 떨어질 줄 몰랐다.

이게 무슨 봉변이야. 아무도 없는 깊은 산속에서 혼자 큰 눈을 만나다니.

순식간에 산길에 눈이 쌓이는 걸 보고 기요토는 초조해

졌다.

큰일이다. 아무리 산길에 강한 사륜구동이라도 이 기세로 달리면 잠시도 버티지 못할 것이다. 이런 데서 고장이라도 나면 조난당하기 십상이다.

어디 갈 만한 곳이….

열심히 주위를 둘러보니 좁은 샛길 하나가 보였다. 어쩐지 거기에만 눈이 쌓여 있지 않았다. 저 멀리 희미한 불빛이 보이는 것 같아 기요토는 용기 내어 달렸다.

임산도로인지, 개인이 소유한 도로인지는 모르겠으나 샛길은 좁은 일방통행 도로였음에도 묘하게 달리기 편했다.

게다가 신기하게도 이 길에 들어서자마자 휘몰아치던 눈발이 거짓말처럼 잠잠해졌다.

이윽고 길 끝에 검은 숲을 배경으로 저택 하나가 우뚝 서 있는 모습이 눈에 들어왔다. 전조등 불빛에 '여관'이라고 적힌 간판이 보였다. 샛길은 이 여관이 소유한 개인 도로인 모양이다.

기요토는 여관 창문에서 새어 나오는 불빛을 보고 안도했다.

하지만 지갑에는 천 엔짜리 세 장밖에 들어 있지 않았다. 동전까지 긁어모아도 사천 엔이 안 될 것 같았다. 잠만 자기에도 간당간당한 액수다.

일단 기요토는 주차장에 차를 세웠다. 최악의 경우 차 안에서 밤을 새울 요량이었다.

다행히 눈은 그쳤고 다운재킷을 입고 있어서인지 그렇게 춥지 않았다. 사천 엔이 안 되는 액수였지만 지금은 그게 전 재산이었다. 절약해서 나쁠 건 없었다.

좀 전에 내린 눈은 뭐였을까.

기요토는 시트를 뒤로 젖히고 눈이 그친 밤하늘을 바라보았다. 산의 날씨는 변덕스럽다. 울창한 삼나무 숲 뒤로 큼지막하게 떠 있는 보름달에 가까운 달. 그 밝은 달빛 아래 여관의 슬레이트기와 지붕이 은빛으로 빛나고 있었다.

기요토는 별생각 없이 달을 구경하다 흠칫 놀랐다.

여관 지붕 위에 뭔가가 있다.

그늘에 가려 자세히 보이지는 않았지만 달을 향해 입을 벌리고 있는 듯했다. 입가엔 기다란 혀가 축 늘어져 있었다.

짐승치고는 너무 크다. 설마 사람인가.

조그만 뭔가가 달빛에 반사되어 쨍하고 빛났다. 동시에 짐승인지 사람인지 모를 것이 퍼뜩 이쪽을 보는 것 같더니 순식간에 지붕을 타고 어둠 속으로 스르륵 사라졌다.

기요토는 놀라 눈을 동그랗게 떴다.

그때, 갑자기 옆에서 큰 소리가 나서 하마터면 소리를

지를 뻔했다.

"주인님, 주인님."

휴대용 가스등을 든 젊은 호텔 보이가 자동차 옆 유리를 톡톡 쳤다.

아뿔싸, 들켰나.

기요토는 현실로 돌아와 얼굴을 찌푸렸다.

"아, 길을 좀 헤매느라. 죄송하지만 여기에서 하룻밤만…."

"주인님, 기다리고 있었습니다!"

자동차 옆 유리를 내린 순간, 십대로 보이는 다갈색 머리의 호텔 보이가 차 안으로 고개를 쑥 들이민 까닭에 기요토가 당황했다.

"주인님, 어서 차에서 내리세요. 오너도 기다리고 있어요."

호텔 보이는 아무래도 기요토를 다른 이로 착각한 모양이었다.

"아니, 저는…"

"자, 주인님, 어서요."

"그러니까 저는,"

"오늘 예약 손님은 주인님뿐이에요. 특별실을 준비해 두었어요. 오너도 기다리고 있단 말이에요."

이야기를 듣자 하니 진짜 '주인님'은 방금 전 내린 눈으로 오도 가도 못하는 모양이다. 그렇다면 그 사람인 척하고 오늘 밤은 특별실인가에서 하룻밤 묵는 게 상책일지도 모른다.

어차피 착각은 저쪽에서 했으니까.

호텔 보이의 채근에 기요토가 차에서 내렸다.

현관을 지나 로비에 들어가니 고급스러운 양탄자가 깔린 고풍스러운 공간이 펼쳐졌다. 로비 안쪽에는 난로가 빨갛게 타오르고 있었고 커다란 괘종시계가 중후한 소리를 냈다.

와 방값이 무지 비싸겠는걸.

기요토는 더럭 겁이 났다. 여기선 잠만 잔다고 해도 사천 엔으로는 턱없이 부족할 것 같았다.

역시 사람을 잘못 본 것 같다고 솔직하게 말하는 편이 좋을 듯싶었다. 혹시라도 나중에 진짜가 나타나면 사태 수습이 쉽지 않아 보이므로.

무엇보다 집에서 입는 맨투맨 티셔츠에 청바지, 다운재킷을 걸친 후줄근한 옷차림에 짐도 없으니 모로 봐도 '주인님'과는 거리가 멀어 보일 터. 세상물정에 어두워 보이는 호텔 보이라면 몰라도 오너라면 기요토를 보고 단박에 눈치챌 것이다.

"저기요, 저는 역시⋯."

호텔 보이에게 말을 건 순간, 로비 안쪽에서 나타난 인물의 모습에 기요토는 너무 놀라 입을 다물지 못했다.

비단같이 윤기 나는 긴 흑발에 진주 빛으로 빛나는 피부. 검은 나이트가운으로 몸을 감싼 날씬한 미녀가 조용히 이쪽으로 걸어왔다.

갸름한 얼굴은 조막만 하고 잘록한 허리는 속절없이 가날픈데 활짝 젖혀진 네크라인에서는 막 거품을 낸 생크림처럼 부드러워 보이는 풍만한 가슴이 금방이라도 쏟아질 것 같았다.

긴 속눈썹 아래 검은 눈동자가 이쪽을 천천히 훑어보았다. 새빨간 입술이 고혹적인 호를 그렸다.

기요토가 침을 꿀꺽 삼켰다.

27년을 살면서 이렇게 요염하고 아름다운 여자는 처음이었다.

"오너."

뒤에 있던 호텔 보이가 반갑게 불렀다.

오너?

그렇다면 이 현실미 없는 아름다운 여자가 여관의 주인이란 말인가.

여주인은 소리도 없이 스윽 다가와 기요토의 목덜미에 코를 대고 냄새를 맡았다. 순간 그녀의 몸에서 나는 사향 냄새에 기요토는 머리가 어질어질했다.

"주인님, 기다리고 있었습니다."

여주인의 달콤한 목소리가 귓가를 간질였다. 우수에 찬 가늘고 긴 눈이 이쪽을 천천히 응시했다.

최근에 IT계열 사장 중에는 옷차림에 신경 쓰지 않는 사람도 꽤 있다고 들었다.

그렇다면 이런 차림이어도 알아채지 못할 거야, 기요토는 점점 멍해져 가는 머리로 그렇게 생각했다.

여주인이 의식이 몽롱해진 기요토의 손을 잡고 계단을 올라가 특별실로 안내했다.

"주인님, 부디 느긋하고 편안한 시간을 보내시길. 그럼…"

창문 사이로 검은 슬레이트기와 지붕이 보였다.

그러고 보니 주차장에서 본 지붕 위의 그림자는 대체 무엇이었을까. 뭔가를 잘못 본 것일까, 아니면 기분 탓이었을까.

가는 손가락으로 길고 검은 머리카락을 쓸어 올리자 여주인의 귓가에서 금으로 된 피어스가 쨍하고 빛났다.

그 빛을 마지막으로 기요토는 빠르게 의식을 잃었다.

다음 날 아침, 기요토는 천개가 달린 호화로운 침대에서 눈을 떴다.

침대 표면은 푹신푹신하고 부드러웠지만 스프링이 꽤나 단단했다. 상당히 고급스러운 침대인 듯했다.

그런데도 피곤이 조금도 풀리지 않았다.

기요토는 침대에서 일어나 아직 잠이 덜 깬 머리를 좌우로 흔들었다. 언제 옷을 갈아입었는지 질 좋은 목욕 가운도 걸치고 있었다.

유명 인사라도 된 것 같네.

쓴웃음을 지으며 기요토가 연둣빛의 두꺼운 커튼을 열어젖히자 바깥엔 안개가 짙게 깔려 있었다. 지금이 몇 시인지 짐작도 가지 않았다.

도모미의 아파트에서 뛰쳐나와 한밤중에 산중에서 눈보라를 만난 뒤, 이 여관에 도착해서 나를 누군가 다른 사람으로 착각한 여주인의 안내를 받아 이 방에 온 것까진 기억이 난다.

중요한 건 그 다음이다.

세상 드물게 아름다운 여관의 여주인과 뭔가 있었던 것 같은데.

자신의 맨가슴을 풍만한 가슴으로 누르고 긴 흑발을 드리운 채 위에서 빤히 내려다보는 여주인의 환영이 떠올라 기요토는 허리춤이 오싹해졌다.

다만 그게 꿈이었는지 현실이었는지 판단이 서질 않았다.

거참.

벌어진 목욕 가운 사이로 가슴을 벅벅 긁자 기요토의 머릿속이 차츰 맑아지면서 정신이 번쩍 들었다. 그런 있는지 없는지도 모를 불확실한 회상에 잠길 상황이 아니었다. 다른 사람과 착각한 것을 눈치채기 전에 이 여관에서 나가야 한다.

기요토는 원래 입고 있던 옷으로 서둘러 갈아입고 허둥지둥 방을 나왔다.

발소리를 죽이고 살금살금 계단을 내려와 로비에 들어서자마자, 프런트에 통통한 젊은 여성이 앉아 있는 모습이 눈에 들어왔다. 흰 바탕에 검은색과 갈색의 얼룩무늬가 점점이 박힌 원피스를 입은 여성이 꾸벅꾸벅 졸고 있었다.

기회다.

최대한 조용히 움직였으나 프런트 앞을 지나는 순간, 프런트 직원이 눈을 번쩍 떴다. 그러고는 유리구슬 같은 눈을 동그랗게 뜨고 이쪽을 말똥말똥 쳐다보았다.

"아, 아니, 그게…."

기요토가 변명거리를 생각하는 사이, 여성은 흥미를 잃은 듯 휙 하고 고개를 돌려 버렸다. 그리고 당당히 기지개를 켜더니 한가로이 볼펜을 돌렸다.

뭐야, 이 여자.

기요토가 어안이 벙벙해져서 프런트 직원을 쳐다보았다.

손님인 기요토를 보고도 인사도 않더니 지금은 크게 하품을 한다. 이어서 프런트 테이블 아래서 손톱 다듬는 줄을 꺼내 손톱을 다듬기 시작했다.

'이 여자, 꼭 나를 보는 것 같다.'

일에는 도통 관심도, 책임감도 없고 의욕이라곤 티끌만큼도 없는 아르바이트생. 이런 자라면 상대하기 어렵지 않다.

"주인니임, 어디 가세요?"

그런데 프런트 앞을 지나가려던 순간, 통통한 여성이 기요토를 잽싸게 불러 세웠다. 기요토는 다 뿌리치고 주차장까지 냅다 달리려고 발에 힘을 주었다. 그 순간, 상반신이 기우뚱 앞으로 쏠리더니 하반신에 힘이 들어가지 않아 무릎부터 쿵 하고 넘어졌다.

어떻게 된 거지, 기요토는 몸을 마음대로 움직일 수 없었다.

"어머, 어머머, 어쩜 좋아."

직원이 프런트에서 나와 기요토에게 다가왔다. 그러고는 포동포동한 팔로 로비에 무릎을 꿇은 기요토를 간신히 일으켜 세웠다.

"어젯밤에 꽤 즐거우셨던 모양이에요옹…."

토실토실 건강하게 살찐 프런트 직원이 초승달 모양으

로 눈웃음을 지으며 키득키득 웃었다.

역시 그랬나.

기억이 없는 게 아쉽지만, 어젯밤에 여주인과 제법 농밀한 시간을 보낸 모양이다. 기요토도 제법 논 편이지만 허리에 힘이 빠져 넘어진 건 이번이 처음이었다.

"젊은 분이 괜찮으세요?"

자못 우습다는 듯 직원은 등을 말고 웃음을 멈추지 않았다. 왠지 무시당하는 것 같아 기요토는 발끈했다.

"저기요, 설마 여기 여주인, 남편을 잃고 지금은 욕구불만에 차 있는 귀부인은 아니겠죠?"

늙은 부호를 복상사로 잃고 유산으로 물려받은 저택을 여관으로 개장해 밤이면 밤마다 젊은 남자 손님을 침대로 불러들이는 미모의 미망인. 그런 싸구려 서스펜스 같은 줄거리를 떠올리며 기요토는 반쯤 농담 삼아 물어보았다.

"여주인…? 귀부인…?"

별안간 프런트 직원이 웃음을 멈추고 이쪽을 바라보았다. 유리구슬 같은 동그란 눈으로 빤히 쳐다보자 기요토는 갑자기 그 자리에 있기가 거북해졌다.

"아니, 그냥 농담이에요."

어물어물 변명을 하자 직원이 짝 하고 손뼉을 쳤다.

"아하, 이번엔 그런 콘셉트구나."

"콘셉트?"

"얼마 전부터 그렇게 월광욕을 하더니만."

혼자 응응거리며 고개를 끄덕였다.

"그게 무슨 소리…."

궁금해서 다시 물으려는데, 직원이 볼펜을 쑥 내밀었다.

"그런데 주인님, 체크인 수속이 아직 안 됐어요."

아차.

"사인은 꼭 해 주셔야 해요. 대금은 이미 받았지만요옹."

불쑥 내민 볼펜을 손끝으로 갖고 놀면서 프런트의 여성이 노래 부르듯이 말했다. 그녀는 멍해 보이는 큰 눈으로 자신이 갖고 노는 볼펜 끝의 움직임만을 쫓았다. 기요토는 안중에도 없었다.

정말로 불성실한 태도다.

그 모습을 보고 기요토는 어쩌면 그녀에게만은 사실을 고백해도 괜찮을 것 같다는 생각이 들었다. 매뉴얼에 따라 체크인 수속을 하라고 권하는 것일 뿐, 별로 일하려는 의욕도 없어 보였기 때문이다. 무엇보다 요금도 이미 계산이 끝난 것 같고.

"저."

"네, 왜요?"

"저, 당신들이 말하는 주인님이 아닌 것 같아요, 아마도."

"네에, 그래서요?"

"사람 잘못 봤다고요."

순간 볼펜의 움직임이 멎었다.

프런트 직원이 기요토가 있는 쪽으로 슬금슬금 다가왔다. 그녀의 살짝 들린 코가 실룩실룩 움직이더니 기요토의 목덜미에서 냄새를 맡았다.

반사적으로 몸을 빼려는 순간, 프런트 직원이 터무니없는 말을 했다.

"뭐, 아무려면 어때요?"

너무나도 천연덕스러운 태도에 기요토가 깜짝 놀랐다.

"그야 손님에게선 아주 좋은 냄새가 나는걸요옹."

둥글게 만 주먹을 입가에 대고 그녀가 빙그레 웃음 지었다.

"게다가 주인님들은 다 그래요옹. 넘치게 갖고 있어도 귀한 줄 모르고 막 쓰고 소중한 게 없어져도 알아차리지도 못하고요옹."

그 말은 원래 여기에 오기로 한 진짜 '주인님'이 상당한 재력가이고 취소 요금 정도는 대수롭지 않게 여긴다는 뜻일까.

"어차피 본인도 이제 오지 않을 거예요옹. 오녀도 댁이 마음에 든 눈치고. 주인님 대신에 실컷 머물다 가면 좋잖아요옹. 이 시기에 팡구르가 만든 요리는 최고란 말이에요옹."

"팡구르?"

말하기가 무섭게, 뒤에서 큰 소리가 났다. 철컹 하고 현관문이 열리면서 로비에 돌풍이 불었다.

뒤를 돌아본 기요토가 자기도 모르게 숨을 꿀꺽 삼켰다.

거기에 백발의 긴 머리를 나부끼는, 2미터에 가까운 건장한 남자가 서 있었다.

그 모습이 꼭 가부키에 등장하는 렌지시連獅子(가와타케 모쿠아미의 작품으로, 가부키의 대표적 상연 목록 중 하나. 아비 사자와 아들 사자가 주인공으로 등장하며 두 사자의 의장, 가발, 분장은 가부키의 아이콘 혹은 전형으로 인지되어 각 방면에서 인용될 정도로 유명하다-옮긴이)였다. 게다가 남자는 어깨에 엽총을 메고 양손에 큰 오리를 들고 있었다.

남자가 로비 쪽으로 들어서며 기요토를 흘긋 노려보았다.

그 눈은 각기 다른 빛깔을 띠고 있었다. 한쪽은 맑은 하늘색이고 다른 한쪽은 놀랍게도 금색이었다.

"팡구르, 대단하다. 많이 잡았네."

프런트 직원이 만면에 웃음을 띠었다. 팡구르는 덩치 큰 남자의 이름인 모양이다.

"주인니임, 오늘 저녁 메뉴는 팡구르의 사냥 요리에요옹.

먹고 힘을 내야지요옹."

프런트 직원이 등을 말고 키득키득 웃기 시작했다.

사냥 요리란 사냥해서 잡은 신선한 동물로 만든 요리를 말한다고 한다. 이 여관의 요리장인 팡구르의 고향 아일랜드에서는, 야생동물이 포동포동하게 살찐 이 계절에 두 발 달린 동물의 대표인 오리와 네발 동물의 대표인 멧돼지 고기를 한 테이블에 올리는 것이 겨울의 전통이라며 프런트 직원이 덧붙여 설명해 주었다.

그 말을 듣자 기요토는 갑자기 배가 고파졌다.

도모미와 함께 산 뒤로는 생선만 먹느라 한참 동안 고기를 먹지 않았다.

게다가 갓 잡은 신선한 고기라니, 태어나서 한 번도 먹어 본 적이 없다.

"그렇게 하기로 했으면 어서 체크인 수속을 해 주세요옹. 사람이 바뀐 건 그냥 넘어가 줄 테니까."

프런트 직원이 기요토의 옆구리를 쿡 찌르며 속삭였다.

"하지만 난 '주인님' 이름도 모르는걸요."

"살짝 가르쳐 드릴게요옹."

팡구르는 두 사람을 흘긋 쳐다보곤 딱히 관심 없다는 듯 로비 안쪽으로 성큼성큼 걸어갔다.

"자요, 어서 사인해 주세요옹."

메모를 보고 기요토는 자신의 눈을 의심했다.

못 읽겠어.

메모에 쓰여 있는 글자가 한자라는 것은 알겠다. 어려운 한자도 아니다. 그런데도 도저히 읽을 수가 없었다.

갑자기 난독증에 걸리기라도 한 걸까.

"다른 사람에게 들키지 않게 서둘러요옹."

프런트 여성이 재촉하자 기요토는 진땀을 흘리면서 읽지도 못하는 이름을 겨우 베껴 썼다.

댕, 댕, 댕, 댕.

둔중한 소리가 네 번 울렸다. 커다란 괘종시계가 오후 네 시를 알렸다.

꽤 늦게까지 잤구나….

기요토가 멍하니 괘종시계를 바라보자, 문자판 아래서 문이 열리고 안쪽에서 뭔가가 나왔다.

금빛 접시 위로 중국옷을 입은 아름다운 인형이 빙글빙글 돌았다.

하지만 자세히 보니 비녀로 장식된 머리에는 조그만 귀가, 조막만 한 얼굴에는 수염 세 개가 달려 있었다.

"뭐야 저게."

"금화묘에요옹."

프런트 직원은 별것 아니라는 듯이 대답했다.

"금화묘?"

"중국 전설에 나오는 고양이에요옹."

일본의 마네키네코招き猫(한쪽 앞발로 사람을 부르는 듯한 포즈를 취하고 있는데, 손님이나 재물을 불러들인다고 알려져 있다. 일본에서 '행운의 인형'으로 통한다-옮긴이) 같은 건가.

사인을 마친 기요토가 숙박 카드를 프런트 직원에게 내밀었다.

"이봐요, 왜 이런 산속에서 아르바이트하는 거예요?"

문득 호기심이 나서 물어보았다.

"아르바이트라… 아르바이트가 아니라 수련이에요옹."

수련이라니, 말 한번 거창하게 하네. 그래 놓고 조금도 열심히 안 하는 것 같지만.

"우린 모두 보고 싶은 사람이 있어요옹. 그 사람을 만나러 가려고 여기에서 일하는 거예요옹."

시종 장난기 가득하던 여성의 표정이 살짝 진지해진 것도 같다.

"흠."

뭔가 사연이 있는 것 같아 기요토는 더 이상 묻지 않았다. 이런 데까지 와서 그런 심란한 이야기는 듣고 싶지 않았다.

칭 하고 작게 소리가 나더니 빙글빙글 돌던 금화묘가 시계 안으로 다시 들어갔다.

순간 금화묘의 요염하고 가는 허리가 어젯밤 여주인의 가는 허리에 겹쳐 보였다.

자작나무 숲 너머로 파랗게 빛나는 호수가 보였다.

안개가 짙게 깔린 가운데, 기요토는 벤치에 기대어 호수를 바라보고 있었다. 여관에 흘러 들어온 지 순식간에 며칠이 지났다. 진짜 '주인님'은 아직 나타나지 않았다.

갈 곳이 없는 기요토는 빈둥거리길 좋아하는 천성 탓에 이곳에 기약도 없이 머물고 있었다.

프런트 직원이 말한 대로 아일랜드에서 온 요리장 팡구르의 사냥 요리 맛은 일품이었다. 분홍색 오리고기는 촉촉하고 부드러웠고 하얀 지방에선 놀라울 정도로 단맛이 났다. 소금에 절인 멧돼지고기에서도 누린내가 전혀 나지 않았다.

기네스 맥주로 맛을 낸 비프스튜, 매시트포테이토가 들어간 팬케이크, 브랜디를 부어 먹는 따끈따끈한 푸딩…. 어느 것이나 기요토가 난생 처음 먹어 보는 천상의 맛이었다.

그렇지만,

매일 그렇게 맛있는 음식을 먹고 그토록 호화로운 침대에서 자는데도 기요토는 웬일인지 기력이 날로 쇠약해졌다.

첫날 밤 이후로 여주인의 모습은 보이지 않았지만, 밤마다 누군가가 번갈아 찾아오는 느낌이었다. 잠결이긴 했으나 밤새 가슴 위가 무거웠다는 감각. 그런 다음 날 눈을 뜨면 어김없이 기운이 없고 볼이 홀쭉해져 있었다.

오늘 아침, 거울에 비친 자기 얼굴을 보고 기요토는 깜짝 놀랐다.

유성 펜으로 칠한 것처럼 눈 아래가 거무죽죽했다.

"주인님, 그러다 진짜 어떻게 되는 거 아녜요?"

다갈색 머리의 호텔 보이도 역시나 걱정스레 물었다. 그러고는 프런트 직원과 수군대더니 근처에 피로 회복에 좋은 온천이 있다고 알려 주었다.

"그러게 누님이 너무 심하게 빨아들였다니까요."

"너야말로 이때다 하고 쪽쪽 빨아들여 놓고선."

밖으로 나가며 묘한 말을 주고받았으나, 두 사람이 기요토의 몸을 걱정하는 건 분명해 보였다.

그들이 말한 온천은 호숫가 산책로를 건너가면 나오는 모양이었다. 하지만 고작 15분 정도 걷고도 숨이 차서 기요토는 도중에 벤치에 주저앉아 버렸다.

맑고 파란 호수 위를 몇 마리 오리가 미끄러지듯 유영하고 있었다.

그때, 맞은편 산속에서 탕! 총성이 울려 퍼지고 이상한

낌새를 느낀 오리가 푸드득푸드득 날아올랐다. 오늘도 팡구르가 사냥을 하는 모양이었다.

순간, 사냥감을 쏘는 팡구르의 환영이 기요토의 뇌리를 스쳤다.

사냥감을 정확히 조준하는 노란 눈동자와 가차 없이 사냥총 방아쇠를 당기는 손.

호수 위로 들새의 깃털이 날리는 것을 보고 기요토는 조금 미안한 기분이 들었다.

생각해 보면 밥을 먹는다는 건 다른 생물의 목숨을 앗아가는 행위다. 우리들의 몸은 동물과 물고기, 식물과 곡물의 목숨으로 이루어져 있다.

하지만 다른 생물의 생명을 앗아 갈 만큼, 주어진 삶을 잘 살고 있는지 기요토는 자신이 없었다.

이렇게 만사가 지긋지긋한데.

힘없이 벤치에 기대고 있으려니 기요토는 점점 더 우울해졌다.

어차피 더 이상 갈 데도 없었다. 차라리 눈앞에 있는 차가운 호수에 몸을 던질까.

될 대로 되라는 심정으로 주변을 둘러보다 기요토는 깜짝 놀랐다.

호수 근처 풀숲에 다섯 살쯤 된 어린 소녀가 앉아 있었다.

이 일대에 흘러들어 와서 여관 직원을 제외하고 처음 만나는 사람이었다.

그런데 어째서 어린 소녀가 이런 곳에 혼자 있는 것일까? 게다가 옷을 너무 얇게 입고 있었다. 다운재킷을 껴입고 있는 기요토와 달리 소녀는 하늘하늘한 셔츠와 오버올만 입고 있었다.

눈이 마주치자 소녀는 사근사근 미소를 지었다. 어쩐지 기요토는 이 미소를 어디선가 본 것 같았다.

"아저씨."

기요토가 망연히 바라보고 있으니 소녀가 먼저 말을 걸었다.

"나, 엄마 기다려."

"엄마를?"

"응."

소녀가 씩씩하게 대답했다.

"엄마가 여길 좋아해."

소녀가 해맑게 웃었다. 소녀의 모습이 어린 시절의 자신과 겹쳐 보였다.

순간 기요토 안에서 영문 모를 짜증이 솟구쳤다.

"엄마는 안 와."

어느 틈엔가 기요토가 매정하게 말을 하고 있었다.

"올 거야."

소녀가 바로 반박했다.

"아빠한테 벌받았을 때, 엄마랑 둘이 여기에 왔었어. 다음에 꼭 다시 오자고 약속도 했어."

"벌?"

기요토는 그것이 우리가 흔히 말하는 '벌'이라는 걸 깨닫기까지, 조금 시간이 걸렸다.

벌을 받아도 막아 주지 않는 엄마를 왜 그렇게 믿는 것일까?

아무 의심도 없는 소녀의 순수한 눈빛이 점점 기요토의 신경을 거슬렀다.

"그딴 엄마가 오겠냐."

믿으면 상처만 받는다. 가슴속에 평생 메울 수 없는 구멍이 생긴다.

"엄마는 안 와. 아무리 기다려도 절대로 오지 않아. 안 온다고!"

버럭 소리를 지르고 나서야 기요토는 겨우 정신을 차렸다.

한껏 커진 소녀의 눈에서 눈물이 후드득 떨어졌다. 소녀는 잔뜩 겁에 질려 소리도 내지 않고 울고 있었다.

내가 무슨 짓을…. 한순간의 격정에 사로잡혀 어린 소

녀에게 개인적인 원한을 풀어 버린 것을 기요토는 심하게 후회했다.

그런 동시에 깨달았다.

아마 이 아이는 소리 내어 울지 못할 것이다. 소리를 내면 또다시 누군가에게 벌을 받을 테니까.

"미안."

기요토는 벤치에서 일어나 소녀에게 달려갔다.

"엄마는 올 거야."

차가워진 소녀의 몸을 꽉 안아 주었다. 놀랄 정도로 약하고 가냘픈 몸이었다. "괜찮아. 엄마는 꼭 올 거니까."

떨고 있는 소녀에게 기요토는 다운재킷을 벗어 주었다. 가냘픈 몸에 둘러 주자 소녀가 눈물이 가득 고인 눈으로 기요토를 쳐다보았다.

"정말?"

"정말."

기요토가 힘차게 끄덕였다. 소녀가 겨우 안심한 듯 눈물 젖은 채로 웃음 지었다.

"이거 줄게."

소녀가 오버올 주머니에서 뭔가를 꺼냈다. 더운 곳에서 방치되었는지 포장지 안에서 흐물흐물 녹아 변형된 캐러멜이었다.

"고마워. 착하네."

기요토가 캐러멜을 받아 청바지 주머니에 소중히 집어 넣자, 소녀가 진심으로 기쁜 표정을 지었다.

그러고는 기요토가 소녀의 머리를 쓰다듬으려는데 차츰 머릿속이 몽롱해졌다. 눈앞에 있는 파란 호수에 의식이 쑤욱 빨려 들어가는 기분이 들었다.

탕!

산속에서 총성이 울려 퍼지고 기요토는 놀라 숨을 멈췄다.

감았던 눈을 뜨자 기요토는 홀로 벤치에 앉아 있었다. 짧은 꿈을 꾼 모양이다. 방금 전까지 현실과 구별이 되지 않았던 꿈의 잔상이 사르르 감쪽같이 사라졌다.

대체 어떤 꿈이었더라.

모든 게 불확실했다.

문득 한기가 느껴져 부르르 몸을 떨었다. 안개가 낀 것 같았던 머리가 맑아지자 기요토는 자신이 다운재킷을 입고 있지 않다는 것을 깨달았다.

문득 누군가에게 다운재킷을 입혀 준 느낌이 되살아났다. 하지만 동시에 처음부터 다운재킷을 입지 않은 것 같기도 했다.

추워서 이가 덜덜 떨렸다.

기요토는 온천에 몸을 담그기 위해 서둘러 벤치에서 일어났다.

잠시 후 도착한 온천은 탈의실만 남녀로 나뉘고 칸막이도 없이 바위틈에 자리한 혼욕탕이었다.

철분이 들어 있는지 탕 색깔이 흡사 피처럼 빨갰다.

왠지 섬뜩한 기분이 들었으나 조심조심 탕 안으로 들어갔다. 탕은 기분 좋게 뜨거운 상태였다. 기요토는 손과 발을 쭉 뻗고 크게 심호흡을 했다. 다갈색 머리의 호텔 보이와 통통한 프런트 직원의 말은 사실이었다. 오래 묵은 권태감이 빠지고 온몸에서 정기가 되살아나는 것 같았다.

차츰 하늘이 어두워지고 동쪽의 푸른 나무숲에 거대한 보름달이 떠올랐다.

달빛을 보며 몸을 담그는 호사를 누리던 기요토가 큼직한 뭉우리돌 위에 팔꿈치를 괬다.

찰랑, 뒤에서 희미한 소리가 나고 피처럼 붉은 탕에 잔물결이 일었다. 그쪽을 본 순간, 기요토의 가슴이 덜컥 내려앉았다.

김 너머로 희고 나긋나긋한 나체가 보였다.

길고 검은 머리를 비녀로 올린 여주인이 검붉은 탕 속에서 이쪽으로 조용히 걸어왔다.

문득 금빛 접시 위를 빙글빙글 돌던 금화묘의 모습이 겹쳐 보였다.

"주인님…."

정신을 차렸을 때는 이미 여주인이 가는 팔로 기요토의 목을 감고 있었다. 긴 속눈썹 아래로 흑요석을 연상시키는 눈이 기요토를 지그시 쳐다보았다. 새빨간 탕에 잠긴 풍만한 가슴에서는 사향 냄새가 났다.

참 아름다운 여자다.

아찔한 욕정이 기요토를 덮쳤다. 기요토는 여주인을 안고 가볍게 턱을 잡았다. 입술을 겹치려고 얼굴을 가까이 가져가자 여주인이 홀쩍 피했다.

"주인님한테선 좋은 냄새가 나요. 방탕한 젊음이 흘러넘쳐선지. 정말 훌륭해…."

여주인은 귓가에 나직이 속삭이며 붉은 입술 사이로 조그만 혀를 내밀어 기요토의 목덜미를 할짝 핥았다.

찌릿!

줄에 쓸린 듯한 쓰라린 통증이 목덜미를 스치고 지나갔다.

"아얏."

기요토는 엉겁결에 여주인을 밀쳐 냈다. 달빛에 비친 여주인의 얼굴을 보고 소름이 돋았다.

귀까지 찢어진 입가에는 긴 혀가 축 늘어져 있었고 벌어진 안구에선 동공이 바늘처럼 가늘고 뾰족하게 변해 있었다. 뺨에는 날카로운 수염이 나 있는 게 보였다.

샤악!

쩍 벌어진 검붉은 목구멍에서 날카로운 소리가 새어 나왔다.

"으아아아아아아!"

기요토는 탕 안에서 펄쩍 뒷걸음질 쳤다.

머리카락을 풀어헤친 여주인의 귓가에서 금으로 된 피어스가 달빛에 반사되어 쨍하고 빛났다.

순간 기요토는 깨달았다.

주차장에서 봤던 것의 정체가 무엇인지. 바로 이놈이다. 이 여주인은 요괴다.

"오지 마, 오지 말라고, 오지 말란 말이야!"

절반은 미친 듯이 소리치면서 기요토는 탕에서 뛰쳐나왔다. 탈의실에서 옷을 낚아채고 전속력으로 달렸다.

정신없이 달리는 동안에 기요토는 이변을 느꼈다. 탕에 들어갔던 몸에서 다갈색 털이 나기 시작한 것이다. 북슬북슬한 털이 순식간에 온몸을 뒤덮고 기요토는 낯선 짐승으로 변했다.

"사냥감이다."

등 뒤에서 포효하듯 우렁찬 소리가 났다.

"사냥감을 놓치지 마."

죽어라 도망치면서 뒤를 힐긋 돌아보자 길고 검은 머리를 구불구불 곤두세운 여주인 뒤로 여관 직원들이 어느새 코앞까지 따라왔다. 전원이 눈을 활활 불태우고 긴 혀를 내밀고 쫓아왔다.

"사냥감이다! 사냥감이다! 사냥감이다!"

다갈색 머리의 호텔 보이도, 통통한 프런트 직원도, 요리장 팡구르도 한목소리로 외치기 시작했다.

흰머리를 날리며 쫓아오던 팡구르가 어깨에 멘 엽총을 빼 들고 금빛 눈으로 기요토를 조준했다.

"팡구르는 팡구르의 일을 해. 짐승은 피가 되고 살이 되니 짐승의 일을 해야 돼!"

탕!

귀청을 찢는 소리가 나고 총탄이 스쳐 지나갔다.

털북숭이 짐승이 된 기요토는 고꾸라지면서 필사적으로 도망칠 곳을 찾았다.

"어머, 어디 가는 거에요옹, 주인니임."

통통한 프런트 직원이 놀리듯이 소리쳤다.

"사냥 요리로 만들까요옹, 아니면 보험금으로 받을까요옹. 와타히키 기요토 주인니임."

아무에게도 말하지 않았던 자기 이름을 듣고 기요토는 소스라치게 놀랐다.

"주인님이 직접 사인했잖아요옹."

프런트 직원이 기요토의 이름이 적힌 보험계약서를 보란 듯이 내밀었다. 그때 사인한 게 숙박 카드가 아니었단 말인가.

"어차피 필요 없는 목숨이잖아요? 앞으로 몇십 년이나 더 사는 거 지겹잖아요? 그러니 우리한테 기를 좀 나눠 주세요옹."

그러자 호텔 보이도 천연덕스럽게 소리쳤다.

"생선 맛이 나는 주인님의 정기. 진짜 대박이에요."

그만, 그만해.

기요토는 도망치면서 귀를 막았다. 도망치기만 하는 짐승은 싫어. 쫓기기만 하는 짐승은 사양이야.

말 같지도 않은 소리.

긴 흑발을 한 오너가 악마 같은 미소를 지으며 이를 드러냈다.

전부 들었다. 꿈속에서 네 본심을 다 들었어.

필요 없는 젊음. 살고 싶지 않은 목숨. 그러니까 받으마. 전부 받아 주겠어. 식대와 바꾸지. 돈과 바꾸겠어. 그 편이 더 가치가 있지. 머리카락 한 올도 헛되이 쓰지 않으마. 오장육부를 전부 맛보고 골수까지 빼먹어 주지. 있는 건 족족 다 빨아먹어 주마.

"도망칠 수 있을 것 같으냐아아아."

여러 개의 발톱과 이빨이 쫓아온다.

팡구르가 다시 사냥총을 들고 이번에야말로 기요토의 머리를 정확하게 조준했다.

이제 끝이야.

체념한 기요토가 눈을 감고 고개를 떨군 순간, 들고 있던 청바지에서 뭔가가 툭 떨어졌다. 녹은 캐러멜 조각이었다.

그 순간, 기요토를 쫓아오던 검은 기척이 순식간에 전부 사라졌다.

고요한 어둠이 기요토를 감쌌다.

눈을 뜨고 싶었지만 기요토에겐 그럴 힘도 남아 있지 않았다. 총탄에 맞아 이미 죽었는지도 모른다.

기요토, 기요토, 기요토오….

멀리서 누군가가 자신을 부르는 것 같았다. 이 목소리, 들은 적이 있는데.

"기요토, 기요토. 부탁이야. 눈 좀 떠 봐. 기요토!"

목소리가 점점 선명하게 들리면서 기요토는 살며시 눈을 떴다.

사각의 화장판이 깔린 흰 천장이 보였다. 형광등 불빛에 기요토가 눈을 깜빡였다.

"기요토!"

기요토를 덮치듯 도모미가 몸을 앞으로 기울였다.

"다행이야, 기요토가 눈을 떴어요!"

도모미의 외침에 주변에서 사람들이 분주히 움직이는
기척이 났다.

"기요토, 미안. 죽인다고 위협해서, 정말 미안."

도모미가 기요토의 손을 잡고 눈물을 흘렸다.

"정말로 죽는 줄 알았어. 의식이 돌아와서 다행이야."

기요토는 팔뚝에 꽂혀 있는 주사 바늘을 멍하니 바라보
았다. 코에도 관이 연결되어 있었다. 자신은 아무래도 병
원 침대 위에 있는 모양이다.

대형 톱니 기계에서 냉동된 참치 대가리를 한 번에 댕
경 잘라 낸다.

머리까지 온몸을 감싼 하얀 위생복을 입은 기요토는 차
례로 실려 오는 냉동 참치와 가다랑어 대가리와 꼬리를 쉬
지 않고 잘라 냈다. 옆에서는 그것을 네 등분으로 나누는

작업을 하고 있었다.

비늘과 내장, 뼈를 제거하는 섬세한 작업은 여직원이 담당하는 경우가 많은데, 늘 온도가 10°C 이하로 유지되어야 하는 이 공정에는 주로 남성이 투입된다.

수산가공 공장에서 일하며 가장 견디기 힘든 것은 바로 이 추위인지도 모른다.

겨우 쉬는 시간이 되어 기요토는 가공실 밖으로 나왔다. 사복으로 갈아입고 근처 백반 집에 점심을 먹으러 갔다. 연말과 설을 앞두고 공장은 점점 더 바빠질 것이다.

밖으로 나오자 강한 북풍이 불어왔다.

기요토는 블루종 주머니에 손을 집어넣은 채 어깨를 움츠리고 걸었다. 그러다 창고 근처에서 길고양이를 발견하고는 문득 걸음을 멈췄다. 이 부근에는 해산물 찌꺼기를 주워 먹으려고 늘 길고양이들이 어슬렁거렸다.

그 산속에선 대체 무슨 일이 있었던 것일까?

제멋대로 활보하는 고양이를 보며 기요토는 생각에 잠겼다.

"죽일 거야"라고 위협하는 도모미를 따돌리고 아파트에서 도망친 날 밤, 기요토는 이웃 현의 산속에서 갑작스레 일어난 겨울 폭풍을 만나 토사 붕괴에 휘말렸다. 다음 날 아침 발견되었을 때는 차와 함께 통째로 토사에 깔려 있었던 모양이다.

그렇다면 그 여관에서의 일은 전부 눈보라 속에서 본 환각이었단 말인가. 하지만 환각이라고 하기엔 몇몇 기억이 너무나도 생생하다.

흑요석처럼 눈동자를 환하게 빛내던 아름다운 여주인의 얼굴을 떠올리면, 기요토는 지금도 등골이 오싹해졌다.

금화묘.

그 말도 뇌리에 강렬하게 남았다.

따로 조사해 보니, 금화묘는 중국 저장성浙江省 진화주金華州에 산다고 전해지는 고양이 요괴였다. 금화묘는 달빛을 입으로 빨아들여서 아리따운 여자로 변신한 뒤, 인간 남성을 홀려서 정기를 빨아먹는다. 그 남자는 결국 시름시름 앓다가 죽는다고 한다.

게다가 기요토가 헤매던 그 일대는 네코마가다케라고 해서 옛날부터 산에 들어간 고양이들이 요괴가 된다는 전설이 전해지는 곳이었다. 가까운 신사에서는 고양이 모습을 그린 부적까지 발행하는 모양이었다.

한심해.

너무나 황당무계한 공상에 기요토는 고개를 좌우로 흔들었다. 오랜 옛날이라면 몰라도 지금은 21세기다.

역시나 전부 환상이었을 것이다.

하지만 아무리 생각해도 이해할 수 없는 게 있다.

그날, 기요토는 분명 다운재킷을 입고 아파트를 나섰다. 그런데 차 안에서 발견되었을 땐 트레이닝복만 입고 있었다. 저체온증에 걸리지 않은 게 천만다행이라며 의사도 고개를 갸웃하지 않았던가.

게다가.

기요토는 목덜미를 살짝 어루만졌다. 여기에도 기묘한 낙인 같은 게 생겼다.

그날 이후로 도모미와는 아무 일도 없었던 듯 덤덤하게 지내고 있다.

아이의 인지청구에 대해서도, 보험에 대해서도 입밖에 내지 않았다.

입덧이 심한 도모미 대신 기요토가 부득이하게 수산가공 공장에서 일하게 되었다. 매일 대형 톱니바퀴 앞에서 일하다 보니 도모미가 보험에 연연하는 이유를 알 것 같았다.

지금까지 그랬듯이 되는대로 건성으로 일하면 크게 다칠 것 같았다.

기요토는 저절로 집중해서 일을 하게 되었다.

역시 엄마는 오지 않았어….

내심 기대했으나 역시 엄마는 기요토가 입원해 있는 동안 한 번도 병문안을 오지 않았다. 대신에 매일같이 도모미가 곁에 있어 주었다. 가끔 할머니가 다녀가기도 했다.

할머니는 여전히 무뚝뚝했지만 말없이 노릇노릇한 고구마 말랭이를 두고 갔다.

그러고 보니 어린 시절에도 자주 이걸 먹으라고 줬지. 손주가 고구마 말랭이 싫어하는 줄도 모르고….

그렇게 생각하며 한 입 먹어 보니 의외로 정겨운 맛이 났다.

엄마에게 버림받고 나에겐 아무도 없다고 생각했는데… 나에겐 이 사람들이 있었구나, 기요토는 새삼 이런 생각이 들었다.

앞으로 어떻게 될지 모른다. 여전히 희망은 보이지 않고 태어날 아이에게 좋은 아빠가 될 자신도 없다.

도망치고 싶다, 도망치고 싶다, 도망치고 싶다.

지금도 가끔씩 다 내팽개치고 도망치고 싶은 충동에 사로잡힌다.

하지만 그럴 때마다 목덜미에 남은 각인이 욱신거렸다. 기요토가 다시 목덜미에 손을 가져갔다.

이 각인도 일종의 보험일까.

사고 이후, 목덜미 한쪽에 짐승에게나 있을 법한 다갈색의 털이 났다. 깎고 깎아도 같은 장소에 다시 났다.

서양에서 들어온 보험이란 개념은 당초에 '보증'이란 일본어로 번역되었던 모양이다.

보증하다. 그건 무언가를 끝까지 책임진다는 의미다.

어린 기요토를 맡아서 전문학교 학비까지 대 준 외가에도, 입덧으로 고생하면서도 입원하는 동안 기요토를 보살펴 준 도모미에게도 자신은 아무것도 해 주지 않았다.

'여관 직원들이 입을 모아 말했던 "좋은 냄새"란, 내 몸에 밴 생선 비린내였을까. 아니면 확실히 해내는 건 하나도 없으면서 헤프게 써 재끼는 젊음에서 나는 악취였을까?'

검은 머리 여주인의 날카로운 혓바닥의 감촉이 되살아나 기요토는 등줄기가 오싹해졌다.

만약에 여기서 한 번 더 도망치면 목덜미에 난 털이 온몸을 뒤덮어 또다시 그들의 '사냥감'이 될지도 모른다.

이번에야말로 반드시 사냥을 끝내겠다는 의미로 각인을 남긴 건지도 모른다.

우리가 지켜보고 있어.

별안간 뒤에서 소리가 나는 것 같아 기요토가 흠칫 고개를 돌렸다.

생선 꼬리를 노리는 길고양이들 사이에 검은 고양이 한 마리가 섞여 있었다. 검은 고양이는 호박을 연상시키는 노란 눈으로 기요토를 지그시 바라보더니 창고 밖으로 유유히 사라졌다.

제
3
장

맞서 싸우는 여자

끝없이 이어지는 푸른 나무숲은 한낮에도 어두침침했다.

좀 이른 감은 있었지만 데라모토 유카코는 자동차 헤드라이트를 켰다.

3월도 절반이 지나 도심에서는 벚꽃이 피기 시작했으나 도호쿠 남부의 산중에는 아직 초봄의 정취가 남아 있었다. 눈은 진즉에 다 녹아 없어지고 상록수를 뺀 나머지 나무들은 앙상한 가지만 남은 상태였다.

그나저나 이게 국도라니, 유카코는 어이가 없었다.

구불구불한 길은 맞은편에서 차가 오면 정말로 지나갈 수나 있을지 걱정될 정도로 좁았다. 일부 도시는 개발이 거듭되는 과정에서 초거대도시가 되었으나 삼나무와 낙엽송 숲으로 뒤덮인 지방의 촌락은 점점 낙후되고 있었다.

그건 딱히 지방에 국한된 이야기는 아니려나.

'경적 울림' 표시를 곁눈으로 보며 유카코는 멍하니 생각했다.

도쿄 도내에도 낙후된 곳은 있다. 도쿄 전부를 도시라고 생각하면 오산이다.

가령 자신이 태어난 '촌마을'이 그렇다.

유카코의 뇌리에 지금 보이는 것과 같은 나무숲으로 뒤덮인 마을이 떠올랐다.

이제 그딴 곳은 어떻게 되든 상관없지만.

유카코는 대학 진학과 동시에 그곳에서 탈출했다. 유카코에게 그곳은 사방이 막혀 있는 답답한 곳이었다. 그 뒤로 명절에도 본가에는 거의 가지 않았다.

유카코는 브레이크를 밟으면서 앞이 거의 보이지 않는 급커브 길을 신중히 돌았다.

좁은 길에서도 요리조리 잘 달리는 미니쿠퍼를 고른 건 정답이었다. 원래 유카코는 운전에 별로 소질이 없었다. 조수석에 앉는 게 더 편하고 자연스러운 사람이었으니까. 하지만 2년 전 유학을 마치고 귀국함과 동시에 이혼한 뒤로는 누군가의 조수석에 앉은 기억이 없다.

스스로 운전을 해야만 했을 때, 어딜 가든 운전하기 편하다고 딜러가 추천해 준 차가 흰색 BMW 미니였다. 유카코가 퇴직금을 털어 산 외제차. 자신이 유학하는 동안, 여러 여성들과 거리낌 없이 바람을 피운 대가로 남편이 준 위자료엔 아직 손대지 않았다.

그딴 돈은 평생 쓰고 싶지 않아.

그럼에도 굳이 위자료를 받은 이유는 "이게 맞는지 모르겠다. 솔직히 위자료, 우리가 받아야 하는 거 아니니?"라고 독설을 날리는 시어머니에게 화가 났기 때문이다.

하지만 그런 여유도 언제까지 부릴 수 있을지 알 수 없었다.

백미러에 비친 자신과 눈을 마주치자 유카코는 작게 한숨을 쉬었다.

일이 없어.

유학했던 런던에서 돌아오고 2년 가까이 번듯한 일자리를 얻지 못했다.

최근에는 창업을 준비하며 개설한 공식 블로그 방문자 수도 뚝뚝 떨어지고 있었다.

유카코는 핸들을 잡은 채로 미러에 비친 자신의 얼굴을 힐끔 쳐다보았다.

곱게 물들인 윤기 나는 머리카락도, 잡티 하나 없는 투명한 하얀 피부도 거대 마케팅 회사의 홍보 담당으로 활약하던 시절부터 변함이 없었다.

주목해야 할 여성으로 비즈니스지와 여성 패션지 지면을 장식했던 아름다운 외모는 마흔이 된 지금도 변함없이 잘 유지되고 있었다. 그만큼 노력은 했지만.

하루도 빠짐없이 얼굴에 경락 마사지를 받았고 필라테스와 요가 강사 자격증을 딸 정도로 운동도 열심히 했다.

옛날부터 유카코는 사람의 이목을 끄는 아이였다. "저런 부모한테서"라고 주변에서 의아해할 정도로 어린 시절부터 이목구비가 반듯했다. '솔개가 매를 낳았다'는 이웃들의 평을 부모님이 어떻게 느꼈는지, 유카코는 지금도 알지 못했다.

사람들의 이목을 끈 건 물론 외모만은 아니었다. 유카코는 공부도 운동도 늘 반에서 1등이었다. 단, 유카코가 다니던 학교는 전교생이 몇 명 안 됐다.

유카코의 고향 마을에는 입시 학원이랄 게 없었다. 고등학생이 되자 유카코는 통신교육을 들으며 열심히 공부해 도쿄의 명문 사립대학 영문과에 간신히 진학했다.

동기들은 유복한 집안의 자녀들뿐이었다. 유학 경험이 있거나 도내의 호화로운 자택에서 사는 등 생활수준 차이로 기죽을 때도 많았지만 타고난 생명력으로 유카코는 동기들을 따라잡으려 애썼다. 시골에서 자란 티를 내지 않으려고 패션지와 미용잡지를 열독하고 학업 말고 다른 센스도 빈틈없이 길렀다.

어린 시절부터 노력하는 건 딱히 힘들지 않았다.

타고난 외모와 노력을 아끼지 않는 근성을 무기로 누구보다 열심히 공부했고, 장학생에 선발돼 갚을 필요가 없는 장학금을 받았다. 대학에서는 미인 대회에서 선으로 뽑혀 졸업할 무렵엔 재색을 겸비했다는 칭찬도 받았다.

취업 빙하기라 불리던 2000년대 초반, 대기업 마케팅 회사에 합격했을 때는 날아갈 것처럼 기뻤다.

난 승리자다, 유카코는 진심으로 그렇게 생각했다.

물론 입사하고 나서도 노력을 게을리 하지 않았다. 영어는 물론 중국어 공부도 소홀히 하지 않아서 3년 후에는 회사의 얼굴인 사외 홍보 담당자로 발탁되었다.

"여자는 좋겠네. 얼굴만 예뻐도 눈에 띄니."

동료 남성이 그런 말을 해도 단순히 질투라고 생각해서 상대도 하지 않았다.

노력은 절대로 배신하지 않는다.

당시 유카코는 그렇게 믿었다. 노력해서 실력을 기르면 길은 반드시 열린다고.

처음엔 정말로 만사가 순조로웠다.

회의에서도 의견을 내면 다 통과가 됐다. 회사의 기대를 한 몸에 받는 유망주라는 자부심. 유카코는 점점 더 힘이 넘쳤고 동시에 욕심도 커졌다. 결국엔 홍보 일만으로는 만족하지 못하게 됐다.

해외 지사에서 일하고 싶었다.

연차와 경험이 쌓이는 동안, 유카코의 생각은 확고해졌다. 무얼 위해 어학 실력을 길렀는가. 다국적 미디어 앞에서 기사 배포용 원고를 앵무새처럼 읽기 위해서만은 아닐 것이다.

하지만 해외 지사 지원서를 제출했을 때, 유카코는 직속 상사에게 뜻밖의 말을 들었다.

"유학파도 아니면서 아주 건방지네."

상사가 무심하게 툭 내뱉었다.

건방지다.

한동안 그 말이 귀에서 떠나지 않았다.

어째서?

나는 회사의 기대주가 아니었던가? 유카코는 의아하기도, 당황스럽기도 했다.

하지만 그 답은 서른이 지나면서 차츰 분명해졌다.

이십대였던 자신이 홍보 담당으로 발탁된 이유는 마케팅 회사의 거래처 기업에 소위 F1층(F는 Female의 약자로

20~34세의 여성을 가리키는, 성별과 연령을 구분하는 표현이다. 광고 업계에서 널리 쓰이는 마케팅 용어다—옮긴이)이라고 하는, 이십대부터 삼십대 전반의 여성을 타깃으로 한 제조 업체와 이벤트 회사가 많았기 때문이다.

척 보기에도 F1층의 대표인 유카코에게 여성용 상품이나 이벤트 마케팅 콘셉트를 맡기면 그만큼 설득력이 생긴다. 회사가 유카코를 중용했던 이유는 유카코의 실력이 아니라 유카코가 가진 젊음과 주요 타깃 층의 수요가 잘 맞아떨어졌기 때문이다.

그걸 깨닫고 주변을 둘러보니 유카코가 일하는 마케팅 회사의 홍보 담당 여성은 전부 나이가 서른다섯 이하였다.

실제로 유카코에 앞서 사외 홍보 담당으로 눈부시게 활약했던 수많은 선배들이 서른 중반을 넘긴 시점에 별 볼일 없는 데이터 관리 부서로 쫓겨나기 시작했다.

저게 내 미래인가, 유카코는 등줄기가 서늘해졌다.

지금까지 쌓아 온 노력을 '건방지다'란 말 말고 다르게 평가해 줄 윗사람이 정녕 아무도 없단 말인가.

그래도 자신은 예외일 거라 믿으며 해외 지사에 가려고 발버둥을 쳤지만 서른다섯이 되었을 때 희망했던 곳과 전혀 무관한 자회사로 전출 명령을 받고 완전히 기대를 내려놓게 되었다.

대기업 광고 대리점에서 근무하던 전 남편과 충동적으로 결혼한 것도 마침 이 무렵이었다. 결국 유카코는 결혼 후 퇴직이라는 형태로 회사를 떠났다.

이제 쓸모가 없어져서 버려진 것이 아니라 자신이 그만둔 것이다.

당시에는 그렇게 생각하려고 노력했다.

어느새 자신이 입술을 꽉 깨물고 있음을 깨닫고 유카코는 고개를 옆으로 흔들었다.

이런 생각을 하려고 멀리 나온 게 아니야.

이날, 유카코는 혼자 도쿄를 빠져나와 하루에 한 팀만 받는다는 숨은 민박 집을 찾아가고 있었다.

잘 맞힌다고 평판이 자자한 방위학 역술인에게 부탁해 이 시기에 운이 트이는 곳에 있는 민박 집을 찾았다. 3월 중순 이후에 방문할 수 있는 도호쿠 남부가 유카코에게는 사업 운이 가장 좋아지는 장소였다.

그 지역 음식을 먹고 그 지역의 물에 몸을 담그면 더 강한 영험을 얻을 수 있다고 했다.

점을 믿다니, 한심하다는 사람도 있겠지만 기댈 수만 있다면 찬밥 더운밥을 가릴 때가 아니었다. 실제로 역술인의 조언을 받아 새로 길을 연 친구를 유카코는 몇 명이나 보았다.

13년간 일했던 대기업 마케팅 회사에선 그런대로 퇴직금을 받을 수 있었다.

그 돈을 밑천 삼아 유카코는 이번에야말로 자신의 실력으로 길을 열어 보려고 갖은 노력을 다 했다.

퇴직 후 유학을 떠나 런던에서 어린 학생들과 섞여 본고장에서 영어를 배웠다. 관광 통역안내사 국가 자격증도 따고 귀국한 뒤에는 바로 고수입을 보장한다는 인재뱅크에도 몇 군데 등록했다. 보란 듯이 활약해서 자신을 쓰고 버린 전 회사 상사들의 코를 납작하게 눌러 줄 작정이었다.

그런데 막상 뚜껑을 열어 보니 제대로 된 일을 찾기가 쉽지 않았다.

대기업에서 홍보 담당으로 일할 때는 주목할 만한 여성이라고 그렇게 띄워 주더니, 회사를 나오자 이력서에 자격증과 경력을 아무리 써 내도 인재뱅크에선 연락이 없었다.

"블로그 봤는데, 너 그러면 인기 없어."

언젠가 출판할 생각으로 개설한 창업 블로그를 본 동료가 일부러 연락해선 얄미운 소리만 하다 끊은 적이 있다.

"대체 언제까지 F1의 시선에 머물러 있을 거야. 40대면 F2잖아? 드라마만 봐도 알 수 있다고? 40대는 거의 엄마 역으로만 나오는 거 못 봤어?"

전에도 "얼굴로 발탁됐다"고 유카코를 헐뜯던 동료가 기가 차다는 듯 그렇게 말했다.

런던에선 나이가 별로 신경 쓰이지 않았는데, 그 말을 듣고 보니 일본 텔레비전 드라마에 나오는 40대는 대개 자녀를 둔 주부거나 잘해 봤자 워킹 맘이었다.

"너 정도의 경력을 가진 애가 40대에 어학 유학을 간다고 하면 다 중년의 위기라고 해. 너의 그 자기애에 흠뻑 취한 자기 과시형 블로그도 마찬가지고. 버블 시대라면 몰라도 이젠 보는 사람이 징그럽게 느낀다고. 너도 마케팅 회사에서 홍보 담당으로 일했으니 그 정도는 알 거 아냐."

동료는 끝으로 "이래서 얼굴만 믿고 일해 온 여자는…" 하고 코웃음을 쳤다. 유카코는 속이 부글부글 끓었다. 유카코의 젊음과 외모를 멋대로 이용한 것은 회사가 아니었던가.

"뭐 나라도 괜찮으면 고민 있을 때 언제든 연락해. 다음번엔 둘이서 느긋하게 식사라도 하면서…."

동료의 목소리가 끈적끈적해지자 유카코는 전화를 끊었다.

상사의 안색을 살피는 데만 능숙한 전 동료에게 기댈 만큼 유카코는 전락하지 않았다.

하지만 자신의 블로그 방문자 수가 육아 에세이 블로그보다 낮은 것을 보고 동료의 말이 증명된 것 같아 낙담하지 않을 수 없었다.

"그 나이에 유학이라니, 그럴 시간에 불임 치료나 진지하게 생각해 보지 그러니?"

거기에 과거 시어머니가 나무라듯 했던 말이 겹쳐 들렸다.

왜 아무도 자신의 노력을 인정해 주지 않는 걸까? 어학 공부도 외모 관리도 그렇게 열심히 했는데. 공부하고, 자격증을 따고, 집안일을 하고, 자기 관리에 공을 들이다 보면 솔직히 아이에 대해 생각할 여유도 없다.

유카코는 출산보다 자기를 연마하는 쪽을 택했다.

그게 잘못이란 말인가.

노력이 배신할 리가 없는데….

우울한 생각에 빠져 있던 유카코가 퍼뜩 정신을 차렸다. 어느새 주변에 짙은 안개가 깔리기 시작했다.

순식간에 희뿌연 안개가 푸른 나무숲을 가려 앞이 잘 보이지 않았다. 이게 초봄에 피는 봄 안개라는 건가. 당황한 유카코가 차 내비게이션을 확인했다. 바로 근처에 민박 집이 있다고 나왔다.

짙은 안개 속에서 묘하게 잘 보이는 샛길이 하나 있었다. 아무래도 민박 집으로 이어지는 개인 도로인 듯했다.

안도의 한숨을 쉬고 유카코는 좁은 샛길로 들어섰다.

한동안 샛길을 달리자 머지않아 안개 속에 우뚝 서 있는 저택의 모습이 희미하게 보였다. 저택 석벽에 가까이 다가가니 '여관'이라고 적힌 간판이 눈에 들어왔다.

여관?

유카코가 미간을 찡그렸다.

예약한 곳이 이런 이름이었던가?

기억을 더듬자, 어쩐지 머릿속도 안개가 낀 것처럼 부예졌다.

유카코가 차 속도를 낮추고 코트 주머니에서 스마트폰을 꺼냈다. 예약 확인을 하려고 했으나 인터넷이 연결되지 않았다. 자세히 보니 전화가 먹통이었다.

요새도 전화가 안 되는 곳이 있다니, 희한하네.

스마트폰을 도로 주머니에 넣고 유카코는 어깨를 으쓱했다.

하지만 가끔은 인터넷 정보의 바다에서 해방되는 것도 나쁘지 않다. 디지털 디톡스라고 하지 않던가.

모처럼 여기까지 왔으니 푹 쉬다 가자. 오랜만에 호사를 부릴 작정으로 얼마 남지 않은 퇴직금을 헐어 자금도 넉넉히 준비해 왔다.

역술인의 조언에 따라 이번에는 2박 3일 일정으로 느긋하게 쉬다 갈 작정이다.

이곳의 홈페이지 소개란에는 하루에 한 팀만 받아 정중하게 모시는 '어른들의 은신처'라고 되어 있었다. 지역에서 나는 재료로 만든 맛있는 음식과 수질 좋은 온천이 자랑인 듯했다.

느긋하게 머물면서 땅의 길한 기운을 듬뿍 받고 인생 역전을 노릴 것이다.

유카코는 차를 몰고 주차장 안으로 들어갔다.

차에서 내리자 싸늘한 공기가 온몸을 감쌌다. 산속은 봄이 오려면 아직 먼 듯했다.

유카코는 코트 깃을 여미고 주변을 둘러보았다.

안개가 서려 있는 검은 숲을 배경으로 영국 귀족이 살 법한 오래된 저택이 한 채 서 있었다. 주변에는 아무것도 없었다. 은신처라고 하더니 정말로 주변에 이 집 하나뿐이었다.

흰 벽에는 아직 메마른 담쟁이덩굴이 덮여 있었고 슬레이트기와 지붕에서는 중후한 분위기가 났다.

홈페이지에서 봤을 때와는 인상이 사뭇 달랐다.

좀 더 밝고 모던한 곳인 줄 알았는데….

유카코는 보스턴백을 들고 성벽처럼 보이는 문을 지나갔다.

칙칙한 날씨 탓인지도 모르지만 어쩐지 음산하고 으스스한 기분이 들었다.

그건 그렇고 분명 주차장에 차를 대는 기척이 났을 텐데도 직원은 코빼기도 보이지 않았다. 미리 체크인 시간을 알려 두었는데도 말이다.

극진한 서비스를 기대했던 유카코로선 다소 불만을 느끼며 현관 앞에 섰다. 묵직해 보이는 문을 열려는 순간,

쾅!

큰 소리와 함께 문이 열리고 안에서 다갈색 머리를 헝클어트린 앳돼 보이는 호텔 보이가 뛰쳐나왔다.

이대로라면 충돌하겠다 싶어 유카코가 황급히 몸을 피했다. 호텔 보이가 자신을 맞으러 나온 게 아닌 건 분명했다. 그는 뺨 언저리를 누르며 문밖으로 허겁지겁 달려 나왔다.

무슨 일이지?

유카코는 조심스레 문 너머를 엿보고 어안이 벙벙해졌다.

프린트 무늬 원피스를 입은 통통한 여성이 동그란 눈을 형형하게 뜨고 로비에 떡 버티고 서 있었다.

유카코를 보자마자 통통한 젊은 여성은 '흐읍' 하고 낮은 신음 소리를 냈다.

"어…."

여성이 이쪽으로 오는 걸 보고 유카코는 엉겁결에 뒤로 물러섰다. 여성의 짧은 단발머리가 공기를 머금은 듯 바짝 곤두서 있었다.

"누님, 진정해요. 손님 오셨잖아요!"

그곳에, 헐레벌떡 도망쳤던 호텔 보이가 돌아왔다. 여성에게 손톱으로 긁혔는지 볼에 할퀸 자국이 세 줄 진하게 나 있고, 그 부분이 벌겋게 부어 있었다.

직원끼리 치정 싸움이라도 한 것일까.

유카코는 불만을 넘어 기가 차기 시작했다.

이런 프로 의식도 없는 직원이 있는 곳이 자신의 운을 틔워 줄 장소라니, 도저히 믿을 수가 없었다. 유카코는 역술인이 한 말을 곧이곧대로 믿은 스스로가 바보처럼 느껴졌다.

차로 돌아가려고 발길을 돌리는데 문득 손이 가벼워졌다. 어느 틈에 호텔 보이가 유카코의 보스턴백을 들고 있었다. 어찌나 잽싼지 언제 가져갔는지도 눈치채지 못했다.

"아이고, 손님. 좋은 곳에 오셨습니다."

아직 십대로 보이는 호텔 보이가 귓가에 대고 속삭였다.

"이맘때만 되면 누님이 예민해져서 참 큰일이에요. 전 아무것도 안 하고 그냥 가만히 있었는데….."

그러고는 발갛게 부은 얼굴로 '헤헤헤' 하고 천연덕스럽게 웃었다.

장난하나.

호텔 보이의 스스럼없는 태도에 유카코는 더 흥이 깨졌다.

십중팔구 반쯤은 노는 기분으로 아르바이트하는 거겠지. 정성을 다해 대접하는 '어른들의 은신처'라더니 참나.

"가방 돌려주세요."

"아니요, 방까지 들어 드리겠습니다."

"됐어요."

"왜요?"

멀뚱멀뚱 쳐다보는 호텔 보이를 유카코는 차갑게 노려보았다.

"이런 몰상식한 대접은 평생 처음이에요. 불쾌해서 돌아가겠어요."

"에이, 안 그러는 게 좋을걸요."

그런데 호텔 보이는 사과하기는커녕 외려 뻔뻔스럽게 이의를 제기했다.

"자, 저기 좀 보세요."

호텔 보이가 가리키는 쪽을 돌아보고 유카코는 목구멍까지 올라왔던 욕지거리를 도로 삼켰다.

눈앞이 하얘서 아무것도 보이지 않았다.

숲은 짙은 안개에 가려져 완전히 자취를 감췄다.

"이른 봄이 되면 가끔씩 이래요. 이러면 한 치 앞도 보이지 않는답니다. 당연히 운전도 할 수 없고요."

가드레일도 없는 구불구불한 좁은 길을 떠올리고 유카코는 시무룩해져 입을 다물었다.

"손님, 운이 좋았어요. 산속에서 안개를 만나면 꼼짝없이 갇히거든요. 게다가 이런 날엔 근처에서 곰이 나온답니다."

위험천만한 이야기를 호텔 보이는 아무렇지 않게 했다.

그러면 그렇다고 홈페이지에 미리 알려 주면 좋잖아.

"하지만 무사히 도착해서 무엇보다 다행이에요. 이렇게 된 이상, 어서 체크인하시죠. 누님은 도움이 안 되니 제가 수속할게요."

헤실헤실 웃는 호텔 보이의 모습에 유카코는 점점 더 기가 찼다.

방금 전 위협하듯 자신을 노려보던 여성이 프런트 직원이었단 말인가.

손님을 그딴 식으로 대하는 여성이 프런트에서 일하는 시점에서 이미 말이 안 됐지만, 장난치듯 동료를 '누님'이라고 부르고 유카코에게도 시종일관 허물없이 구는 경박하기 짝이 없는 호텔 보이도 머리가 어떻게 된 게 틀림없었다.

기대했던 '어른의 은신처'가 설마 이런 곳이었다니. 사전에 더 철저하게 조사했어야 했는데…. 일단 오늘 밤은 참고 둘째 날은 꼭 예약을 취소하자.

유카코는 체념의 한숨을 쉬고 마지못해 호텔 보이의 뒤를 따라갔다.

현관을 지나 로비에 들어서니 여성의 모습이 보이지 않아 그것만은 마음이 놓였다. 안쪽엔 푹신한 양탄자가 깔린, 외관과 일치하는 고풍스러운 공간이 펼쳐져 있었다.

난로가 설치된 로비 중앙에는 오래돼 보이는 큼직한 괘종시계가 중후한 소리를 냈다.

"그럼 바로 체크인 수속을 할까요?"

프런트 데스크 앞으로 가서 숙박 카드에 사인을 하는 동안 유카코는 어딘가 이상함을 느꼈다. 왜 그런가 봤더니 어느 틈엔가 호텔 보이가 유카코의 코트와 숄을 들고 서 있는 게 아닌가. 대체 언제 가져간 걸까. 풋내기처럼 보이는 호텔 보이가 그런 동작을 할 때만큼은 민첩하고 재빨랐다. 왠지 무서울 정도다.

어딘가 수상쩍은 구석이 있는 호텔 보이의 모습을 슬그머니 엿보니, 지금은 유카코가 사인하는 볼펜 끝을 기이할 정도로 열심히 쳐다보고 있다.

"아…."

너무 쳐다봐서 손이 미끄러졌다. 데굴데굴 굴러가던 볼펜이 프런트 데스크에서 툭 떨어졌다. 그 순간, 프런트 데스크를 훌쩍 뛰어넘은 호텔 보이가 바닥에 떨어지기 직전의 볼펜을 획 낚아챘다.

"헤헤헤헤."

웃으면서 내미는 볼펜을 유카코가 벙찐 표정으로 받았다. 동체 시력과 기민함이 보통이 아니었다.

이 사람, 역시 어딘가 이상해.

숙박 카드를 쓸까 말까 망설이고 있는데 별안간 로비 분위기가 변했다.

타닥타닥 소리가 나고 장작이 타는 좋은 냄새가 났다. 안쪽에 있는 난로에 불을 피운 것이다.

로비 안쪽을 돌아보고 유카코는 흠칫 놀랐다.

빨갛게 타오르는 난롯불을 등지고 키가 큰 한 남자가 서 있었다.

그 남자의 얼굴을 보자마자, 유카코는 눈을 뗄 수가 없었다.

가슴까지 오는 새까만 긴 머리. 난롯불에 붉게 물든 하얀 피부. 한쪽 귀에는 금으로 된 피어스가 쨍하고 반짝거렸다.

유카코는 남자의 모습을 넋을 잃고 바라보았다.

이윽고 검은 양복을 입은 키 큰 남자가 천천히 이쪽으로 다가왔다.

흑요석처럼 까만 눈이 유카코를 지그시 바라보았다. 유카코는 홀린 듯 꼼짝도 할 수 없었다.

"방금 전엔 직원이 실례가 많았습니다."

남자는 유카코 앞에 서서 정중히 고개를 수그렸다. 비단처럼 윤기 나는 긴 흑발이 어깨로 차르르 흘러내렸다.

남자가 고개를 들자 그 얇은 입술에 천천히 미소가 떠올랐다.

"오너."

호텔 보이가 반갑게 불렀다.

유카코는 넋이 나간 듯이 남자의 얼굴을 계속 쳐다보았다. 가까이서 보면 볼수록 무섭게 아름다운 외모였다.

"자, 이쪽으로. 봄이라고 해도 산속은 아직 춥습니다."

난로 앞 소파에 앉으라는 말에 겨우 정신을 차렸다.

"저희 여관에서는 잘 말린 사과나무를 장작으로 씁니다. 자, 가까이 와서 은은하게 나는 사과나무 향을 맡아 보세요."

숙박 카드를 다 작성한 유카코가 오너의 권유로 난로 옆에 있는 소파에 앉았다. 순간 전신에 힘이 쭉 빠졌다.

익숙하지 않은 산길 운전과 예기치 않은 추위에 몸이 꽤

나 지친 모양이다.

"손님 짐을 방에 옮겨 드리도록."

오너가 호텔 보이를 불렀다. 호텔 보이가 "예이" 하고 가볍게 대답하고 유카코의 보스턴백을 들고 계단을 깡충깡충 올라갔다.

체구는 작지만 묘하게 신체 능력이 좋은 소년이었다.

"이 난로가 여관 전체를 데우는 구조로 되어 있습니다. 방이 따뜻해질 때까지 이쪽에서 잠시 쉬고 계세요. 불쾌하게 해 드린 사과의 의미로 마실 것을 준비했습니다."

오너의 말이 끝나기가 무섭게 아까 봤던 통통한 여성이 주전자를 들고 나타났다. 오너가 손을 썼는지 아까와 다르게 얌전했다.

"방금 전에는 실례했습니다아앙."

아직도 머리카락이 약간 곤두선 것 같았지만 어느 정도 진정이 된 듯 베르가모트 향이 나는 홍차를 준비해 왔다. 홍차를 따르면서 프런트 직원인 듯한 여성이 초승달 모양으로 눈을 가늘게 뜨고 생긋 웃었다.

뜨거운 홍차를 마시자 유카코도 차츰 진정되었다. 딱히 오너의 아름다운 외모에 현혹된 것은 아니지만 이곳이 그렇게 나쁜 곳은 아닌 듯했다. 난로에서 은은하게 나는 달콤한 사과나무 향을 맡으며 피부와 하나가 될 것 같은 폭신

폭신한 소파에 앉아 있으니 서서히 피로가 풀렸다.

댕, 댕, 댕, 댕.

별안간 둔중한 소리가 주변에 울려 퍼졌다. 로비 중앙에 자리한 큼직한 괘종시계가 오후 4시를 알렸다.

문자판 아래 문이 열리고 시계 안쪽에서 금빛 접시와 그 위에 뭔가가 나왔다.

아, 뻐꾸기시계구나….

유카코가 런던 유학 시절을 떠올리며 눈앞의 시계를 유심히 쳐다보았다. 런던에서도 작은 새와 다람쥐가 나오는 골동품 뻐꾸기시계를 몇 번인가 보았다.

하지만 금빛 접시 위에 있는 동물은 그렇게 사랑스러운 작은 동물이 아니었다.

사냥감을 노리는 동물은 황소로도 보이고 곰으로도 보였다. 날카로운 발톱과 긴 꼬리, 자세히 보니 가슴엔 표범에게서 볼 수 있는 반점도 나 있었다.

"저건 무슨 동물인가요?"

아직 로비에 있는 오너에게 유카코가 물었다.

"카트시의 왕입니다."

오너가 덤덤하게 대답했다.

"카트시?"

"아일랜드에 전해지는 왕국을 다스리는 고양이 요정입

니다."

고양이 요정.

아일랜드가 수많은 요정 전설이 있는 나라인 건 알고 있었지만 그런 요정이 있는 줄은 지금까지 몰랐다.

"카트시의 정체는 표범만큼이나 커다란 검은 고양이었습니다. 가슴에 흰 반점이 있다고 해요. 그런데 실은 이 요정들에게 아주 재미난 일화가 있습니다."

오너가 눈꼬리가 긴 눈으로 유카코를 지그시 쳐다보았다.

"괜찮으시다면 말씀드려도 될까요?"

유카코가 잔을 받침대에 내려놓고 고개를 끄덕였다.

로비에 저런 뻐꾸기시계를 가져다 놓을 정도다. 이 여관의 오너는 그런 이야기를 두루두루 잘 아는 사람일 것이다. 유카코는 신비한 전설이나 옛날이야기를 듣는 게 싫지 않았다.

"그러면 잠시 실례하겠습니다."

긴 흑발을 흩날리며 오너가 맞은편 소파에 앉자, 통통한 프런트 직원이 지체 없이 새 홍차를 내왔다.

"왕국을 세운 자긍심 높은 카트시 국민은 인간의 말을 이해하고 인간들처럼 두 발로 걸을 수 있었습니다. 그래서 가끔은 옷을 갖춰 입고 집회를 열어서 서로 소통하며 자신들의 정치를 펼치기도 했지요. 하지만 평소에는 자신들이 고양이 요정이라는 걸 자각하지 못한 채 평범한 집 고양이로서 인간의 삶에 들어가 조용히 인간을 관찰하며 지냈습니다."

오너는 홍차를 한 입 마시고 이어서 말했다.

"너무나 교묘하게 변해서 인간은 평범한 집고양이와 카트시를 구별하지 못했습니다. 하지만 인간이 고양이에게 잔인한 짓을 하면, 카트시는 분연히 들고일어나 그때까지 지켜봤던 악행과 어리석은 행동을 낱낱이 폭로한다고 하더군요. 죄가 무거운 경우, 카트시 왕이 주도하는 재판에 넘겨 죄인의 숨통을 물어뜯어서 죽음에 이르게 하는 경우도 있다고 합니다."

오너의 입가에 냉혹한 웃음이 떠올랐다. 서늘한 미모가 한층 돋보여 유카코는 등줄기가 서늘해졌다.

잡티 하나 없는 피부는 진주 빛으로 환하게 빛났고 조금의 늘어짐도 없이 탱탱했다.

하지만 당최 나이를 가늠할 수가 없었다. 눈빛도 노숙하고 말투나 행동거지를 보면 결코 젊은 사람이라 볼 수 없었다. 직원들과 마찬가지로 이 여관의 주인도 정체를 알 수 없기는 매한가지였다.

"하지만 카트시의 이런 특징이야말로 고양이란 증거라고 할 수 있습니다."

오너의 안색을 살피던 유카코는 오너에게 뜨거운 시선을 받고 가슴이 쿵 내려앉았다.

"고양이가 지닌 잠재력은 1만여 년 전 야생 고양이였던 시절부터 거의 변하지 않았습니다. 이건 인간과 함께 사는 동물 중에선 극히 이례적인 일이지요."

낮은 테이블에 홍차 받침과 잔을 내려놓고 오너는 긴 손가락을 깍지 끼더니 이야기를 이어 갔다.

말하자면 대부분의 가축은 인간에게 사육당하는 단계에서 야생성을 잃는다고 한다. 이를테면 돼지는 어금니가 작아지고 소는 뿔이 축소되는 식이다. 이는 고고학적으로도 증거가 밝혀졌다고 한다.

특히 제일 먼저 길들여진 동물로 보이는 개는 인간의 비호를 받는 사이, 현대의 어느 견종이 어느 늑대의 자손인지 판단하기가 어려울 정도로 외형이 완전히 변했다.

그에 반해 고양이는 동체 시력, 수렵 본능을 비롯해 야생에서 사냥하는 신체 능력을 여전히 갖고 있다고 한다.

고양이 발톱은 커터 칼처럼 사냥감을 갈기갈기 찢기 위해 존재하고 고양이의 어금니는 먹이를 잘근잘근 씹기 위해서가 아닌, 사냥감의 숨통을 끊어 놓기 위해 존재한다.

"사실 인간은 그것도 모르고 대단히 사나운 짐승을 곁에 두고 있는 겁니다."

자신만만한 오너의 말이 유카코는 다소 회의적으로 느껴졌다.

"하지만 고양이는 하루 종일 양지바른 곳에서 잠만 자는걸요."

유카코가 아는 고양이는 야생의 사냥꾼도 용맹한 야수도 아니었다.

"그건 그럴 필요가 없기 때문입니다. 고양이는 허튼짓은 하지 않죠."

오너가 새초롬한 표정으로 대답했다.

"'능력 있는 매는 발톱을 감춘다'라는 속담이 있는데, 능력 있는 모든 고양이가 발톱을 감추고 있다고 할 수 있겠죠."

유카코가 납득하지 못하자 오너는 여유로운 미소를 지어 보였다.

"그러니까 제 말은 고양이는 인간의 관찰자일 수 있다는 겁니다. 길들여진 다른 동물과는 격이 다르달까요."

"…고양이를 참 좋아하시는군요."

생각 없이 한 말에 오너는 이쪽이 기분 나쁘지 않을 정도로 살며시 코웃음을 쳤다. 소리 내어 말한 건 아니었지만 왠지 '넌 아무것도 몰라'라고 말하는 것 같았다.

"좋아해서가 아닙니다. 사실을 말한 것뿐입니다."

타닥타닥 장작이 타오르고 빨간 불똥이 튀어 올랐다.

유카코는 가만히 입을 다물었다. 오너의 이야기를 듣고 나니, 고양이가 영 다르게 보였다.

유카코의 빈 잔에 홍차를 새로 따르면서 오너가 다시 입을 열었다.

"아마도 아일랜드의 카트시에서 파생된 이야기일 텐데, 이탈리아에는 인간을 하인으로 부리는 고양이 요정 파더 가토father gatto(가토는 이탈리아어로 고양이를 의미한다-옮긴이) 이야기도 전해 내려옵니다."

"고양이가 인간을 하인으로 부린다고요?"

"그렇습니다."

"글쎄요, 그건 좀 무리 같은데….."

"왜 그렇게 생각하시죠?"

오너가 긴 머리카락을 귀 뒤로 넘겼다. 금으로 된 피어스가 쨍하고 빛났다.

"'고양이 목숨은 아홉 개'라는 속담을 아십니까?"

고양이에게는 목숨이 아홉 개 있다는 전설 말인가?

그렇다면 유카코도 알고 있다. 런던 유학 시절에 공부한 적 있는 셰익스피어의 희곡 『로미오와 줄리엣』에도 "고양이의 왕이여, 너의 아홉 개의 목숨 중 하나를 나에게 주지 않을 텐가"란 대사가 나온다.

유카코가 끄덕이자, 오너가 여유롭게 미소 지었다.

"그렇다면 고양이가 이번 생을 한 번밖에 살지 못하는 인간의 주인이 된다 해도 조금도 이상하지 않겠지요."

"내친김에 이탈리아의 이야기도 해 주시겠어요?"

아직 다 이해하진 못했지만 호기심이 동한 유카코는 뒷이야기를 해 달라고 졸랐다.

홍차로 목을 축이고 오너가 이야기를 시작했다.

"유복한 고양이 요정 왕 파더가토의 저택에 어느 날, 한 불행한 아가씨가 찾아왔습니다."

이탈리아에 전해지는 요정 이야기는 아일랜드의 카트시 전설에 비하면 꽤 동화 같은 이야기였다.

"아버지가 죽자 어머니는 첫째 딸만 예뻐하고 둘째 딸에게는 먹을 것도 잘 주지 않았습니다. 그리고 둘째 딸이 말대꾸라도 하면 빗자루로 분이 풀릴 때까지 때렸습니다."

정중하지만 어딘가 차가운 오너의 맑고 높은 목소리가 귀에 울렸다.

"더는 견디지 못한 둘째 딸은 파더가토의 저택을 찾아가 하녀로 일하게 해 달라고 간청했습니다. 파더가토와 고양이들은 일단 그녀가 일하는 모습을 지켜보기로 정하지요."

처음에 둘째 딸은 뭘 해도 뒤를 졸졸 따라다니는 고양이들을 보고 당황한다. 하지만 천성이 친절하고 성실했던 그녀는 고양이들을 극진히 보살핀다.

"머지않아 모든 고양이가 둘째 딸의 일하는 모습에 반해 그렇게 일 잘하는 하녀는 없다고 파더가토에게 보고하지요. 둘째 딸은 파더가토의 저택에서 고양이들에게 사랑을 받으며 처음으로 행복하게 웃을 수 있었습니다."

유카코는 어느새 오너의 유려한 말솜씨에 빨려 들어갔다.

"그런데 자신을 제외하곤 고양이밖에 없는 환경 속에서 그녀는 차츰 외로움을 느끼기 시작합니다."

한번 그런 생각이 싹트자 둘째 딸은 자신에게 지옥과도 같았던 집까지 그립게 느껴졌다. 집에 가고 싶어서 더는 참지 못하고 작별 인사를 고하자 파더가토는 둘째 딸에게 그때까지 일한 보수를 주기로 한다.

"그러고 나서 파더가토는 그녀를 지하실에 있는 비밀의 방으로 데리고 갔습니다."

"그래서요?"

유카코는 자기도 모르게 몸을 오너 쪽으로 내밀었다.

"손님, 방이 준비되었습니다."

그때, 호텔 보이의 맹한 목소리가 들렸다.

오너가 살짝 짓궂은 웃음을 지었다.

"그러면 나머지 이야기는 다음에 하기로 하지요."

절묘한 순간에 이야기가 끊겨 유카코는 못내 아쉬움을

느꼈다.

입에서 하얀 숨이 새어 나왔다. 듬성듬성 서 있는 자작나무 숲 뒤로 눈이 시릴 정도로 파란 호수가 펼쳐져 있었다.

이튿날 아침, 유카코는 호수 주변을 도는 산책로를 혼자 달렸다.

둘레가 2킬로미터쯤 되는 호수는 그렇게 크지 않았지만 놀랄 정도로 파랗고 투명했다. 호수 저편의 숲은 변함없이 안개가 자욱해서 햇살이 거의 닿지 않았다.

대체 이 안개는 언제쯤 걷힐까.

일기예보를 찾아보려고 해도 여관에는 텔레비전도 없고 인터넷도 연결되지 않았다. 그래도 어제만큼 심하지 않아서 체크아웃은 할 수 있을 것 같았다.

막 도착했을 때는 한시라도 빨리 여기서 나가고 싶었건만 지금은 유카코도 자신의 마음을 알 수가 없었다.

분명 상상했던 곳과는 전혀 달랐다.

하지만 솔직히 말해서 어젯밤에 나온 요리는 정말 훌륭했다.

이곳 요리장은 다른 직원들이 '팡구르'라고 부르는 아일랜드 출신의 남성이었다. 2미터에 가까운 큰 키에 피부와 머리가 하얬다. 게다가 눈동자 색깔이 각각 달랐다. 한쪽은 옅은 하늘색이고 다른 한쪽은 빛이 비추는 각도에 따라서 금빛이 도는 갈색이었다.

팡구르 요리장이 어젯밤에 내놓은 메인 요리는 이 즈음에 열리는 아일랜드의 대표적 축일인 '성 패트릭의 날St. Patrick's Day'에 먹는 음식이었다. 보통, 소고기를 소금에 절인 콘비프와 봄 양배추를 넣고 찐 뒤에 파슬리와 딜(허브의 한 종류-옮긴이)을 듬뿍 넣은 화이트소스를 곁들여 먹는다고 한다.

소고기는 스푼으로 푹 떠질 만큼 부드러웠는데, 입에 넣으면 섬유가 흐물흐물 풀어지면서 화이트소스의 쓴맛과 봄 양배추의 단맛이 어우러져 맛이 기가 막혔다.

여기에 껍질을 벗기지 않은 햇감자 프라이와 차이브, 민트 허브 샐러드가 곁들여 나와 영양 균형까지 나무랄 데 없는 만찬이었다.

팡구르의 권유로 흑맥주를 마신 유카코는 어젯밤, 곧바로 골아떨어졌다. 아침까지 푹 잔 것도 실로 오랜만이었다.

오늘, 아침 식사로 나온 토마토 처트니를 발라 먹는 감자 케이크도 소박하지만 좋은 식재료를 썼다는 게 느껴질 정도로 정성스러웠다. 평소 탄수화물은 피하는 편인데도 몇 개라도 더 먹고 싶었다.

유럽의 왕후 귀족이 살 것 같은 저택의 외관도 그렇고,

카트시를 안에 설치한 뻐꾸기시계나 아일랜드인 셰프가 만든 본격 아일랜드 요리도 그렇고, 여기는 유럽의 전통 문화를 짙게 반영한 곳인지도 모른다.

다갈색 머리의 호텔 보이는 경박하고 통통한 프런트 직원은 몰상식한 사람이었다. 외모가 아름다운 오너도 은근히 무례했다. 팡구르 요리장은 요리 솜씨는 나무랄 데 없었지만 게일어가 모국어이어선지 일본어는 물론 영어도 어눌했다.

기대했던 '정성을 다해' '대접하는' 숙박업소와는 거리가 멀었지만 유카코는 이곳은 이곳대로 기분 전환이 되는 것 같다는 생각을 새삼 다시 했다.

팡구르의 요리는 뜨거운 커스터드 소스를 발라 먹는 애플 타르트와 버터 푸딩 같은 디저트도 일품이어서 방심하면 당분과 칼로리를 과하게 섭취하게 될지도 모른다. 하지만 이렇게 달리기 좋은 조깅 코스도 있으니 괜찮겠지.

게다가 이탈리아 고양이 요정 전설도 이어서 들어야 한다.

파더가토를 따라 비밀의 지하실로 간 둘째 딸은 그 뒤에 어떻게 되었을까. 일한 만큼 보수를 받았을까?

호수를 두 바퀴 돌자 이마와 가슴팍에 땀이 났다.

유카코는 벤치에 앉아서 수건으로 땀을 닦았다. 벤치에 뒀던 아이리시 티가 들어 있는 보온병을 들고 유카코는 호수를 바라보았다. 호수에서 부는 바람이 달아오른 몸을 기분 좋게 식혀 주었다.

아이리시 티를 마시면서 유카코는 다시 고양이 요정 전설에 대해 생각했다.

옛날이야기에는 기량이 좋고 총명하지만 부당하게 구박받는 여주인공이 자주 등장한다. 동화나 전승은 모종의 은유로 성립되는 경우가 많은데, 부당하게 괴롭힘을 당하는 여주인공이 의미하는 바는 무엇일까?

하지만 그건 지금도 다르지 않은걸.

무의식중에 그런 생각이 들어 유카코는 퍼뜩 놀랐다.

회사에서도 시가에서도 유카코를 죄다 구박했다.

분명 도망치려고 결혼한 벌을 받은 거겠지. 남편과 사이가 좋았던 건 결혼하고 처음 1년뿐이었다.

지금 생각하면 남편은 결혼 상대가 누구든 좋았던 것이다. 그런대로 보기 좋고 교양이 있으면 꼭 유카코가 아니어도 상관없었다. 그 증거로 결혼하고 나서도 남편은 친하게 지내는 여자 친구들과 관계를 끊으려 하지 않았다. 남편에게 결혼은 단순히 체면치레였다.

아이가 생기지 않자 같이 살던 시어머니는 일방적으로 유카코를 욕했다. 아이가 생기면 아들도 안정될 거다, 그런데 불임 치료도 받지 않고 해외 유학이라니 아들이 가엾다, 운운하며 끊임없이 잔소리를 해댔다. 이혼이 정해지자 이쪽이 위자료를 받아야 한다고 막말까지 했다.

그 엄마에 그 아들이었다. 유카코는 그런 남자의 아이를 낳지 않아서 진심으로 다행이라고 여겼다.

옛날이야기에서 부당한 일을 당한 여주인공을 구해 주는 것은 대개 마법이었는데, 역술인의 점괘가 정말로 맞아 떨어지려나.

문득 한심한 생각이 들어 유카코는 크게 한숨을 쉬었다. 그러고는 별생각 없이 주위를 둘러보다 헉 하고 눈이 휘둥그레졌다.

벤치 바로 옆에 언제 어디서 나났는지 모를 다섯 살쯤 되는 어린 소녀가 있었다.

왜 이런 곳에 어린 소녀가 있는 걸까, 유카코는 의아했다. 소녀는 척 보기에도 어른의 것으로 보이는 큼직한 다운재킷을 걸치고 있었다. 소녀의 자그마한 몸 때문에 검은 다운재킷은 코트처럼 보였다.

이 다운재킷을 입혀 준 보호자가 근처에 있는 것일까.

주위를 두리번거리다 소녀와 눈이 마주쳤다. 풀숲에 앉아 있는 소녀가 붙임성 있게 방긋 웃었다.

"있지, 엄마가 조금 이따가 데리러 올 거야."

"그렇구나."

소녀의 말에 유카코는 내심 가슴을 쓸어내렸다. 미아는 아닌 듯했다.

"근데. 엄마가 바쁘다고 여기에서 잠시만 혼자 놀고 있으랬어."

소녀가 돌연 쓸쓸한 표정을 지었다. 아무래도 이 아이는 근처에 사는 아이인 모양이다. 엄마가 집안일을 하는 동안에 집을 나왔는지도 모른다.

어린 시절, 비슷한 경험을 한 기억이 나 유카코는 웃음지었다.

하지만.

이 일대에 저 여관 말고 인가가 있었던가.

마음 한구석에 묘한 의심이 피어났다.

"이게 뭐야?"

하지만 쪼그려 앉은 소녀가 가리키는 것에 유카코는 정신을 빼앗겼다.

뱀밥이다.

소녀와 나란히 쪼그리고 앉자 일대에 뾰족뾰족한 뱀밥이 잔뜩 피어 있는 게 눈에 들어왔다.

"뱀밥이야. 먹을 수 있어."

유카코는 아직 포자낭수가 열리지 않은 어린 뱀밥을 뽑아서 소녀 앞에서 들어 보였다.

그리웠어. 뱀밥도 오랜만에 보네.

어린 시절, 유카코는 뱀밥을 매콤달콤하게 조려서 넣은 계란 요리를 아주 좋아했다. 자세히 보니 산책로 주변에는 뱀밥을 비롯해 머위의 어린 꽃줄기와 쑥이 무성하게 자라 있었다. 물가에는 미나리도 나 있었다.

"얘, 나물 따기 놀이 할래?"

유카코는 무심코 오래전 엄마가 해 줬던 말을 소녀에게 하고 있었다.

소녀는 다 이해한 것 같지는 않았지만 바로 조그만 손바닥을 내밀었다. 유카코는 소녀의 조그마한 손바닥을 맞잡고 일어섰다.

소녀가 보내는 무구한 신뢰에 가슴이 뜨거워졌다.

'하지만 내가 나쁜 사람이었다면? 이런 무방비한 태도는 좀 위험하지 않을까?' 이런저런 생각을 하면서 유카코는 소녀의 손을 놓고 걷기 시작했다.

이 일대는 산나물과 야생초의 보고였다. 조금만 걸어도 먹을 수 있는 식물이 여기저기 눈에 띄었다.

소녀는 사랑스럽게 생긴 뱀밥이 제일 마음에 든 모양이었다.

어린 시절, 봄이 되면 엄마와 이렇게 나물 따기 놀이를 했던 것을 유카코는 몇십 년 만에 기억해 냈다. 큰 산파, 파드득나물, 참소리쟁이, 수영… 지금도 먹을 수 있는 야생초를 구분하는 방법을 똑똑히 기억하고 있다.

도쿄 출신. 늘 밝혀 왔던 이력이 거짓말은 아니다.

하지만 유카코의 고향은 도쿄도 서부 서다마군으로, 도쿄에서는 유일한 촌이었다. 도쿄에 있지만 인구 감소와 노령화로 과소화가 진행되어 공동체 기능이 한계에 이른 마을.

초중학교를 합쳐도 백 명도 안 되는 학교에 다니면서 이런 곳에 혼자 남겨질까 봐 유카코는 늘 초조해했다.

촌사람으로 살다 죽고 싶지 않아.

그렇게 되지 않으려고 어떤 노력도 마다하지 않았다.

왜 그런 이상한 생각을 했을까.

그야 난 솔개가 낳은 매인걸, 유카코는 커다란 날개로 높이 힘차게 날고 싶었다.

그런데 목표에 가까이 다가갈수록 배신당했고 늘 거기에 맞서 싸우기만 했다.

열중해서 뱀밥을 뽑고 있는 소녀를 유카코가 가만히 지켜보았다.

어린 시절엔 엄마만 곁에 있으면 충분히 행복했다. 이 아이도 그렇겠지.

그런데 그 엄마한테 그런 일을 당하다니.

그렇게 생각한 순간, 유카코는 들고 있던 야생초와 산나물을 떨어트릴 뻔했다.

왜 이런 이상한 생각을 하는 걸까?

왜긴 알고 있잖아, 머리 한쪽에 또 한 명의 자신이 냉정하게 지적했다.

자신은 이 아이를 알고 있다. 몇 번이나 뉴스에서 봤고 그때마다 가슴 아파했다.

뉴스에서? 가슴이 아팠다고?

유카코 안에서 수습되지 않은 혼란이 소용돌이쳤다.

무슨 일이지? 이 아이는 대체….

눈앞에 있는 소녀가 스윽 멀어진 기분이 들었다. 그 순간, 걷잡을 수 없이 졸음이 쏟아졌다.

자작나무 저편에 있는 파란 호수가 눈앞에 빠르게 다가오더니 이윽고 모든 것이 차가운 물속으로 녹아들어 갔다.

깊은 물에 빠진 것처럼 깊은 잠에 빠진 유카코는 꿈을 꾸었다. 꿈속에서 그녀는 파더가토의 손을 잡고 비밀의 지하실로 내려갔다. 지하로 내려가는 나선계단은 끝도 없이 이어졌고, 그 앞은 어두워서 아무것도 보이지 않았다.

한참을 걸려 겨우 도착한 지하실에는 두 개의 큼지막한 단지가 놓여 있었다. 한 단지에는 검게 끈적끈적해 보이는 기름이, 또 다른 단지에는 황금색으로 빛나는 액체가 들어 있었다.

"자, 어느 단지에 들어가고 싶으냐?"

파더가토가 등진 채로 물었다.

물론 황금빛 액체가 가득 차 있는 단지에 들어가고 싶다. 그 정도는 충분히 받을 자격이 있지 않은가.

유카코는 그렇게 생각했지만 파더가토가 뒤를 돌아본 순간, 그 생각을 입 밖으로 낼 수가 없었다. 파더가토는 어느새 고향에 계신 부모님의 모습으로 변해 있었다.

자기 생각만 하느라 벌써 몇 년이나 보지 않은 늙은 부모에게 그런 이기적인 요구를 해도 되는지 유카코는 망설여졌다.

이제 와서 그런 뻔뻔한 짓은 할 수 없었다.

그렇게 생각한 순간, 유카코가 잠에서 깼다. 그녀는 홀로 벤치에 앉아 있었다.

전부 꿈이었나.

하지만 무릎 위에 펼쳐진 수건에는 갓 딴 뱀밥과 쑥이 놓여 있었다.

그러고 보니 귀여운 소녀와 함께 나물을 뜯었었지.

소녀의 모습은 보이지 않았다. 분명 엄마가 데리러 왔을 것이다.

왠지 가슴이 죄여 오는 듯한 느낌이 어렴풋이 남았지만

그 이유를 떠올리려 하면 머리가 멍해졌다.

유카코는 문득 추위를 느끼고 두 팔을 감쌌다. 밖에서 깜빡 잠든 바람에, 몸이 완전히 차갑게 식었다.

숙소로 돌아가서 난롯불에 몸을 녹이자.

유카코는 산나물과 야생초를 수건으로 싸고는 잠이 덜 깬 머리를 손으로 누르면서 벤치에서 일어났다.

산책로를 걸어서 여관으로 돌아와 로비에 들어서자 달콤한 사과나무 향이 났다.

오늘도 로비 안쪽에서는 벽돌로 만들어진 중후한 난로가 붉게 타오르고 있었다. 유카코는 운동복 차림으로 난로 앞 소파에 앉았다. 이곳에 완전히 반해 버렸다.

"마실 거라도 드릴까요?"

갑자기 뒤에서 소리가 나서, 유카코가 어깨를 움찔했다.

어느새 자기로 만든 단지를 든 오너가 서 있었다. 훈련이라도 받았는지 오너는 물론, 어딘가 좀 이상해 보이는 호텔 보이와 프런트 직원까지, 이곳 사람들은 발소리가 거의 나지 않았다.

이들은 모두 안개나 아지랑이가 깔리는 것처럼, 정신을 차려 보면 등 뒤에 살며시 다가와 있었다.

"괜찮아요. 아직 이게 있어서."

유카코는 팡구르에게 받은 아이리시 티가 든 보온병을

들어 보였다.

하지만 오너는 단지를 들고 여전히 의미심장한 웃음을 띠고 있었다.

"차도 괜찮지만 이건 이곳 여관의 비약이라서요."

"비약이요?"

오너는 단지 안에 든 걸 작은 잔에 따르고 낮은 테이블 위에 단지를 내려놓았다. 유리잔 속에 걸쭉한 황갈색의 액체가 반짝 빛났다.

"개다래 열매를 소주와 벌꿀에 잰 것입니다. 혈액순환을 돕고 노화를 방지하는 효과가 있습니다. 한번 드셔 보시죠."

나이가 가늠되지 않는 오너가 말하니 묘하게 신빙성이 느껴졌다.

모처럼의 기회이니 한번 마셔 보기로 했다. 한 입 마시자 위가 불이 난 것처럼 화끈거렸다. 그렇게 도드라진 특징은 없지만 한약을 연상시키는 쓴맛이 혀에 희미하게 남았다.

"이 주변은 산나물과 야생초의 보고더군요."

유카코가 수건에 싼 야생초를 낮은 테이블에 펼쳤다. 개다래도 약효가 풍부한 산나물 중 하나다.

"방금 전에 야생초를 뜯었어요. 귀여운 소녀랑 같이."

"소녀."

"네, 이 부근에 사는 아이가 아닌가요?"

그렇게 묻고 유카코는 깜짝 놀라 숨을 멈췄다.

오너가 지금까지와는 전혀 다른 표정을 하고 있었기 때문이다. 오너는 드물게 아름다운 외모의 소유자였지만 눈만은 늘 얼음장처럼 차가웠다. 그 차가운 얼음이 부드럽게 녹더니 비로소 감정다운 것이 배어 나왔다.

"그 아이가 호수를 떠나서 당신과 함께 놀았군요."

"아, 네네."

오너의 강렬한 눈빛에 유카코는 저도 모르게 당황했다.

오너의 도자기 같은 뺨에 미미하게 붉은 기가 돌았다. 새초롬하던 가면이 벗겨지자 뜻밖에도 따뜻한 얼굴이 드러났다.

"그건 그렇고 손님도 대단하십니다. 도쿄 분인데도 이렇게 먹을 수 있는 야생초를 자세히 알고 계시다니."

맞은편 소파에 앉아서 오너는 쑥과 미나리와 수영을 찬찬히 살펴보았다. 거기에 다른 뜻은 전혀 없었다. 진심으로 감탄하는 모습이었다.

"도쿄라고 해도…."

늘 이쪽을 시험하듯이 행동하던 오너가 여느 때와 다르게 솔직하게 나오자 유카코도 덩달아 속마음을 터놓았다.

"전 사실 시골 출신이에요."

무심코 튀어나온 말에 유카코 본인도 놀랐다. 향상심만을 드러내며, 지금까지 절대로 자각하고 싶지 않았던 마음속 깊은 곳에 있는 열등감을 처음으로 남 앞에서 드러낸 기분이었다.

아무리 노력해도 아무리 애를 써도 어차피 부모는 매가 아닌 '솔개'였고 자란 곳은 인구 감소와 노령화로 나날이 쇠락해 가는 '촌'이었다.

"손님."

오너가 다정한 눈빛으로 이쪽을 보았다.

"점심엔 이곳의 야생초로 만든 나물 요리를 준비하겠습니다."

오너는 호텔 보이를 불러 유카코가 뜯은 야생초를 주방으로 보내고 하는 김에 자기 잔도 가져오게 했다. 오너는 유리잔에 걸쭉한 황갈색 개다래주를 담아 마시면서 입가에 탐스런 미소를 지었다.

"혹시 괜찮으시면 파더가토와 둘째 딸의 이야기를 마저 들려드려도 되겠습니까?"

"꼭 부탁드려요."

유카코는 다시 잔을 가득 채운 개다래주를 받아 들고 고개를 끄덕였다.

"파더가토는 하녀인 둘째 딸의 손을 잡고 비밀의 지하실로 이어지는 계단을 하염없이 내려갔습니다."

앞이 보이지 않는 어두운 나선계단을 끝도 없이 내려가서 마침내 둘은 천장이 넓은 돔형의 지하실에 도착한다. 그곳에서 둘은 나란히 놓여 있는 커다란 단지 두 개를 발견한다.

"잠깐만요!"

강한 기시감을 느끼고 유카코가 소리 질렀다. 오너가 해준 이야기가 방금 전 자신이 꾼 꿈과 완전히 일치했기 때문이다.

그 사실을 털어놓자 오너가 흥분한 듯 눈을 크게 떴다.

"그래서요? 손님께선 어느 단지를 선택하셨죠?"

돌아선 파더가토가 부모님의 모습으로 변한 것이 생각나서 유카코는 다시 미안하고 부끄러운 기분이 들었다.

광고 대리점 특유의 젠체하는 업계인들이 모인 전 남편과의 결혼식장에서 몸 둘 바를 모르고 한껏 작아진 부모님. 딱 보기에도 고급스러운 기모노를 입은 시부모님 앞에서 못 올 데를 오기라도 한 듯 안절부절못하던 두 사람을 부끄러워했던 유카코.

"…차마 황금색 액체가 들어 있는 단지를 선택하지는 못하겠더라고요."

'그야 나도 사실은 매인 척하는 솔개였으니까.'

겨우 자각한 열등감 앞에서 유카코는 조용히 시선을 내리깔았다.

"그게 정답입니다!"

그 순간, 오너가 몸을 불쑥 내밀었다.

"손님은 역시 대단한 분이세요. 손님이 여기에 오신 건 그저 우연은 아닌 모양입니다. 손님은 고양이 요정 왕의 인도로 이곳에 도착한 겁니다."

오너는 흥분한 듯 둘째 딸도 꿈속의 유카코처럼 황금빛 액체가 들어 있는 단지를 고르지 않았다고 말했다.

그런 둘째 딸에게 파더가토는 엄숙하게 이렇게 말한다.

"너에게 어울리는 건 이쪽이야."

그러고는 튼튼한 앞발로 그녀를 안아 올리더니 황금빛 액체가 든 단지 속으로 가만히 몸을 집어넣었다.

"황금을 녹인 액체에 몸을 담근 딸이 과연 어떻게 되었을까요? 그건 이제 손님이 직접 알아내셔야 합니다."

입김이 닿을 정도로 유카코에게 얼굴을 가까이 대고 오너가 속삭였다.

"손님에게만 알려 드리죠."

파란 호수에서 조금만 더 가면 금빛 물로 채워진 비탕이 있다. 그곳은 여관 사람들 말곤 아무도 모른다고 한다.

"울타리는 없지만 깊은 산속이라 보는 사람이 아무도 없습니다. 부디 마음껏 황금 탕에 몸을 담가서 지금까지 쌓인 피로와 묵은 때를 전부 씻어 내고 둘째 딸이 얻은 영험이 뭔지 직접 확인해 보세요."

지근거리에서 아름다운 오너의 시선을 받으니 유카코는 뭐에 홀린 것 같았다.

개다래주에 취했는지 머리가 조금 멍했지만 정신을 차리고 보니 유카코는 오너의 권유대로 다시 산책로를 걷고 있었다.

지도도 받지 않았는데, 마치 무언가에 이끌린 것처럼 발이 움직였다. 정말로 고양이 요정의 왕 파더가토가 손을 잡고 이끌어 주는 것 같았다.

이윽고 탈의실로 보이는 막사가 나타났다. 막사라곤 하지만 지붕만 겨우 있는 허름한 곳이었다. 조금 불안했지만 유카코는 과감히 문을 열었다.

그 순간, 시야가 황금빛으로 물들었다.

자욱한 수증기 너머로 호수처럼 찰랑거리는 황금빛 액체가 보였다. 그 아름다운 광경에 현기증이 났다. 유카코는 옷을 전부 벗어 던지고 탕 속에 들어갔다. 순간 뭐라 말할 수 없는 편안함이 온몸을 감싸며 저도 모르게 대담해졌다.

이렇게 부드럽고 피부에 착 감기는 탕은 처음이었다.

온몸에서 피로와 나른함이 서서히 빠져나갔다. 유카코

는 황금빛 탕 안에서 자신의 몸매를 손가락 끝으로 더듬었다. 엄격한 당질 제한과 운동으로 다져진 몸은 결코 중년 여성의 몸이 아니었다. 이게 다 나이와 맞서서 싸우며 금욕적으로 단련해 온 결과였다.

별생각 없이 탕 속에서 팔을 들어 올리곤 유카코는 놀랐다. 안쪽에서 발광하듯이 피부가 은은하게 빛나고 있었다.

놀라서 온몸을 확인해 보니 피부 결이 확연히 달라져 있었다. 두 손을 펴서 볼에 대자 촉촉이 흡수되는 것 같았다. 피부에 이십대의 팽팽함이 돌아왔다.

이것이 둘째 딸이 얻은 영험인가.

어느새 피부도 머리도 촉촉하고 윤기가 흘렀다.

유카코는 기뻐서 어쩔 줄 몰랐다.

신이 나서 어린 아이처럼 황금 탕 속을 헤엄쳤다. 아무리 헤엄치고 아무리 오래 탕 속에 몸을 담그고 있어도 신기하게도 머리가 멍해지지 않았고 피부와 머리카락은 몰라보게 젊어졌다.

유카코는 황금빛 탕에서 하늘을 보고 누워 마음껏 손발을 뻗었다.

마음속에 남아 있던 앙금과 불안이 어느새 눈 녹듯 사라졌다.

이튿날, 유카코는 기분 좋게 체크아웃을 하고 여관을 나왔다.

역술인의 말은 사실이었다. 이곳은 운명의 장소였다. 유카코는 파더가토에게 운이 트일 거라고 약속받은 것이나 다름없었다.

백미러에 비친 자신의 모습을 보고 유카코는 환하게 웃었다. 피부도 머리카락도 여전히 금가루를 뿌린 것처럼 희미하게 빛이 났다. 여자에게 피부와 머리카락은 마음의 창이다. 아름답게 가꾸면 그것만으로도 모든 전망이 좋아진다.

도쿄로 돌아오고 나서도 여행의 피로를 느끼기는커녕 몸이 깃털처럼 가벼웠다.

고양된 기분으로 유카코는 그날 밤 오랜만에 블로그를 갱신했다.

—아주 멋진 곳에서 지내다 왔습니다.

고양이 요정 카트시에 대해, 파더가토의 꿈에 대해, 장소는 밝히지 않겠다고 미리 말해 둔 뒤 영험 있는 신비한 황금색 비탕에 대해 취한 듯이 써내려 갔다.

—피부도 이렇게 되살아났습니다.

스마트폰으로 셀카를 찍고 확인해 보니 거의 맨 얼굴인데도 정말로 젊어 보였다. 사진과 함께 글을 올리자 만족감이 밀려왔다.

이제 운의 흐름도 바뀌겠지. 앞으로 어떤 행운이 기다리고 있을까.

설레는 마음으로 침대에 몸을 던지고 유카코는 이내 깊은 잠에 빠졌다.

다음 날 아침, 유카코는 머리가 아파서 잠에서 깼다.

사이드 테이블에 둔 스마트폰에서 SNS에 메시지가 도착했다는 알림음이 쉴 새 없이 울렸다. SNS에 블로그 주소를 걸어 두었으니 분명히 어젯밤에 올린 글에 대한 반향일 것이다.

유카코는 스마트폰을 끌어당겨 지문 인증으로 잠금장치를 해제했다. 애플리케이션을 톡 쳐서 SNS 계정을 열자, 어마어마한 알림 수가 표시되어 있었다.

소위 '떡상'이라는 상태다.

처음 있는 일로, 유카코는 기대에 차서 서둘러 블로그에 접속했다.

지난밤에 올린 글에 유례없이 많은 댓글이 달려 있었다. 하지만 댓글 창을 연 순간, 유카코의 가슴이 쿵 하고 내려앉았다.

평소에는 이웃들의 비교적 호의적인 댓글이 달리는 그곳에, 전혀 알지 못하는 익명의 댓글이 줄줄이 달려 있었다.

─고양이 요정의 왕이라고? 카트시? 파더가토? 부탁이니까 얼른 병원에 가 봐.

─나잇살이나 먹어 가지고 미신에 빠져선 어디 아픈 거 아냐?

─아픈 걸 넘어 이젠 무섭기까지 하다. 이런 사람이 옛날에 대기업 홍보 담당이었다니 진짜 무섭다.

─대학 미인 대회 출신 여잔 평생 착각 속에 사는구나.

뭐야 이게.

유카코의 관자놀이가 굳어졌다.

이 사람들 대체 어디에서 온 거지?

비웃는 댓글 중에 특정 사이트 주소가 링크되어 있는 것을 보고 유카코는 떨리는 손으로 클릭했다.

"벼랑 끝에 선 40대 전 대기업 홍보 담당자(유명 대학 미인 대회 선 출신), 미신에 빠져 깜빡 속아 넘어가다. 도촬 동영상 유출인가?(동영상 있음)"

웹사이트 제목을 보고 유카코는 스마트폰을 떨어트릴 뻔했다.

거기에는 과거에 '주목할 만한 여성'으로 여성지와 비즈니스지에 실렸던 유카코의 젊은 시절 사진까지 무단으로 실려 있었다.

도촬? 동영상 유출?

화면을 스크롤해서 내리는 사이 유카코는 온몸이 덜덜 떨렸다.

유카코가 갈색 탕에서 뽀얀 나체를 드러내며 수영하는 모습을 누군가가 몰래 찍어서 올려놓았다.

—이게 본인이 블로그에 올린 '고양이 요정이 알려 준 신비한 황금 비탕'인가 보네.

—그냥 철분이 많은 유황 온천이잖아?

—아니, 그전에 온천에서 수영하면 안 되지 않나?

—것도 그렇고 고양이 요정한테 도촬당하셨네.

동영상 밑에는 '여러 사람들의 반응'으로 유카코가 블로그에 올린 글에 대한 SNS 게시 글이 몇 개나 발췌되어 있었다.

대체 이게 다 무슨 일이야.

유카코는 머리에서 핏기가 가시는 느낌이었다.

이 웹사이트에 올라온 글은 SNS를 통해 지금도 확산되고 있을 터였다.

유카코는 얼굴이 새파래져서 황급히 책상에 있는 노트북을 켰다. 한시라도 빨리 블로그에 올린 글을 지우고 웹사이트에 올라온 글도 삭제해야 한다. 경우에 따라서는 경찰에도 연락해야 할지 모른다.

웹사이트를 운영하는 곳의 연락처를 필사적으로 찾는

사이 겨드랑이와 명치 부근에서 식은땀이 났다.

운영진과 연락이 닿으면 웹사이트의 글은 삭제되겠지만 인터넷상에 돌아다니는 동영상과 사진은 어딘가에 영원히 남을 것이다.

유카코는 관자놀이가 욱신욱신 쑤셨다.

손님에게만 알려 드리죠.

울타리는 없지만 깊은 산속이라 보는 사람이 아무도 없습니다.

아름다운 오너의 속삭임이 귓가에 되살아나며 분노가 치솟았다.

악의적 소행인지, 돈을 노린 온라인 사기 행각인진 모르지만 이런 짓을 하고도 무사히 넘어갈 줄 알았나.

어금니를 꽉 깨물고 호텔 예약 사이트를 열었다가 유카코는 깜짝 놀랐다.

'달라. 내가 묵었던 여관이 아니야.'

사이트에는 더 모던하고 밝은 로그 하우스풍의 숙소 사진이 올라와 있었다. 이름도 전혀 달랐다.

지끈거리는 머리로 유카코는 희미해진 기억을 더듬었다.

'그래. 내가 예약한 곳은 원래 여기였어.' 유카코가 부랴부랴 메일을 확인해 보니 여관에서 보낸 예약 취소 수수료 청구서가 도착해 있었다.

그렇다면 대체 그곳은 어디였을까.

어둑어둑한 푸른 나무숲 여관을 배경으로 아름다운 오너, 다갈색 머리의 호텔 보이, 통통한 프런트 직원, 두 눈이 다른 빛깔을 띤 백발의 요리장이 이쪽을 가만히 지켜보고 있는 것 같았다.

"너무나 교묘하게 변신해서 인간은 정체를 알지 못하죠."

오너가 했던 이야기가 생각나서 유카코는 등골이 오싹해졌다.

그러면 그 사람들은….

망연해진 유카코 앞에서 돌연 노트북 화면이 꺼졌다. 사이드 테이블에 둔 스마트폰에선 SNS 메시지 도착 알림음이 여전히 쉴 새 없이 울리고 있었다. 유카코가 스마트폰을 집어 들어 힘껏 던지자 와장창 액정 깨지는 소리가 울려 퍼졌다.

🐈

창밖에는 눈이 시릴 만큼 푸른빛이 펼쳐져 있었다. 골든위크가 시작되자 평소엔 조용하던 마을에도 관광객의 모습이 눈에 띄기 시작했다.

고향 집 큰 방에서 유카코가 여러 여성들을 마주 보고 서 있었다.

"그럼 오늘은 이걸로 특별한 비약을 만들어 봅시다."

유카코가 삼베 주머니에서 타원형의 말린 열매를 꺼냈다. '비약'이란 말에 여성들이 하나같이 흥미 어린 표정을 지었다.

그들 중에는 파란 눈동자의 유럽인과 히잡을 쓴 이슬람인, 스마트폰을 꽉 쥔 중국인도 있었다.

"디스 이즈 실버바인즈This is Silver Vines(이건 개다래나무에요)."

그들을 위해 유카코는 영어로 설명을 덧붙였다. 유럽 여성이 "와우!" 하고 눈을 동그랗게 떴다. 여성들 사이에 잔물결 같은 웃음이 일었다.

유카코는 그 화기애애한 모습을 감개무량하게 지켜보았다.

도촬 동영상이 유출됐을 때는 솔직히 이렇게 될 줄 꿈에도 상상하지 못했다.

인생은 정말로 신기하다.

소동이 있고 나서 유카코는 고향 집으로 돌아왔다. 이제 도시에선 있을 데가 없었고 달리 갈 데도 없었다.

무엇보다 맞서 싸우는 것에 지쳐 버렸다.

솔개의 자식은 솔개.

더 이상 아등바등 애쓰며 살고 싶지 않았다.

한 다리 건너면 다 아는 좁은 '촌'이라 입방아에 오르내릴 줄 알았는데 뜻밖에도 주변 사람들은 유카코에게 무관심했다. 고향 집에 돌아온 직후, 유카코는 병자처럼 누워만 있어서 잘 몰랐지만 실제로는 부모님이 외동딸의 방파제가 되어 준 것이다. 호기심 많은 미디어가 어디선가 연락처를 알아내고 전화를 했을 때도 아버지가 무섭게 호통쳐서 쫓아냈다고 들었다.

마흔이 되어 F1층에서도 멀어지고 세간에서 떠들어대던 '주목할 만한 여성'이란 호칭을 잃었어도 부모에게 유카코는 여전히 귀한 딸이었다.

유카코는 어린 시절처럼 엄마와 함께 산에 가서 야생초와 산나물을 따고 마당의 채소밭을 돌보며 조용히 하루하루를 보냈다. 원래 부지런한 성격이어서 심심풀이로 야생초 차며 야생초주도 만들었다.

날마다 그 지역에서 나는 재료로 만든 음식을 먹고 그 지역에서 나는 물을 마시고 규칙적으로 생활하자 이전처럼 엄격하게 당질을 제한하지 않아도, 황금빛 온천에 몸을 담갔을 때처럼 머리카락도 피부도 늙지 않았다.

매일 아침 생기가 도는 피부 상태를 볼 때마다 유카코는 어렴풋이 자신의 파더가토는 부모님이 아닐까 생각했다.

머지않아 상상도 못한 일이 벌어졌다.

인근에 사는 여성들이 유카코에게 외모 관리 비법을 배우고 싶다며 삼삼오오 모이게 된 것이다.

계기는 무려 유출된 동영상이었다.

갈색의 물속을 자유자재로 헤엄치는 군살 없는 유카코의 맨몸을 본 사람들이 스타일과 아름다움을 유지하는 비결을 알려 달라고 입을 모아 말했다.

처음에는 당황했으나 유카코는 필라테스와 요가 강사 자격증을 갖고 있었다. 부모님과 상의 후 스튜디오 대신 마당에 면한 오래된 큰 방에 여성 전용 요가 교실을 열었는데, 뜻밖에도 이곳에 많은 사람들이 모였다. 레슨이 끝난 뒤, 수제 허브 차를 대접한 것도 크게 호평을 받았다.

지금까지 마을에 여성 전용 헬스장도 살롱도 없었다며 기뻐하는 여성들을 보고 유카코는 조금 자신감을 얻었다.

여기서라면 아직 할 수 있는 게 있을지도 모른다.

꼭 도시나 해외에 나가서 활약해야 성공한 건 아니다.

여태까지 블로그 방문자 수가 늘지 않은 이유는 방문자의 관심을 끌 만한, 실제 경험에 입각한 정보가 적었기 때문이다.

높이 나는 것만 생각하고 기를 쓰고 발돋움을 해 왔는데… 정말로 날기 위해서는 일단 땅에 발을 디디지 않으면 안 되었던 것이다.

'내 땅은 여기다.'

지금까지 피해 왔던 마을을 유카코는 태어나 처음으로 그런 식으로 생각하게 되었다.

창업용으로 만들었던 블로그를 닫고 유카코는 새로 홈페이지를 개설했다. 여성 전용 사토야마 요가 교실 사이트. 요가와 인근 산에서 채취한 약초로 만든 차나 약용주를 만드는 워크숍 정보도 올렸다. 사이트에는 일본어 외에 영어와 중국어 정보도 더해 누구나 스마트폰으로 간단히 예약할 수 있게 시스템을 구축했다.

그러자 지역 여성들만이 아니라 도심이나 해외에 사는 여성들의 예약 신청이 쏟아졌다. 처음에는 쭈뼛거리며 일본의 오랜 민가에 발을 들이던 해외 관광객들은 유카코의 유창한 영어와 중국어 실력에 감탄하며 점점 더 입소문을 퍼트렸다.

앞으로가 진짜 승부다.

유카코는 살짝 긴장했다.

지금까지의 노력은 헛되지 않았다. 열심히 기른 어학 능력과 스킬, 자격증이 진가를 발휘하는 건 지금부터다.

오늘은 말린 개다래 열매로 '노화를 방지하는 비약'을 만드는 워크숍을 열기로 했다. 그 신비한 여관에서 마셨던 개다래주를 재현해 볼 참이다.

요가 교실과 워크숍을 열며 겸사겸사 유카코는 '파더가 토' 이야기를 찾아서 읽어 보았다. 그 이야기는 민화 수집가로 알려진 스코틀랜드의 민속학자 앤드류 랭Andrew Lang이 〈고양이저택The Colony of Cats〉이라 번역한 옛날이야기였다.

지금까진 관심이 없어서 잘 몰랐지만 찾아보니 동서양을 막론하고 신비한 힘을 가진 고양이 민화가 헤아릴 수 없이 많았다. 일본 각지에도 '네코다케'라 불리는 깊은 산속에서 인간을 홀리는 고양이 요괴의 전승이 여럿 남아 있었다.

그날 이후, 유카코는 여관이 있을 만한 곳을 몇 번이고 찾아보았으나 이렇다 할 흔적을 발견하지 못했다. 그저 자신이 원래 머물기로 했던 곳 근처에 네코마가다케라는 일대가 있다는 사실만 알아냈을 뿐이다.

네코마가다케도 유명한 '네코다케' 중 하나였다.

'그렇다면 나를 여기까지 인도한 것은 아름다운 오너와 직원들이었을까.'

붉게 타오르는 난로를 등지고 서서 불길한 웃음을 짓던 오너의 환영에 유카코는 말없이 고개를 저었다.

그 여관의 정체가 무엇이었는지는 지금도 알지 못한다.

하지만 딱 하나 확실한 게 있다. '내 파더가토는 여기에 있는 부모님이라는 것.' 이제 유카코는 그 사실을 사무칠 만큼 잘 알았다.

자신의 노력을 누구보다 인정해 주고 보이지 않는 곳에서 변함없이 응원해 준 분들이 있기에 지금의 자신이 있을 수 있다는 것을 유카코는 뒤늦게나마 깨달았다.

솔개여도 최고가 될 수 있다.

솔개의 날개로 땅을 차고 힘차게 날아올라 앞으로도 쭉 맞서 싸울 것이다.

"일단 말린 개다래, 소주, 그리고 벌꿀을 준비합니다."

말린 개다래 열매에서 생강에서 나는 것 같은 맵싸한 단향이 났다.

유카코는 기대에 찬 눈으로 자신을 바라보는 여성들에게 영어와 중국어를 섞어 가며 '비약' 만드는 방법을 정중히 설명했다.

제
4
장

숨 어 버 린 소 년

이제 돌아가고 싶지 않아.

나카조노 겐토는 아침 안개가 자욱한 숲속을 멍하니 걸었다.

대체 어쩌다 이렇게 된 걸까. 이기면 이길수록 힘들어지다니, 1학년 때는 상상도 하지 못했다.

어젯밤엔 주장인 겐토를 비롯한 2학년의 주력 멤버가 모여 늦게까지 그날의 반성과 작전 회의를 했다. 겨우 미팅이 다 끝났을 때는 자정을 훌쩍 넘긴 시간이었다.

아무리 여름방학 강화 합숙이라 해도 아침을 일찍 시작하는 운동부로서는 있을 수 없는 스케줄이었다.

하지만 합숙에 오고 나서 매일 이런 나날이 계속되었다. 정신적으로도 육체적으로도 한계에 다다르고 있었다.

겐토가 다니는 고등학교에선 학생들이 자주적으로 동아리 활동을 하도록 정해져 있다.

그래서 이것도 물론 '자주적'인 활동이다.

하지만.

"끝까지 해 본 사람만이 성과를 낼 수 있다."

겐토가 소속된 미식축구부 고문인 시오노가 입버릇처럼 하는 말이다.

이런 말을 계속해서 듣다 성과를 내지 못하면 바로 '끝까지 해내지 못해서'라는 자괴감에 빠진다.

사실, 다른 학교와의 연습 시합에서 질 때마다 감독 겸 고문인 시오노는 "새로 주장이 된 네가 시원치 않으니까 팀도 이 모양인 거야"라며 부원들이 보는 앞에서 겐토를 심하게 다그쳤다.

춘계 대회가 끝나자, 수험을 앞둔 3학년은 거의 은퇴하고 현재는 겐토와 같은 2학년이 동아리 활동의 중심이었다.

겐토로서도 자신들 대에서 '끝까지 해 보지 않았다'란 말을 듣고 싶지는 않다. 그래서 '자주적'으로 무리를 하게 된다.

겐토가 다니는 학교의 미식축구부는 아직 역사가 짧다.

고문인 시오노는 미식축구 경험자이긴 하지만 실적이 있는 미식축구부 강호교 졸업생은 아니다.

모두가 미숙하지만 방법을 모색하며 배워 가는 상태다.

어젯밤 미팅이 끝나고 일어난 사건을 떠올리면 겐토는 지금도 마음이 편치 않았다.

한밤중 합숙실 컨퍼런스동에서 숙박동으로 이동할 때, 중학교 시절부터 같은 팀으로 활동해 온 유타가 비틀비틀 걷더니 차도로 넘어가려 했다.

당황해서 팔을 잡아끌자 유타가 공허한 미소를 지었다.

"죽지 않을 정도로 사고가 나면 내일은 연습을 쉴 수 있지 않을까 해서…."

그 말이 농담으로 들리지 않아서 겐토는 등골이 오싹해졌다.

깊은 밤 산길에는 차를 맹렬한 속도로 모는 '스피드광'들이 있다. 이런 곳에서 밤에 달려오는 차에 부딪히면 가벼운 사고로는 끝나지 않을 것이다.

이것도 새로 주장이 된 자신이 시원치 않은 탓일까.

그런 생각을 하다 보면 몸과 마음이 지쳤음에도 겐토는 쉬이 잠을 이룰 수가 없었다. 계속 몸을 뒤척이다가 겨우 잠들 만하면 바로 잠이 깨 버렸다.

창밖이 희미하게 밝아오자 겐토는 충동적으로 합숙소

를 뛰쳐나왔다.

간밤의 유타와는 반대로 겐토는 차도가 아니라 산으로 향했다. 어딘가로 도망칠 생각은 털끝만큼도 없었다. 그저 잠시 동아리에서 벗어나 머리를 식히고 싶었을 뿐이다.

하지만 자욱한 안개 속을 정처 없이 걷는 사이, 겐토는 정말로 돌아가고 싶은 마음이 사라졌다.

강화 합숙을 시작한 지 겨우 사흘째다. 아직 나흘이나 더 남았다. 낮에는 찌는 듯한 더위 속에서 토가 나올 정도로 연습 시합을 하고, 밤에는 다시 반성과 작전 회의를 했다.

이제 싫다. 더 이상 무리야. 어째서 주장을 하겠다고 나선 것일까. 겐토는 가슴에서 후회가 밀려왔다.

무엇보다 동아리 활동이 이런 거였나.

무거운 머릿속에 근본적인 의문이 싹텄다.

바비큐에 불꽃놀이. 고등학교 동아리 여름방학 합숙이라 하면 보통 그런 즐거운 장면을 떠올리지 않던가.

중학교 시절, 겐토는 유타를 비롯한 동네 친구들과 미식축구부의 주니어판인 플래그풋볼 클럽에서 활동했었다.

개개인의 특기를 살려 포지션을 정하므로 '체력이 없어도 누구나 마음껏 즐길 수 있다'는 플래그풋볼의 소개에 관심을 가진 것이 입문 계기였다.

플래그풋볼은 선수가 허리에 단 깃발을 서로 빼앗는 경

기라서 위험한 태클이 없고, 무엇보다 시합 전 카드에 작전을 적어 내기 위해 여는 작전 회의가 흥미진진해 겐토는 바로 푹 빠져 버렸다. 겐토에게 플래그풋볼은 술래잡기와 공 던지기, 땅따먹기와 카드 게임이 합쳐진 아주 재미있는 놀이였다.

이런 배경이 있어 같은 고등학교에 입학한 겐토와 유타를 비롯한 팀원들은 망설임 없이 미식축구부에 들어갔다.

체력이 다른 남녀가 함께 놀 수 있는 플래그풋볼과 달리 힘차게 태클을 해야 하는 미식축구는 방어구도 필요한 다소 과격한 스포츠였지만 그렇다고 재미가 덜하지는 않았다. 오히려 규칙이 복잡해진 만큼 한번 빠지면 헤어날 수 없는 묘미가 있었다.

타원형의 공을 사용하는 미식축구는 얼핏 보면 구기 종목 같지만 그게 다가 아니다. 미식축구의 본질은 공이 표적이 되는 땅따먹기 게임이다.

한 팀, 열한 명이 각각 공격과 수비로 나뉘어 공을 얼마나 적진 깊숙이 보내 진지를 넓히느냐로 승부가 판가름 난다. 그러기 위해 수많은 전략이 오가고 선수별로 특기를 살려 포지션을 정한다.

가령 방어의 사령탑이라고 할 수 있는 쿼터백. 공을 들고 달리는 러닝백. 쿼터백과 연계해 패스를 받는 리시버. 공격을 막으려고 달려드는 수비수를 막는 라인맨.

작전을 지시하고 팀의 중심이 되는 쿼터백에는 빠른 판단력이, 공을 들고 적진으로 돌진하는 러닝백에게는 민첩함과 빠른 발이, 패스를 받는 리시버에게는 어떠한 공도 잡아 낼 수 있는 정확함이, 수비수를 막는 라인맨에는 큰 몸집과 완력이 요구된다.

체격은 크지 않지만 머리 회전이 빠르고 날렵한 겐토는 대부분 러닝백을 담당했다.

각 포지션마다 능력을 살리고 힘을 합쳐 진지를 공략한다.

평등, 공정, 기회균등. 이것이 미식축구의 진면목이다.

본격적인 미식축구 연습은 플래그풋볼과 비교하면 당연히 힘들었지만 동아리에 들어온 당초에는 별 의문을 느끼지 않았다. 겐토는 플래그풋볼 팀에서 함께 플레이했던 친구들과 호흡을 맞추며 1학년 때부터 동아리 활동에 열심이었다.

어딘가 이상하다고 느끼기 시작한 건 작년 선수들의 활약으로 지구 대회에서 나름의 성적을 남기고 나서부터였다.

별 실적이 없었던 겐토의 고등학교 미식축구부가 졸지에 주목을 받으며 강호 학교로부터 연습 시합에 초청을 받게 되었다. 처음에는 영광이라고 생각했으나 시간이 지날

수록 점점 부담이 됐다. 겐토는 물론 상급생들도 강호 학교들과 같은 실적을 낸 경험이 없었기 때문이다.

강호 학교에는 외부 지도자도, 미식축구를 연습하는 시설도 갖춰져 있었다. 겐토가 다니는 학교와는 토대부터 달랐다. 그런데 갑자기 감독 겸 고문인 시오노가 파이팅을 외치고 나섰다.

"우승 경험자도 없고 부원도 적고 연습 시설도 부족하다. 그런 학교에서 강호 학교를 이기려면 정공법으론 불가능해. 한계를 넘어 끝까지 해 보는 수밖에는."

원래도 엄격한 감독이었으나 거기서 한층 더 부원들을 닦달하기 시작했다.

시오노 선생은 원래 태클을 전문으로 하는 수비 라인 선수였다.

"한계를 넘어 끝까지 해 본 인간만이 성과를 낼 수 있다."

"힘든 경험은 나중에 반드시 피가 되고 살이 된다."

"모든 것은 너희 스스로를 위해서다."

그렇게 외치는 말이 전부 맞는 말이어서 동조하지 않을 수가 없었다.

일주일에 세 번이었던 활동이 다섯 번이 되더니 주말에도 연습을 했다. 거의 매일 동아리 활동을 하느라 파김치가 됐다.

그러는 와중에 3학년이 은퇴하고 팀의 중심이라고 할 수 있는 쿼터백에 발탁된 겐토가 자연스럽게 주장을 맡게 되었다.

　경기의 상황을 살피면서 전술을 컨트롤하는 쿼터백은 겐토가 동경하는 포지션이었다.

　"레디, 셋, 헛Ready, Set, Hut!"

　미식축구 시합은 쿼터백의 구호와 함께 시작된다.

　큰 시합에서 구호를 외치는 모습을 겐토는 늘 꿈꿔 왔다.

　하지만 지금은 쿼터백을 정말로 하고 싶은지도 잘 모르겠다.

　시합에서 이기면 물론 기쁘다. 다 함께 짠 전략이 보란 듯이 통해서 터치다운(공을 가지고 상대편의 골라인을 넘는 일. 또는 이를 통해 얻은 득점—옮긴이)에 성공했을 때의 쾌감은 이루 말할 수 없다. 그럴 때면 평소 엄하던 고문도 자기 일처럼 기뻐해 주었다.

　좋은 성적을 내고 학교에 돌아오면 미식축구에 대해 아는 게 없는 교장 선생님마저 기분이 좋은지 조례 시간에 표창장을 주고 학교 건물에 〈축 승리!〉라는 현수막을 걸었다.

　갑자기 사람들에게 주목을 받게 되어 기분이 좋았다. 여자애들한테도 인기가 높아진 것 같았다. 전에는 좋은 성적을 받아도 표창장을 받지 못했는데, 동아리 활동으로 좋은 성적을 내고 전교생 앞에서 칭찬을 받다니. 학업이 학교의 중심이라고 생각하면 참 기묘한 상황이라 할 수 있었다.

다만 그렇게 되면 이번엔 질 수가 없어진다.

무리해서 연습한 만큼 처음엔 성과가 나왔지만 이기면 이길수록 강적이 등장했다. 차츰 여유가 없어지고 정신적으로도 쫓기게 되었다.

감독으로서 시오노의 요구도 높아져 거기에 따라가지 못한 부원은 동아리를 그만뒀다.

적재적소. 평등하고 공정하고 기회가 균등했던 미식축구부에서 버려지는 부원이 나왔다.

겐토의 뇌리에 탈락한 부원들의 얼굴이 떠올랐다. 그중에는 플래그풋볼에서 함께 플레이했던 다카아키도 있었다. 밝은 친구였는데 선생님에게 실수를 지적받을 때마다 점점 어두워지더니 결국엔 자진해서 동아리를 그만두었다. 지금은 겐토와 학교에서 얼굴을 마주쳐도 눈을 피했다.

미식축구를 그렇게나 좋아하던 친구였는데….

다카아키를 생각하면 겐토는 지금도 가슴이 답답했다.

포지션인 리시버로서는 확실히 실수가 잦았지만 공격 기술에서는 따라갈 자가 없었다.

하지만 가끔씩 그만둔 다카아키를 부러워한 적도 있다.

가령 지금처럼.

젠토는 고개를 숙이다 잡초를 밟았다. 푸른 잡초에서 풀
냄새가 났다. 지금은 아직 해가 뜨지 않아 비교적 시원하지
만 오늘도 무척이나 더울 것이다. 태클 지상주의자인 시오
노는 포지션에 관계없이 매일같이 풀태클 연습을 시켰다.
찌는 듯한 더위 속에서 실전처럼 풀태클을 반복하는 것은
지옥과도 같았다. 체력 소모도 심하고 온몸에 멍이 들었다.

미식축구를 좋아하지만 역시 그만두고 싶다.

하지만 그런 말을 했다간 시오노에게 무슨 소릴 들을지
알 수 없다.

신기한 일이다. 아무리 체격이 좋고 목소리가 커도 학교
선생이라고 하면 별로 무섭지 않은 법이다. 솔직히 시오노
가 담당하는 현대사회 수업을 제대로 들어 본 기억도 없
다. 그런데 동아리 고문 겸 감독으로 만나게 되면 왠지 모
르게 고개를 들지 못하게 된다.

다른 부원도 이렇게 동아리 활동에 매이기보다 분명 자
기 시간을 갖고 싶을 것이다. 그럼에도 그런 말을 꺼내지
않는 이유는 고문이 무섭고 새로 주장이 된 자신을 모두가
어려워하기 때문이다.

핵심 멤버 중 한 명이 나갔을 때, "주장이 시원찮아서 그
래"라며 젠토를 심하게 닦달하던 모습을 유타와 부원들도

지켜보았다. 야단맞으면서 겐토는 마음 한구석으로 나간 부원을 '배신자'라고 욕하지 않을 수 없었다.

이제 더 이상, 핵심 멤버가 그만두지 않았으면 좋겠다고 내심 간절히 빌었다.

비틀비틀 차도로 나가려던 유타의 모습이 다시 떠올라 겐토는 갑자기 목이 탔다. 자신이 꼭 유타를 궁지로 몰아 넣은 것만 같았다.

동시에 '죽지 않을 정도로만 사고가 나면 좋겠어'라는 유타의 생각에 자신이 깊이 공감하고 있다는 것도 깨달았다.

이런 상황은 아무리 생각해도 이상하다. 무엇보다 고등학생의 본분은 공부가 아니던가. 그런데 아무도 지금 이 상황을 이상하다고 생각하지 않았다.

부모님은 동아리 활동으로 지친 매일을 보내는 겐토를 멋대로 '청춘'이라고 단정 지었다. 고문 선생이 열심이라 다행이라며 심지어 칭찬도 했다.

부모님 눈에는 시오노가 시원시원한 스포츠맨 교사로 보이는 모양이다.

대체 언제부터일까.

격려가 질책으로, 질책이 공감로 들리게 된 건.

괴로운 생각에 잠겨 무작정 걷던 겐토가 문득 걸음을 멈췄다.

아침 안개 너머로 새파란 호수가 보였다.

호수?

대체 여기가 어디지.

겐토는 갑자기 불안이 밀려왔다. 합숙소 근처에 호수가 있었던가. 만사가 다 싫어져서 무작정 걸었지만 이제 돌아가야 한다. 이대로 연습에 빠지면 자신이야말로 '배신자'가된다.

겐토는 정신을 차리고 발길을 돌렸다.

아직 해가 다 뜨지 않았다. 그렇게 멀리까진 오지 않았을 것이다.

그런데 온 길을 되돌아가도 합숙소는 나오지 않았다. 오히려 아침 안개가 더 짙어져 어디를 걷는지 알 수가 없었다.

겐토는 부지런히 발걸음을 옮겼다.

자작나무 숲을 빠져나와 겨우 탁 트인 곳으로 나왔다 싶으면, 다시 눈앞에 방금 전에 본 투명하고 파란 호수가 나왔다.

아침 안개가 살짝 걷히자 호수 뒤로 푸른 나무가 빽빽이 서 있는 어둡고 깊은 숲이 모습을 드러냈다.

겐토는 자신의 눈을 의심했다. 합숙소 뒤편에 있는 숲은 이런 깊은 산속에 있지 않았다. 근처에는 편의점도 있고 밖에 있는 공공도로에는 차와 버스가 비교적 자주 달리는 편이었다. 하지만 눈앞에 펼쳐진 풍경은 여태까지 본 적이 없는 깊은 산속이었다.

합숙소는커녕 인가도 하나 보이지 않았다.

옅은 안개가 깔린 풍경을 넋을 잃고 바라보는 사이, 겐토는 퍼뜩 이런 생각이 들었다.

'이건 꿈이다.'

합숙소의 좁은 침상에서 종잡을 수 없는 꿈을 꾸고 있는 게 틀림없다.

그렇게 생각한 순간, 전신에 힘이 쭉 빠졌다. 겐토는 호숫가 근처에 놓여 있는 벤치에 앉았다.

꿈이라면 꿈속에서 푹 쉬다 가자.

잠에서 깨면 어차피 지옥 같은 강화 합숙이 기다리고 있으니 하다못해 꿈에서만이라도.

겐토는 벤치에 기대어 깊이 한숨을 쉬었다.

옅은 안개가 낀 맑고 차가운 호수와 그 뒤에 펼쳐진 검은 숲. 아무리 꿈이지만 참 신비로운 광경이다.

그나저나 어쩌면 이렇게 물이 파랄까. 꼭 광물을 녹인 것 같다.

더 자세히 보려고 벤치에서 몸을 내밀다 겐토는 등 뒤에서 희미하게 흐느껴 우는 소리를 들었다.

뒤를 돌아보니 자작나무 아래 검은 다운재킷을 입은 다

섯 살쯤 된 어린 소녀가 소리 죽여 울고 있었다.

"무슨 일 있어?"

무심코 말을 걸자 소녀가 눈물로 얼룩진 얼굴을 들었다.

겐토의 심장이 철렁하고 내려앉았다.

이 아이를 알고 있다.

하지만 이 아이가 누구인지, 왜 안다고 느꼈는지 생각해 내려 하면 갑자기 머릿속이 안개가 낀 것처럼 부예졌다.

"엄마가 안 와."

동그란 눈에 눈물을 가득 머금고 소녀가 칭얼댔다.

"아무리 기다려도 엄마가 데리러 오질 않아."

둥그런 볼을 타고 소녀의 눈에서 눈물이 뚝뚝 떨어졌다.

"오빠, 엄마 좀 찾아 줄래?"

소녀가 손을 내밀자 겐토는 거절할 수가 없었다.

비록 꿈속이라 해도 이런 어린 아이를 산속에 혼자 두고 가는 건 너무 가혹하다.

겐토는 벤치에서 일어나 소녀의 손을 잡았다.

"엄마는 지금 어디에 있는데?"

나란히 걸으며 물어보자 소녀는 잠시 생각하더니 고개를 옆으로 흔들었다.

"그럼 집은 어딘지 알아?"

질문을 바꾸자마자 소녀가 입을 굳게 다물었다.

얼마 후, 소녀가 조그맣게 속삭였다.

"집은 무서워서 이제 돌아가고 싶지 않아."

젠토의 손을 잡은 소녀의 손가락 끝에 힘이 들어갔다.

그 가냘픈 손가락을 다시 쥐고 젠토는 소녀와 보폭을 맞춰 걸었다. 어쩐지 가슴이 술렁거렸다.

집이 무섭다니… 그 이유를 묻기가 겁이 났다.

한동안 말없이 걷노라니 소녀가 문득 젠토를 쳐다보았다.

"엄마랑 여기에 왔었어. 그때 엄마가 할머니, 할아버지랑 이 근처에 살았었대."

그러니까 엄마의 친정이란 말인가.

엄마와 딸이 '무서운 집'에서 외가로 도망쳤는데 여기서 엄마를 놓친 건가.

"할아버지, 할머니가 사는 집이 어딘지는 알아?"

소녀는 다시 고개를 저었다.

"할머니, 할아버지는 이제 없어. 얼마 전에 병으로 죽었어. 그리고 엄마랑 또 여기에 오자고 약속했어."

어려서인지 소녀가 하는 말은 통 갈피를 잡을 수가 없었다.

"엄마가 여기로 데리러 온다고 말했어?"

일단 만일을 위해 재차 물어보니 소녀가 크게 끄덕였다.

주변은 아직 안개가 자욱했으나 어느새 날이 샌 듯하다.

"너 안 더워?"

겐토는 마음에 걸렸던 질문을 했다.

아무리 도시보다 시원한 산중이라고 해도 이 더운 여름에 다운재킷을 입고 있다니. 게다가 검은 다운재킷은 아무리 봐도 아이 옷으로는 보이지 않았다. 소녀의 작은 몸이 코트를 입은 듯 재킷에 폭 싸여 있었다.

"벗는 게 어때? 해가 뜨면 더울걸."

겐토는 소녀의 다운재킷을 벗겨서 손에 들었다. 검은 다운재킷에는 로고가 박힌 태그가 달려 있었다. 나일론의 미끌미끌한 감촉도 생생했다.

점점, 이 세계가 꿈인지 아닌지 헷갈린다.

"…전부터 더웠는걸."

소녀가 불쑥 말했다.

하늘하늘한 셔츠에 오버올을 입은 몸이 너무 말라서 겐토는 가슴이 아렸다.

"오빠. 우리 엄마 찾아 줄 거야?"

소녀가 불안한 듯 물었다.

"둘이서 찾아보자."

겐토가 말하자 눈물로 얼룩진 소녀의 얼굴에 웃음꽃이 활짝 피어났다. 그 사랑스러운 미소를 보고 겐토는 어느새 이 아이의 엄마를 꼭 찾아 줘야겠다고 진심으로 생각하기 시작했다.

호수 주변에 있는 산책로는 자작나무 숲을 빠져나가 쭉 이어져 있었다. 그 방향을 눈으로 좇다 겐토는 깜짝 놀랐다.

엷게 낀 안개 너머로 오래된 저택이 보였다.

어쩌면 소녀의 엄마가 저기에 있을지도 모른다. 소녀의 엄마가 없어도 최소한 정보는 얻을 수 있겠지.

소녀의 손을 잡고 겐토는 저택을 향해 걷기 시작했다.

슬레이트기와를 얹은 검은 지붕. 벽을 뒤덮은 초록색 담쟁이덩굴이 커다란 굴뚝 꼭대기까지 뻗어 있었다.

가까이 다가가자 고풍스러운 서양풍 저택이 전체 모습을 드러냈다.

성벽을 연상시키는 벽에 '여관'이라고 적힌 간판이 걸려 있었다.

이런 곳에 여관이라니.

이 여관을 제외하면 주위에는 나무가 빽빽이 서 있는 검은 숲뿐이고 그 외엔 아무것도 없었다. 역시 소녀와 소녀의 엄마는 이곳에 온 게 틀림없으리라.

멋들어진 문으로 다가가자 현관으로 이어지는 포석 사이로 사람의 그림자가 보였다.

자신과 비슷한 또래로 보이는 다갈색 머리의 호텔 보이가 포석 위에 꼼짝 않고 서 있었다.

"저 사람한테 물어보고 올 테니까 여기서 잠깐만 기다리고 있어."

소녀를 문 앞에 남겨 두고 겐토는 여관의 부지 안으로 들어갔다.

"실례합니-"

말이 끝나기도 전에 겐토는 눈을 동그랗게 떴다.

통로 청소라도 하는 줄 알았더니 그게 아니었다. 가만히 눈을 감고 정신 통일이라도 하는지 호텔 보이의 몸에서 아지랑이 같은 희뿌연 안개가 스멀스멀 피어올랐다.

설마 주변에 깔린 이 자욱한 안개는….

안개가 겐토의 몸을 감싼 순간, 겐토는 믿기 어려울 정도로 졸음이 몰려왔다. 순식간에 의식이 멀어지려는 걸 겐토는 겨우 참았다.

문밖에 소녀가 있다. 그 애를 혼자 두면 안 돼.

"누, 누구…!"

신음하듯 소리를 내자, 다갈색 머리의 호텔 보이가 눈을 번쩍 떴다. 크게 뜬 눈이 순간 감람석처럼 푸른빛을 내뿜었다.

"에이, 어린애잖아!"

아무리 봐도 또래로 보이는 호텔 보이에게 졸지에 '어린애' 취급을 받고 겐토는 발끈했다.

그렇게 말하는 자기도 '어린애' 아닌가.

한마디하고 싶었지만 더 이상 서 있을 수가 없었다. 의식이 몽롱해져서 겐토는 포석에 무릎을 꿇었다.

"누님, 누님!"

호텔 보이가 다갈색 머리를 흩날리며 현관으로 달려갔다.

"뭐야, 아침부터 뭐가 이리 시끄러."

묵직한 나무 문이 열리고, 살이 통통히 오른 여성이 저택 안에서 얼굴을 내밀었다. 그녀는 흰 바탕에 검은색과 갈색이 점점이 박힌 프린트 무늬 원피스를 입고 있었다.

"어떡하지, 누님. 어린애가 걸려들었어."

"뭐? 어린애?"

통통하게 살찐 여성이 유리구슬 같은 눈을 동그랗게 뜨고 이쪽을 쳐다봤다.

"어머머, 진짜로 어리네."

어린애 취급하지 말라고.

"이런 애송이를 빨아들이긴 좀 그렇지?"

빨아들이다니 뭘?

"돈도 없는 것 같고."

아무리 장사치들이라지만 말이 너무 노골적이다.

"오늘은 네가 망을 쳤지?"

"오너에게 배운 대로 해 봤어. 내 힘으론 눈이나 폭풍을 부르는 건 도저히 무리라서 아침 안개의 힘을 빌렸는데…
이런 쓸모없는 게 걸렸네."

무슨 말인지는 모르겠지만 이쪽에 상당히 실례가 되는
말이라는 건 알겠다.

"여, 여자아이…."

하고 싶은 말은 태산같이 많았지만 어쨌거나 저 아이에
대해서만은 꼭 알려야 한다.

"어, 뭐라고 말하는데."

"어라, 아직도 의식을 잃지 않았다니, 제법 근성 있는 아
이잖아."

호텔 보이와 통통한 여성이 겐토에게 다가왔다.

"무, 문가에 여자아이가…."

겐토는 죽을힘을 다해 소리를 질렀다.

"아무도 없는데?"

하지만 호텔 보이가 태평하게 말했다.

그럴 리가 없다.

겐토는 있는 힘을 다해 문밖을 쳐다보았다. 자신을 기다
리고 있으리라 생각했던 소녀는 이미 그 자리에 없었다.

그럴 리가. 대체 그 애는 어디로 간 거지.

"어머, 이 애가 들고 있는 거 주인님 재킷 아니야?"

통통한 여성이 살짝 들린 코를 벌름거리며 다가왔다.

"주인님의 잔향이 난다. 역시 최고야. 어라? 다른 냄새도 섞여 있어. 이 냄새는… 분명히 어린 여자애의 냄새야."

다운재킷에 코를 묻고 냄새를 맡는 여성에게서 도망치고 싶었지만 도무지 꼼짝할 수가 없었다.

"일단 오너에게 보고하는 게 좋지 않을까?"

"음, 어쩌지. 오너는 인정사정없는 사람이라 이용 가치가 없으면 단칼에 죽여 버리라고 할 텐데."

"그럼 너무 가엽잖아."

호텔 보이와 여성이 위험천만한 대화를 나누었지만 겐토는 더 이상 생각을 하기가 불가능한 상태였다.

마침내 겐토는 더는 버티지 못하고 포석에 쓰러져 의식을 잃었다.

정신을 차렸을 때 겐토는 침대에 누워 있었다.

전부 꿈이었나….

흐리멍덩한 머리로 어렴풋이 생각했다. 파란 호수도, 어린 소녀도, 여관도 전부 꿈속에서 일어난 일이다.

이곳은 합숙소의 비좁은 침상이고 오늘도 어김없이 지옥 훈련이 시작되겠지.

하지만 시야가 선명해지자 호화로운 천개가 눈에 들어와, 겐토는 깃털처럼 얇은 이불을 박차고 일어났다.

합숙소 침대에 이런 세련된 천개가 있을 리 없다. 무엇보다 잠자리가 너무 편하다.

여긴 어디지.

중후한 연둣빛 커튼. 쿠션이 있는 큼직한 소파. 반쯤 열린 원목 옷장에는 검은 다운재킷이 걸려 있었다.

호화롭게 꾸며진 방에 있다는 걸 자각한 겐토의 몸은 땀으로 축축했다.

"정신이 좀 들었어?"

뒤에서 불쑥 소리가 나는 바람에 겐토는 하마터면 소리지를 뻔했다.

다갈색 머리의 호텔 보이가 소리도 없이 다가왔다.

"이거 먹을래? 팡구르 씨가 만든 특제 아이리시 오믈렛인데."

접시에는 둥근 롤빵을 두 개 곁들인 노란 빛깔의 오믈렛이 담겨 있었다.

부드러운 버터 향이 코끝을 간질이자, 겐토는 무의식중에 군침을 삼켰다.

그런데 얜 뭐지.

겐토는 즉각 베개를 방패 삼아 노려보았다.

온몸에서 아지랑이처럼 희뿌연 안개를 피우던 모습이나 의식을 잃기 전에 들었던 위험천만한 대화를 떠올리자 경계심이 절로 들었다.

"어이, 그렇게 겁먹지 않아도 돼, 독 안 들었으니까."

호텔 보이가 귀찮다는 듯이 턱을 치켜들었다.

"안 먹을 거면 내가 먹고."

접시를 뒤로 빼려고 하자 겐토가 당황해서 몸을 앞으로 내밀었다.

"거, 겁먹은 거 아냐."

식욕을 돋우는 맛있는 냄새에 겐토의 경계심이 사그라들었다. 사이드 테이블에 접시를 내려놓고 포크로 부드러운 오믈렛을 큼직하게 잘라 입에 넣었다. 그 속에는 바삭하게 구워진 베이컨과 따끈따끈한 매시트포테이토가 가득 들어 있었다.

"오, 맛있…."

겐토는 저도 모르게 탄성을 질렀다.

맛은 물론 식감과 향이 좋아서 꿈속이라는 게 믿기지 않았다. 갓 구운 롤빵을 반으로 갈라 그 속에 오믈렛을 넣어 먹으니 맛이 기가 막혔다.

오믈렛 샌드위치를 정신없이 집어 먹는 겐토를 호텔 보이가 만족스럽게 쳐다보았다.

그렇게 나쁜 애는 아닌가.

배가 부르자 겐토의 경계심도 옅어지기 시작했다.

"이거 꿈이지?"

혹시나 해서 물어보았다.

"글쎄다."

별 관심 없다는 듯 호텔 보이가 어깨를 으쓱했다.

"네 눈에 보이는 게 꿈인지 현실인지 내가 어떻게 아냐. 네 눈에 보이는 게 내 눈에도 똑같이 보인단 보장도 없는데. 사람들은 각자 다른 시선으로 세상을 본다고."

가벼워 보이는 겉모습과 달리 제법 논리적으로 말한다.

"그래서 난 상관 안 해."

"오호라, 말하는 게 꼭 시인 같네?"

젠토가 놀릴 요량으로 말하자, 호텔 보이는 눈을 동그랗게 뜨고 고개를 좌우로 흔들었다.

"시는 위대한 거야. 난 죽었다 깨어나도 안 돼. 가끔 시는 마법도 능가하거든. 밉살스런 쉔한이란 놈은 시인의 수장이랍시고 카트시 왕마저 모욕했는걸."

쉔한? 카트시?

"그게 뭐야."

"팡구르 씨한테 들은 이야기신데."

직업병인지 호텔 보이의 말투에는 가끔씩 경어가 묘하게 섞여 나왔다.

"팡구르 씨?"

"이 여관의 요리장이야. 아일랜드에서 온."

호텔 보이는 창가로 다가가 두툼한 연둣빛 커튼을 젖혔다.

"봐. 팡구르 씨가 매 우리에서 나온다."

겐토는 침대에서 내려와 호텔 보이와 나란히 커튼 틈새로 밖을 내다보았다.

이 방은 2층에 있는 듯 여관의 마당이 내려다보였다. 마당 구석에 있는 매 우리에서 흰머리를 등까지 길게 늘어트린 건장한 체격의 남자가 나왔다. 남자가 들고 있는 바구니 안에는 계란이 몇 개 들어 있었다.

"저 사람은 배우는 사람을 좋아해."

"배우는 사람?"

호텔 보이가 고개를 끄덕였다.

"팡구르 씨는 아주 오래전에 수도사랑 같이 살았대. 한 방에서 각자 맡은 일을 하는 게 더없이 행복한 시간이었다나 봐."

무슨 말인지 통 이해가 되지 않았다.

겐토의 의아해하는 얼굴을 보고 호텔 보이가 몸을 바짝 기울였다.

"봐, 저렇게 하루도 빠짐없이 신선한 계란을 아침 식사에 내. 좀 전에 네가 먹은 오믈렛도 그렇고."

접시를 들고 왔을 때, 호텔 보이가 '팡구르 씨가 만든 특제 아이리시 오믈렛'이라고 했던 말이 기억났다.

이렇게 맛있는 아침 식사를 제공하다니, 꽤 고급스러운 호텔인지도 모른다.

겐토는 갑자기 자신이 어울리지 않는 곳에 있는 듯한 기분이 들었다.

"맞다! 발단은 계란이었어."

겐토의 심경이 변한 것을 알아채지 못한 듯 호텔 보이가 느닷없이 엉뚱한 소리를 했다.

"어? 뭐가?"

"그러니까 쉔한이라는 놈 말이야."

호텔 보이가 커튼에서 손을 떼고 갑자기 말문이 터진 것처럼 거침없이 말하기 시작했다.

쉔한이란 남자가 시인의 수장 자리에 올랐을 때, 아일랜드의 왕은 그를 위해 성대한 연회를 베풀기로 한다.

"그런데 쉔한 녀석이 거드름을 피우며 식사에 손을 대지 않아서 결국에는 녀석이 좋아하는 계란을 쥐가 홀랑 낚아채 간 거야."

분노한 쉔한이 쥐를 저주하는 시를 읊자, 쥐들 대부분이 그 자리에서 숨이 끊어졌다.

그럼에도 쉔한의 분노는 가라앉지 않았고, 분노의 화살은 연회에 초대받은 또 다른 손님, 고양이 요정 카트시 왕

아루산의 아들, 이루산에게 향했다.

"아니, 애초에 자기가 굼뜬 게 나쁜 거 아냐? 그런데도 쉔한은 이루산에게 '쥐도 잡지 못하는 쓸모없는 놈. 언젠가 네놈은 꼬리를 매달리고 쥐에게 조롱당할 것이야'라고 저주를 퍼부었어."

"그래서?"

호텔 보이의 예상치 못한 말솜씨에 겐토는 차츰 흥미를 느꼈다.

"언젠가 카트시 왕이 될 자부심 높은 이루산은 그 말을 듣고 분노했지."

이루산은 날카로운 이빨로 쉔한을 콱 물어서 아버지 아루산에게 데리고 가려 했다. 그런데 잡혀가는 대문호를 보고 성인이 철봉으로 이루산을 힘껏 찔러서 이루산의 숨통을 끊어 놓는다. 쉔한은 겨우 목숨을 건졌지만 성인에게 고마워하기는커녕 '쓸데없는 짓을 했다'라며 도리어 화를 냈다.

"뭐야 그게."

시인의 안하무인 태도에 겐토는 기가 막혔다.

"그 정도로 시인의 힘이 절대적이었다는 거야. 왕과 성인까지 두려워할 정도로."

호텔 보이가 빤하지 않느냐는 투로 두 팔을 활짝 벌렸다.

이 사건 이후로 아일랜드 왕은 오만방자한 시인 수장의 노여움을 사지 않으려고 점점 더 세심하게 마음을 썼다고 하니 그 위세가 대단했던 모양이다.

시가 그렇게 대단한 거라고 생각해 본 적은 없는데….

왕과 성인에게도 두려움의 대상이었던 시인 쉔한이 어딘가에서 노려보는 것 같아 겐토는 다시 창밖으로 시선을 돌렸다.

커튼의 틈새로 보이는 마당에 이번에는 긴 흑발의 남자가 걷는 모습이 보였다. 등을 곧게 편 모습은 아름다웠지만 조그맣게 보이는 차가운 옆얼굴이 주변 사람을 밀어내는 것 같았다.

"큰일 났다, 오너다."

호텔 보이가 황급히 커튼을 쳤다.

"넌 슬슬 돌아가는 게 좋겠어. 오너에게 들키기 전에."

오너에게 들키면 역시 안 되는 건가.

"난 오너를 존경하지만 진짜 피도 눈물도 없는 사람이거든."

겐토의 표정을 읽고 호텔 보이가 덧붙여 말했다.

그러니까 정당한 요금을 청구하겠다는 말인가.

겐토는 호화로운 방과 맛있었던 오믈렛 접시를 번갈아 보았다.

그럼 조금 난처한데.

"내 실력이 미숙해서 너 같은 어린애를 낚은 거라서. 누님과 의논한 결과, 오너에게는 비밀로 하고 넌 그냥 돌려보내기로 했어."

무슨 말을 하는지 이해가 안 돼서 겐토는 호텔 보이를 멍하니 쳐다보았다.

"아직 어리고."

그건 피차일반이다.

"그렇지만…."

호텔 보이가 겐토를 빤히 쳐다보았다.

"너, 나이도 어리면서 왜 그렇게 망령을 감싸 줬어?"

"망령?"

"여자애가 있다고 말했잖아. 걔 파란 호수에서 만났지?"

"그렇긴 한데…."

호텔 보이는 어떻게 알았을까?

"저 파란 호수는 방황하는 영혼들의 요람 같은 곳이야. 다시 말해 방황하는 인간이 아니면 가까이 다가가지 못한단 말이지. 그 점이 참 번거롭다면 번거롭다고 할 수 있는데."

겐토가 말없이 듣고 있으려니 호텔 보이가 어깨를 으쓱했다.

"그게 말야, 방황하지 않는 인간은 거의 없지만 그 호수에 끌려갈 정도면 보통이 아닌 거야. 너, 마음 속에 짐을 너무 많이 안고 있는 건 아니야? 그러니 내 허접한 실력에도 간단히 낚였지. 뭐, 나야 방황 같은 걸 안 해 봐서 잘 모르겠다만."

다갈색 머리를 긁으며 호텔 보이가 '헤헤'거리며 웃었다.

속이 편해 보여 부러웠다.

알 수 없는 말만 하는 호텔 보이지만 짐을 안고 있다는 지적에는 고개를 끄덕이지 않을 수 없었다. 무거운 짐이라면 잔뜩 안고 있다.

"이게 꿈이라면 깨고 싶지 않아…."

겐토가 무의식중에 진심을 말했다.

"왜?"

호텔 보이가 의아한 듯 눈살을 찌푸렸다.

"돌아가면 지옥이 기다리고 있거든."

"지옥?"

"응. 강화 합숙이라곤 하는데 그냥 지옥이야."

"왜?"

겐토는 호텔 보이에게 지금까지의 경위를 설명했다.

이기면 이길수록 커지는 부담감. 과도한 연습. 고문의 압박. 좋아하던 미식축구를 싫어하게 된 사정까지.

"정말 이해할 수가 없네."

끝까지 듣던 호텔 보이가 고개를 갸우뚱거렸다.

"다들 좋아서 동아리에 들어가지 않아?"

"그렇지."

"그럼 그렇게 힘들어할 필요 없잖아."

"그야…!"

자신의 마음을 이해하지 못하는 것 같아 겐토는 조바심이 났다.

"이겨도 힘들면 이기지 않으면 되잖아."

"그게 되겠냐. 이기지 못하면 망할 게 뻔한데."

"뭐가 망하는데?"

"말했잖아, 시합엔 이기려고 나가는 거라니까."

"그러면 묻겠는데, 다들 그렇게 녹초가 될 때까지 연습하면 정말로 이길 수 있어? 끝까지 해 본다는 건 무리한다는 말이지? 연습보다 사고가 나기를 바라는 선수가 시합에서 활약할 수 있을까?"

"그, 그건…"

호텔 보이가 연이어 따지고 들자 겐토는 말문이 막혔다.

"대체 목적이 뭐야."

호텔 보이가 어이없다는 듯이 눈썹을 치켜올렸다.

목적.

겐토 역시 이제는 잘 모르겠다.

"아, 설마, 졌을 때 변명하기 위해선가?"

아픈 데를 찔리자 겐토는 피가 거꾸로 솟는 듯했다.

"그야 어쩔 수 없잖아! 내가 주장인데. 우리 대에 와서 망했다는 말을 들으면 다른 부원한테도 미안하고 선배들이나 그만둔 친구한테도 고개를 들 수가 없단 말이야."

"그러면 좀 어때."

겐토의 결사적인 변명을 호텔 보이는 한마디로 일축했다.

"누가 어떻게 생각하든 알 바 아니야. 그보단 내가 뭘 하고 싶으냐가 중요하지."

호텔 보이가 머리 뒤로 깍지를 꼈다.

"나도 누님도 팡구르 씨도 이 여관에서는 오너를 따라 수련을 하는 신세지만 각자 목적이 달라. 물론 오너도. 다들 자신의 목적을 위해 단련하고 있어."

호텔 보이의 눈이 반짝거렸다.

"우린 원래 무리를 지어 다니지 않아. 각자 목적이 있어서 같이 있을 뿐이고. 그래서 언제나 자유롭고 방황하지도 않지."

호텔 보이의 자신에 찬 미소에 겐토는 왠지 서러운 마음이 들었다.

사실 동아리 활동도 그래야 한다. 적재적소. 평등, 공정, 기회균등. 그것이 미식축구의 진면목이니까.

"고문 탓이야."

정신을 차려 보니 겐토가 속마음을 털어놓고 있었다.

이 사태의 원흉은 고문인 시오노다. 결단코 그렇다.

"그 인간만 없었더라면 우리는 더…"

주먹을 꽉 쥔 겐토에게 '헤에' 하고 호텔 보이가 흥미로운 표정을 지어 보였다.

"고문은 어떤 사람인데?"

하지만 막상 그렇게 물으니 겐토는 생각을 조리 있게 말할 수가 없었다. 그냥 교사라면 얼마든지 비판할 수 있었지만 동아리의 고문 겸 감독은 왠지 넘어서는 안 될 영역처럼 느껴졌다.

'끝까지 해 본 인간만이 성과를 낼 수 있다.'

시오노의 입버릇이 귓가에 되살아나서 겐토는 아무 말도 할 수 없었다.

"오호라."

호텔 보이는 흥미로운 듯 겐토의 모습을 쳐다보았다.

"네 방황의 원인이 그거구나."

호텔보이가 겐토의 속마음을 읽은 듯 눈을 가늘게 뜨고 얼굴을 바짝 들이밀었다.

"그 사람 몇 살이야? 남자? 여자? 어떤 인간인데?"

"아마 마흔쯤. 남자고 키가 커. 체격은 좋은 편이고…"

"체격이 좋아?"

"압도적이지."

젠토는 말하고 나서 가슴이 철렁했다. 이 말이 시오노의 귀에 들어가면 부원들이 보는 앞에서 또다시 있는 대로 욕을 먹을 것 같았다.

"흠….'

호텔 보이가 다갈색 머리를 돌돌 말면서 웅얼거렸다.

"그 녀석이라면 홀릴 보람이 있을 것 같네."

"응?"

반문하는 젠토의 귀에 대고 호텔 보이가 속삭였다.

"고문이 어떻게 됐으면 좋겠어?"

"…사라졌으면 좋겠어."

그것이 젠토의 솔직한 심정이었다.

"접수했어."

호텔 보이가 싱긋 웃었다.

"좀 전에 한 말은 취소. 아직은 돌아가지 않아도 돼. 이번엔 오너에게 부탁해서 그 사람한테 망을 걸 테니까. 넌 숨어서 지켜보기만 하면 돼."

무슨 말인지 이해할 수 없었지만 젠토는 무의식적으로 고개를 끄덕이고 있었다.

"아주 재미있을 거야."

혀를 핥듯이 웃는 호텔 보이의 입이 순간 귀까지 찢어진 것처럼 보였다.

'망을 건다'는 게 대체 무슨 뜻일까?

호텔 보이가 한 말을 절반도 이해하지 못했지만 겐토는 로비와 연결된 배선실 한구석에 몸을 숨겼다. 그러고는 그곳에서 문틈으로 몰래 로비의 모습을 훔쳐보았다.

정말로 시오노가 여기에 올까?

양탄자가 깔린 로비에는 난로가 있었고 오래된 괘종시계에서는 째깍째깍 소리가 났다. 계절상 난로에 불을 피우진 않았지만 쌓여 있는 장작에선 마른 나무 냄새가 났다.

그건 그렇고 묘하게 시원하다. 살짝 쌀쌀하게 느껴질 정도다.

겐토는 들고 있던 검은 다운재킷을 걸쳤다. 이곳을 나가면 소녀에게 돌려주려고 방에서 들고 나온 것이다.

이 재킷의 진짜 주인은 누구일까? 통통한 프런트 직원이 '주인님'이라고 한 것 같은데, 그 애와는 어떤 관계일까?

왠지 '아버지'란 표현과도 매치가 안 되는데.

하지만 왜 그런지 생각해 보려고만 하면 머릿속이 다시 안개가 낀 것처럼 부예졌다.

로비는 어두컴컴하고 쥐죽은 듯 조용했다. 그러고 보니

이 여관에서 다른 손님을 본 적이 없다. 체크인하기에는 아직 이른 시간인 걸까.

지금은 대체 몇 시일까.

겐토가 괘종시계의 문자판을 읽으려고 목을 쭉 빼려는데, 큰 소리가 나고 현관문이 열렸다. 순간 비가 섞인 돌풍이 불어와 겐토는 당황해서 목을 움츠렸다.

어느새 바깥은 비바람이 치는 거친 날씨로 변해 있었다.

"휴, 살았다. 갑자기 비가 쏟아지다니."

굵은 목소리가 들려와 겐토는 깜짝 놀랐다.

정말로 시오노가 찾아온 것이다.

"갑자기 폭풍이 불어서 정말로 난처하셨겠어요."

차갑고 맑은 목소리의 주인공은 검은 양복을 입은 오너였다. 시오노를 난로 앞 소파로 안내하며 오너가 호텔 보이에게 지시를 내렸다.

"손님에게 수건을."

오너가 식품 저장실을 향해 말해서 겐토는 두꺼운 커튼 뒤로 몸을 숨겼다. 이곳이 사각지대라 저쪽에서는 보이지 않는다는 걸 알면서도 시오노에게 들킬까 봐 겁이 났다.

"네에."

방 안쪽에서 통통한 프런트 직원이 수건을 갖고 나왔다. 직원은 겐토에게 흘긋 눈짓을 보내더니 시치미를 떼고 로비로 나갔다.

"실은 학생 한 명이 합숙소에서 도망쳤거든요."

직원에게 건네받은 수건으로 몸을 닦으면서 시오노가 큰 소리로 말했다.

"저는 동아리 고문으로 이 근방에 여름 합숙 훈련을 하러 왔습니다. 어차피, 연습이 힘들어서 도망쳤겠죠. 주장이란 놈이 그렇게 책임감이 없어서야. 요즘 애들은 근성이 없어서 정말 문제에요."

"그거 참 큰일이군요."

"어차피 멀리 가진 못했을 겁니다. 그럴 용기도 없는 녀석이니까요. 찾으면 단단히 혼을 내 줄 작정이에요."

시오노의 말을 듣고 겐토는 입술을 깨물었다.

"비가 이렇게 내리니 어쩌면 벌써 합숙소로 돌아갔을지도 모르겠군요."

오너는 붙임성 있게 맞장구를 쳐 주었다.

겐토가 숨어 있는 장소에서는 옆얼굴밖에 보이지 않았지만 오너는 깜짝 놀랄 만큼 미남이었다. 피부는 투명하리만치 하얗고 길고 검은 모발에서는 윤기가 흘렀다. 오뚝 선 콧날에 속눈썹이 길었고 머리카락 틈새로 보이는 잘생긴 귀에서는 금으로 된 피어스가 쨍하고 빛났다.

"괜찮으시다면 가벼운 점심은 어떠세요? 여기로 아이리

시스튜를 가져올 수 있는데."

"아니, 그래도 학생을 먼저 찾아야…."

시오노는 일단 거절했으나 아름다운 오너가 쳐다보자 갑자기 말을 더듬었다.

"그, 그럼 먹어 볼까요."

꼭 홀린 것처럼 시오노가 대답했다.

그 말이 떨어지기 무섭게 식품 저장실 안쪽에서 백발의 체격 좋은 남자가 돔형의 은색 덮개를 씌운 접시를 들고 등장했다.

요리장 팡구르다.

커튼 뒤에 숨어 있던 겐토에게 팡구르가 눈길을 보냈다. 그 두 눈은 각각 색깔이 달랐다. 한쪽은 옅은 하늘색이고, 다른 한쪽은 빛의 각도에 따라서는 금색으로도 보이는 옅은 갈색이었다.

오드아이에 순간 부드러운 빛이 떠올랐다.

"저."

커튼 뒤에서 겐토가 저도 모르게 말을 붙였다.

"오믈렛 잘 먹었어요."

그러자 팡구르가 몸을 굽혔다.

"팡구르는 팡구르의 일을 했을 뿐이야. 너는 너의 일을 하면 된다."

속삭이듯 그렇게 말한 뒤, 팡구르는 접시를 들고 로비로 성큼성큼 걸어갔다.

"팡구르 씨는 어리고 배우는 사람을 특별히 더 좋아하거든. 너 같은 고등학생한테 약해."

갑자기 들리는 목소리에 겐토는 펄쩍 뛰어오를 뻔했다. 뒤에서 호텔 보이가 살며시 다가왔다.

이 사람들, 다들 발소리가 나지 않아.

그걸 알고 겐토는 마른침을 삼켰다. 덩치 큰 팡구르 씨도 그의 곁을 바람처럼 아주 조용히 스치고 지나갔다.

"잘 봐. 아주 재미있는 일이 벌어질 거야."

호텔 보이가 시오노의 뒷모습을 가리켰다.

시오노는 난로 앞 소파에서 오너와 마주 보고 아이리시 스튜를 먹고 있었다.

"동아리란 게 말이죠. 사회에 나가고 나서도 필수가 되는, 실천력과 정신력을 기르는 곳이에요. 설령 장래에 운동선수가 되지 못해도 뭔가를 끝까지 해 본 경험은 아이들에게 큰 힘이 되죠. 그러니 다 학생들을 위한 거예요."

시오노가 보호자 앞에서도 입버릇처럼 말하곤 했던 지론을 흥분해서 떠들었다. 오너는 웃으며 맞장구를 쳤고 가까운 프런트 데스크에서 통통한 직원과 팡구르가 두 사람의 모습을 조용히 지켜보았다.

"하지만 할 게 못돼요. 동아리 고문이라고 해 봤자 잔업비도 안 나오고 자료용 DVD를 사려 해도 상한선을 넘으면 자비로 충당해야 되고요. 주말에 하루 종일 지도해도 수당이라고 고작 몇 천 엔이 나올까 말까. 요새 '문제 동아리'이니 뭐니 말들이 많은데, 정말로 부당하게 부림을 당하는 건 학생이 아니라 교사랍니다."

어라?

겐토의 마음속에 뜻밖의 의문이 떠올랐다.

줄곧 이상론을 말해 오던 시오노의 꼿꼿하던 태도가 어느 틈엔가 무너지기 시작했다.

"하지만 선생님께서는 열심히 학생들을 지도하셨죠."

"뭐 그렇죠. 이렇게 말하면 좀 그렇지만 떨어지는 국물도 제법 쏠쏠하니까요."

"국물이라…."

"수업 중에는 딴짓만 하는 학생들이 동아리 활동을 할 때는 이쪽의 의견을 척척 들어줍니다."

시오노의 말투가 점점 더 노골적으로 변해 갔다.

"교장 선생님이나 보호자도 그래요. 성적을 올려 봤자 그건 당연하다는 투에요. 외려 그건 학원의 성과라고 말하는 부모도 있습니다. 그런데 동아리에서 성적을 내면 100퍼센트, 감독까지 겸하는 제 공이 되거든요. 대회에서 우승

하면 저에 대한 평가가 폭등한답니다."

학생을 위해서라고 말해 놓고 무슨 말을 하는 거야.

아연해진 겐토 옆에서 호텔 보이가 쿡쿡 웃기 시작했다.

"저 아이리시스튜에는 흑맥주가 듬뿍 들어가거든. 그런데 팡구르 씨의 흑맥주는 좀 특별해서 자기도 모르는 사이에 본심을 털어놓게 돼."

그렇다면 저게 시오노의 본심이란 말인가.

망연자실한 겐토가 그토록 두려워하던 고문의 뒷모습을 바라보았다.

"말 많은 보호자도 동아리 활동에 대해서만큼은 감독인 저를 무한히 신뢰합니다. 명절 선물 같은 건 대놓고 받지 못하지만 거기에 버금가는 대접을 받고 있죠."

듣고 보니 시합이 열리면 시오노에게 화려한 도시락과 마실 것을 넣어 주는 보호자가 제법 있었다. 아마 그보다 더한 것도 여러 번 받았겠지.

"교사를 하면서 이렇게 감사와 존경을 받은 건 동아리 활동을 할 때뿐입니다. 약간은 왕이 된 기분이에요."

시오노가 '아하하' 하고 웃었다. 그 모습을 본 겐토는 기가 막혔다.

'내가 이런 인간을 무서워했단 말인가.'

늘 옳은 소리만 해서 어려워했던 건데 이렇게 자기 본위로만 생각하는 인간이었다니, 겐토는 어이가 없었다.

댕, 댕, 댕, 댕.

그때, 괘종시계가 네 번 울렸다.

"어? 벌써 네 시라고?"

시오노가 놀란 듯 괘종시계 쪽으로 몸을 쑥 내밀었다. 괘종시계의 문자판 아래로 문이 열리고 시계의 안쪽에서 금빛 접시가 나왔다.

금빛 접시에는 검을 휘두르는 기사와 그 기사에게 맞서는 거대한 고양이가 서 있었다. 기사의 비늘갑옷에 맞서 고양이가 발톱을 날카롭게 세운 형상이었다.

"꽤 특이한 시계로군요."

"아서왕 전설에 나오는 로잔 호수의 고양이 괴물입니다."

별것 아니라는 듯 오너가 말했다.

"선생님의 이야기를 듣는 동안, 마침 이 전설이 생각났습니다."

"오호. 그러면 저는 아서왕인가요?"

"실례가 안 된다면 이 전설에 대해 말씀드려도 될까요?"

"꼭 듣고 싶습니다."

아서왕이라도 된 양 기분이 좋아진 시오노를 마주 보며 오너가 천천히 이야기를 시작했다.

"로잔 호수에 사는 어부가 어느 날 물고기를 잡으러 호수에 갔습니다. 어부는 '맨 처음 그물에 걸린 물고기를 신에게 바치겠다'고 경건하게 맹세합니다. 그런데 막상 엄청난 대어를 잡자 욕심이 나서 처음에 했던 맹세를 저버리고 '그 다음에 잡은 물고기를 신에게 바치겠다'고 말합니다. 그런데 그다음 그물에도 처음 잡은 물고기 못지않은 월척이 걸리고 맙니다."

결국 어부는 '세 번째로 그물에 걸린 물고기를 신에게 바치겠다'고 큰소리치고 잡은 물고기를 다시 자기 몫으로 챙긴다.

"세 번째로 잡아 올린 그물에는 석탄 덩어리처럼 생긴 작은 검은 고양이가 걸려 있었습니다."

"검은 고양이요?"

"네."

오너의 흰 뺨에 싸늘한 웃음이 피어올랐다.

"검은 고양이를 본 순간, 어부는 자기 집에 있는 쥐를 떠올렸습니다. 그래서 역시나 이 고양이도 자기가 키워야겠다고 생각하고 집으로 데리고 갔습니다."

하지만 신에 대한 맹세를 모조리 깬 업보였을까. 처음에 얌전하던 고양이는 머지않아 무서운 괴물로 자라 어부와 그의 아내, 아이들까지 잔인하게 죽이고 로잔 호수의 동굴에서 살게 된다.

"전설에서는 로잔 호수에 사는 사람들에게 괴물을 퇴치해 달라는 부탁을 받은 아서왕이 괴물이 된 고양이와 사투를 벌이다 마침내 승리하게 됩니다."

시시하다는 듯이 말하고 오너가 흑요석 같은 눈으로 시오노 선생을 지그시 쳐다보았다.

"하지만 이 경우에 정말로 나쁜 건 고양이일까요? 눈앞의 이익에 눈이 멀어 당초의 맹세를 저버린 어부에게 원인이 있다고는 생각 안하세요? 선생님이라면 가슴에 느끼는 바가 있을 텐데요."

"그, 그게… 대체 무슨 말인지."

기분 탓인지, 늘 힘이 넘치던 시오노 선생의 목소리가 한층 풀이 죽어 있었다.

"학생을 위해서."

오너가 소파에서 일어났다.

"학생을 위해서."

프런트 데스크에서 통통한 여성이 나왔다.

거기에 팡구르도 합류했다.

"하지만 솔직히 전부 다 자기를 위해서 한 거잖아. 처음의 맹세는 어디로 갔지? 맥은 지금 탐욕스럽게 쾌락만 좇고 있어."

세 사람이 시오노를 빙 둘러쌌다.

"욕심 많은 어부가 어떻게 됐더라?"

"처음의 맹세를 잊은 어부가 어떻게 됐지?"

"팡구르는 팡구르의 일을 한다. 어부는 어부의 일을 했어?"

점점 거리를 좁혀 오자 시오노가 가위에 눌린 것처럼 꼼짝도 하지 못했다. 커튼 뒤에서 지켜보던 겐토는 등골이 오싹해졌다.

세 사람의 입이 귀까지 찢어지고 머리카락이 굼실굼실 곤두섰다.

그리고.

세 사람이 달라붙어 크게 찢어진 입을 활짝 벌리더니 시오노의 몸에서 나오는 무언가를 빨아들이기 시작했다.

"아, 나도 받으러 가야지."

식품 저장실에서 뛰쳐나가려는 호텔 보이를 겐토가 간신히 막았다.

"저 사람들, 선생님한테 뭐 하는 거야."

"그야 뻔하지."

뒤돌아선 호텔 보이의 얼굴을 보고 겐토는 숨이 멎을 뻔했다. 활짝 열린 안구에서 동공이 뾰족한 바늘처럼 번쩍거렸다.

"정기를 받는 거야!"

호텔 보이의 마지막 한마디에 겐토는 온몸에 소름이 돋았다.

"그만해!"

"왜 그러는데."

죽을힘을 다해 막아서는 겐토를 호텔 보이가 귀찮다는 듯이 휙 뿌리쳤다. 겐토의 몸이 엄청난 힘에 밀려 벽에 부딪혔다.

'아얏! 역시 꿈이 아니야.'

그걸 깨닫는 동시에 겐토는 필사적으로 호텔 보이의 발을 붙잡고 늘어졌다.

"그만하라니까."

"하? 뭐 하는 거야. 저리 가."

"뭐 하긴, 저렇게 놔두면 선생님이 죽잖아."

"저 인간이 사라졌으면 좋겠다고 말한 건 너야."

"사라졌으면 좋겠다고 했지, 죽었으면 좋겠다고는 안 했잖아!"

"그게 그 말이지."

발로 차이면서도 겐토는 악착같이 호텔 보이의 다리에 매달렸다.

아픈 걸 참으면서, 겐토는 동아리에 막 들어갔을 때를 떠올렸다. '그래, 안 좋은 기억만 있는 건 아냐. 터치다운에 성

공행을 때 선생님이 머리를 헝클어트리면서 아낌없이 칭찬도 해 줬잖아.'

처음에는 좋은 점도 있었다.

부원들에게 보여 준 미식축구 DVD도 자기 돈으로 샀을 것이다. 시오노도 처음부터 폭군은 아니었다.

"귀찮게 하네. 그럼 난 안 가는 걸로 할게. 그래도 이미 늦었어."

힘에 부치는지 호텔 보이가 한숨을 쉬었다.

"다른 두 사람은 몰라도 오너는 누구도 막을 수 없어."

호텔 보이의 힘이 느슨해진 순간, 겐토가 박차고 뛰쳐나갔다.

"그만둬! 너도 말려들 거야."

뒤에서 호텔 보이가 소리쳤지만 이미 겐토가 식품 저장실에서 뛰쳐나간 뒤였다.

"시오노 선생님!"

완전히 기력을 잃은 시오노에게 달려간 겐토는 흠칫 놀랐다. 시오노는 우람했던 어깨 근육이 쪼그라들고 얼굴도 노인처럼 핏기가 가셔 완전히 생기를 잃은 모습이었다.

"뭐야 넌!"

갑자기 머리 위에서 우레와 같은 엄청난 굉음이 울려 겐토는 화들짝 어깨를 움츠렸다. 고개를 들어 오너를 보고 온몸에서 핏기가 가셨다.

이것이 그토록 아름다웠던 오너란 말인가?

검은 머리는 구불거렸고 귀까지 찢어진 입에서는 기다란 어금니가 튀어나와 있었다. 그 모습은 마치 황소 괴물처럼 보였다. 아니, 아서왕 비늘갑옷에 맞서 발톱을 세우던 고양이 괴물에 더 가까울지도 몰랐다.

"방해하지 마!"

오너가 날카로운 발톱을 번쩍 치켜들었다.

젠토는 양팔로 머리를 감싸고 몸을 움츠렸다. 큰 충격을 각오했으나 아무리 기다려도 고통은 느껴지지 않았다.

어쩌면 이미 일격을 맞고 목숨을 잃은 뒤일까?

조심조심 눈을 뜨니 팔 사이로 바싹 다가온 괴물이 된 오너의 얼굴이 보였다. 오너는 굽은 코를 벌름거리며 젠토를 아니, 젠토가 입은 다운재킷의 냄새를 맡고 있었다.

그러다 무슨 냄새라도 맡았는지 노여움에 불타던 호박색 눈의 광채가 한순간에 사르르 풀렸다.

그 순간, 갑자기 주변이 깜깜해졌다.

동시에 폭풍과도 같은 돌풍이 거칠게 일어나 젠토는 온몸을 감싸 안고 웅크렸다. 야수의 포효와도 같은 울음소리와, 무언가가 무너져 내리는 소리가 공기를 뚫고 지나갔다. 도중에 다운재킷이 벗겨져서 눈을 뜨니 자신도 어디론가 끌려가는 듯했다.

본능적으로 그렇게 느끼고 눈을 질끈 감았다.

얼마나 그러고 있었을까.

모든 기척이 사라지고 주변이 조용해졌다. 천천히 눈을 떴을 때 겐토는 합숙소 뒷산에 웅크리고 앉아 있었다.

여관은 흔적도 없이 사라지고, 오너도 호텔 보이도 팡구르도 통통한 여성도 아무도 보이지 않았다.

대나무 숲 뒤로 숙박동 지붕이 보였다.

시오노 선생님은?

겐토가 퍼뜩 주위를 두리번거렸다.

"선생님!"

대나무 숲 아래 시오노가 기력을 잃고 쓰러져 있었다.

"선생님, 선생님, 정신 좀 차리세요."

다행히도 시오노의 입에서 희미하게 신음이 새어 나왔다.

살아 있는 것에 안도한 겐토가 시오노를 어깨에 짊어졌다. 기력은 빠졌어도 수비수였던 몸이어선지 제법 무거웠다.

그래도 우리는 살았다….

겐토의 입에서 깊은 한숨이 새어 나왔다.

아침 해가 뜨는 산속에서 시오노를 어깨에 짊어진 겐토가 합숙소를 향해 언덕을 비틀비틀 내려가기 시작했다.

"여기선 일단, 정공법인 런 플레이로."

동아리에 다시 들어온 다카아키가 대형을 새로 짜 겐토와 멤버들 앞에서 설명하고 있었다.

"쿼터백인 겐토 뒤에 러닝백인 유타를 배치해. 그럼 유타는 리시버인 나에게 패스를 하는 척하면서 실제론 공을 들고 적진으로 돌파하는 거지!"

다카아키의 작전에 겐토를 비롯한 부원 모두가 힘차게 고개를 끄덕였다.

9월 중순의 일요일. 겐토를 포함한 미식축구부 부원들은 잔디 연습장을 빌려 연습 시합을 하고 있었다.

지구 대회 준결승전에 진출한 경험이 있는 상대편 강호 학교를 다카아키가 치밀하게 연구해 왔다. 작전 회의가 끝나자 전원이 각자의 위치로 흩어졌다.

겐토의 뒤에서 유타가 "아자!" 하고 소리를 질렀다. 그 얼굴에 여름 합숙을 하던 날 밤에 비쳤던 공허한 표정은 조금도 보이지 않았다.

겐토가 합숙소를 도망친 그날, 여름 합숙은 바로 중지

되었다.

고문인 시오노가 '극도의 피로'로 쓰러졌기 때문이다.

두 사람이 숙박동에서 빠져나간 것을 아무도 눈치채지 못했다.

그날의 기억은 날이 갈수록 급속도로 희미해져서 지금은 겐토도 아무 일 없었던 것처럼 느껴졌다.

시오노는 정말로 평소의 피로가 쌓여 쓰러진 것이고, 자신도 기묘하고 긴 꿈을 꾼 것뿐이라고.

겐토는 헬멧을 단단히 뒤집어쓰고 스스로를 납득시키려는 듯 그렇게 생각했다.

'극도의 피로'로 시오노가 쓰러져 입원하자 미식축구부 고문은 축구부 고문이 당분간 겸임하기로 했고, 연습 내용도 수정됐다. 일주일에 한 번은 외부 지도자의 지도도 받을 수 있게 됐다.

지금까지 일상적으로 풀태클 연습을 했다는 이야기를 듣고 강호 학교 출신인 외부 지도자는 눈을 동그랗게 떴다.

"그렇게 온몸에 멍을 달고 있으면 이겨도 이긴 게 아니지. 동아리 활동은 아파도 참으면서 하는 운동이 아니니까."

외부 지도자는 풀태클 연습은 위험하고 체력 소모가 심하기 때문에 일주일에 한두 번으로 충분하다고 했다. 이로

써 장시간 무리하게 하던 연습이 없어지고 주말에도 최대한 쉬라는 지침을 받았다.

축구부 고문은 미식축구에 대한 지식이 거의 없어 가끔 외부 지도자에게 지도받는 걸 제외하면 지금은 부원이 중심이 되어 자주적으로 활동하고 있다.

그만두었던 다카아키도 돌아와 겐토는 요즘 미식축구에 다시 단단히 재미가 들렸다.

하지만 절대 잊어선 안 되는 게 있다.

왜 동아리 활동에 문제가 생겼었는지.

고문인 시오노만이 아니라 부원에게도 분명 책임이 있었다. 더 크게 보자면 학교와 보호자에게도 일부 책임이 있을지 모른다.

시오노도 처음엔 그저 열심히 했을 뿐이다. 처음엔 정말로 부원들을 생각해서 그랬을 것이다.

그런데 수지가 안 맞는 '서비스 잔업'인 동아리 지도를 계속하면서 당초의 이상과 다른 부분에서 쏠쏠한 재미를 봤는지도 모른다.

그렇게 힘들었는데 겐토도 주변의 반응이나 안색을 살피기만 했지 동아리 활동 자체에 '문제'가 있는 줄 미처 깨닫지 못했다.

'누가 어떻게 생각하든 알 바 아니야. 그보단 내가 뭘 하

고 싶으냐가 중요하지.'

가끔씩 뇌리에 누군가의 목소리가 들렸다.

"다들 자신의 목적을 위해 단련하고 있어."

목소리는 늘 그렇게 이어졌다.

"우린 원래 무리를 지어 다니지 않아. 각자 목적이 있어서 같이 있을 뿐이고. 그래서 언제나 자유롭고 방황하지도 않지."

뭐야 시라도 읊으시게?

예전이라면 그렇게 비웃었을지도 모른다.

하지만 지금은 그 강인한 마음에 경외심을 느낀다.

시라면….

여름방학이 끝나고 도서관에 갔을 때, 신기한 일이 있었다. 우연히 본 고양이 표지의 책을 휘리릭 넘기다 〈흰 고양이 팡구르〉라는 시를 발견한 것이다.

'팡구르?' 어디서 들었는지 기억은 안 났지만 왠지 그 울림이 귓가에 남아 있다.

　　　나와 흰 고양이 팡구르는
　　　서로 주어진 일을 하느라 바쁘다네.
　　　팡구르는 쥐 잡는 일에 빠져 있고
　　　나는 내 일에 열심이지.

세상의 명성이 별건가?

진종일 책에 파묻힌 조용한 삶

팡구르가 나를 시샘할 일은 없다네.

팡구르에게는 팡구르가 해야 할 일이 있으니까….

이 시는 9세기경 아일랜드의 수도사가 쓴 것으로, 고양이와 인간의 우정을 그린 최초의 시라고 한다.

엄격한 율법을 지키며 성전을 필사하던 젊은 수도사는 무심히 쥐를 쫓는 흰 고양이에게 위로를 받고 그를 동지로 느낀다. 해설에는 그렇게 쓰여 있었다.

"한방에서 각자 맡은 일을 하는 게 더없이 행복한 시간이었다나 봐." 누군가가 이렇게 말해 준 것 같다.

한 장소에서 각자가 맡은 일을 한다. 꼭 미식축구 같다.

미식축구만이 아니라 같은 장소에서 서로 구속하지 않고 각자 맡은 일을 해낼 수 있다면 무엇이 되었든 더없이 즐거울 것이다.

시는 위대해, 겐토는 새삼 그런 생각이 들었다.

'시라는 말을 함부로 쓰면 안 돼. 시는 훨씬 더 경이롭고 강한 힘을 가진 거야.'

무의식중에 누군가가 말을 걸어 겐토는 흠칫했다.

그 말은 대체 누가 해 준 것일까?

얼핏 경박해 보이는 다갈색 머리가 눈앞에 획 지나간 것 같았다.

진형이 만들어지자, 겐토는 의식을 시합에 집중시켰다.

겐토 팀이 선공이다.

뒤에 있는 유타, 오펜스라인 옆에 선 다카아키에게 겐토는 눈짓으로 사인을 보냈다.

일단은 승패에 연연하지 말고 각자 맡은 자리에서 최선을 다해 게임을 즐기자.

겐토는 기분 좋은 긴장감을 느끼며 눈부시게 빛나는 푸른 잔디 구장을 둘러보았다.

"레디, 셋, 헛!"

가을 하늘 아래, 경기 시작을 알리는 겐토의 구호가 드높이 울려 퍼졌다.

제
5
장

짊어진 여자

눈을 뜨니 장거리 버스가 깊은 산속을 달리고 있었다.

좌석에 기댄 채, 이가라시 소노코는 눈을 몇 번 깜빡거렸다. 손목시계를 보니 슬슬 정오에 가까워지고 있었다. 잠이 깊이 들었던 모양이다.

'겨우 한숨 잤네.'

소노코는 작게 한숨 쉬었다.

요 며칠, 수면 유도제를 먹어도 거의 잠을 자지 못했다. 잠자는 법을 잊어버린 사람처럼 동이 틀 때까지 고통스럽게 뒤척거렸다.

겨우 조금은 쉴 수 있게 되었다고 소노코는 내심 안도했

다. 마음을 정하자 도리어 마음이 편해지다니. 그건 그것
대로 웃기는 일이다.

소노코는 좌석에서 몸을 일으켜 하얗게 김이 서린 차창
을 닦았다. 바깥은 찬비가 내리고 있었다. 도심에는 은행
나무도 단풍나무도 아직 색이 물들지 않았는데 도호쿠 남
부의 산속은 이미 단풍철이 끝난 모양이었다.

가랑비가 줄기차게 내리는 산중에는 침엽수의 푸른빛과
앙상해지기 시작한 나무들의 갈변밖에 보이지 않았다. 단
조로운 차창의 풍경에서 시선을 떼고 소노코는 차 안의 모
습을 살펴보았다.

단풍철도 귀성 시기도 지나간 탓인지 11월 중반의 평일
장거리 버스는 텅 비어 있었다.

고속도로에 막 접어들었을 때는 앞 좌석에 앉은 노부인
들이 왁자지껄하게 떠드는 소리가 들렸는데, 지금은 완전
히 조용해진 것이 다들 잠든 모양이다. 버스 안은 난방이
되어 따뜻했고 여기에 규칙적인 진동까지 더해져 잠을 불
렀다. 내내 잠을 자지 못했던 소노코마저 깊은 잠에 빠질
정도였다.

드문드문 앉아 있는 다른 승객은 백발이 섞인 나이든 사
람들이 대부분이었다. 승객 중에는 이제 곧 스물여덟이 되
는 소노코가 제일 젊을 것이다.

이 노선의 종점에는 병을 고칠 수 있는 온천이 있다고 했지, 좌석 등받이로부터 비스듬히 삐져나온 노부인의 뒤통수를 보면서 소노코는 멍하니 생각했다.

그렇게 유명한 온천지는 아니겠지만 소노코로선 어차피 상관없었다. 목적지가 어디든 아무래도 좋았다.

신주쿠의 장거리 버스용 터미널에서 소노코는 적당히 버스표를 샀다. 가진 돈에 금액이 맞고 자리가 비어 있을 만한 노선이라면 어디라도 좋았다.

최대한 인적이 없는 곳에서 내릴 작정이었다.

소노코는 코트 주머니 안에 들어 있는 작은 병을 꽉 쥐었다. 산속에서 이걸 다 마시면 몽롱해진 상태에서 목적을 이룰 수 있을 것이다.

자신이 이 세상을 떠난다 해도 가족을 포함해서 슬퍼할 사람은 아무도 없다.

그 애라면 뭐 별수 없지.

엄마라면 틀림없이 그렇게 말할 것이다. 별 미련이 없는 얼굴을 하고서.

미련은커녕, 가슴을 쓸어내리며 기뻐하는 사람도 있을지 모른다.

차가운 눈빛으로 자신을 쳐다보던 '애인'의 모습을 떠올린 순간, 소노코의 가슴이 줄에 쓸린 것처럼 찌르르 아파 왔다.

혼잡한 거리에서 문득 누군가가 발을 건 기억이 되살아나 소노코는 반사적으로 몸을 움츠렸다. 하마터면 역 계단에서 굴러떨어질 뻔했다.

대체 누가 발을 걸었을까. 간신히 몸에 중심을 잡고 뒤돌아봤을 때는 다들 소노코에게 눈길 하나 주지 않고 분주히 주변을 스쳐 지나갈 뿐이었다. 우연이었는지, 일부러 발을 밟았는지도 확실하지 않았다.

소노코는 운동신경이 유난히 없는 편이다. 아무것도 없는 곳에서도 툭하면 자빠졌다. 어린 시절부터 집에서든 학교에서든 '둔해 빠졌다'고 소문이 자자했다.

그러니 전부 착각이었을지도 모른다.

'설마 애인이 나를 위험에 빠트리려고 그런 짓까지 했을 리…'

하지만.

그날, 플랫폼에서 자신을 올려다보던 한 남자의 얼굴이 떠올라 소노코는 코트 위로 가슴을 지그시 눌렀다.

그냥 단순히 자르지 않았을 뿐인, 세련된 것과는 거리가 먼 어중간한 길이의 부스스한 머리에 수염으로 지저분한 뺨과 턱. 눈 아래는 거뭇거뭇한 다크서클이 있고 늘 입고 다니는 낡은 점퍼를 걸치고 있던 사내. 소노코도 안면

이 있는 남자였다.

애인이 일하는 가게 앞 주차장에서 어슬렁거리는 모습을 몇 번인가 본 적이 있었다.

기분 나쁜 남자다.

무의식중에 소노코는 코트 깃을 꽉 쥐었다.

전에도 클럽을 드나드는 소노코를 그 남자가 주차장에서 빤히 보고 있었다.

그가 클럽 맞은편 건물에 사무실이 있는 변호사라는 걸 알았을 때도 소노코의 불신감은 사라지지 않았다. 아니, 혐오감이 한층 커졌다고 할 수 있었다.

변호사와 법이 약자들 편이라니, 새빨간 거짓말이다. 변호사는 고용주를 위해 무기를 휘두를 뿐이다. 소노코가 계약직으로 일하던 곳의 법무 담당자처럼.

"그 사실을 알게 된 건 언제였습니까?"

취조하듯이 묻던 법무 담당자의 태도를 떠올리면 소노코는 지금도 가슴이 답답해졌다.

"솔직하게 대답하세요."

도저히 약자의 편이라고는 볼 수 없는 말투였다.

계약직 사원도 건강진단을 받을 수 있다는 소식에, 소노코는 불안한 나머지 같이 계약직 사원으로 일하는 동료에게 임신 사실을 털어놓았다. 그런데 그 말이 순식간에 직속 상사의 귀에 들어가 버렸다.

　호출된 회의실엔 상사 외에도 인사 담당자와 법무 담당자가 험악한 표정으로 소노코를 기다리고 있었다. 험악한 분위기를 견디지 못하고 머뭇머뭇 사실을 털어놓자 회의실에 있던 사람들의 눈빛이 점점 더 차가워졌다.

　"5개월이면 저희 회사에서 면접 볼 때 이미 그 사실을 알고 있었단 말이네요."

　그들이 내는 압력에 짓눌릴 것만 같았던 소노코는 절망적인 기분에 사로잡혔다.

　겨우 제대로 된 회사에 사무직으로 취직했다고 생각했는데. 이제 막 데이터 입력 작업에 익숙해진 참이었는데.

　"결국 당신은 사실을 은폐하고 채용됐어요. 그건 경력 사칭이나 다름없습니다."

　아니야. 정말로 몰랐어.

　그때의 일을 떠올리면 이마에 진땀이 났다.

　소노코는 잡고 있던 코트 깃을 내려놓고 살며시 아랫배를 만졌다.

　"임신 못한다며."

　법무 담당자의 심문을 받은 뒤엔 잔뜩 화가 난 애인이 소노코를 기다리고 있었다.

　아니야. 거짓말이 아니라고.

'내가 임신할 리가 없어.'

초경을 시작한 뒤로 소노코는 쭉 생리 불순에 시달렸다. 이삼 개월 동안 생리를 안 할 때도 허다했다. 겨우 한다 싶으면 열흘 이상 계속되는 무배란 출혈뿐. 출혈이 길어지자 빈혈에 걸려 임신은 어려울지 모르겠다는 의사의 소견도 들었다.

그 사실을 털어놓자, "그래, 소노코는 아이를 못 낳는구나" 하고 귓가에 속삭이며 애인이 다정하게 소노코를 안아 주었다.

"가여운 소노코…."

애인이 머리를 어루만져 주자, 소노코는 자신의 처지가 처량하게 느껴져 그의 품 안에서 아이처럼 엉엉 울었다.

그렇게 소노코의 응석을 받아 준 것은 애인 한 사람뿐이었다.

그런데 임신했다는 말을 하기가 무섭게 그의 태도는 180도 달라졌다.

거짓말쟁이.

경력 사칭으로 계약 해제를 통보하던 계약처 법무 담당자와 같은 표정이었다.

전부 오해야. 일부러 속인 게 아니라고.

반론하고 싶었지만 누구 앞에서도 소노코는 그저 말없

이 고개를 숙일 뿐이었다.

언제나 그렇다.

생각 없이 말한 적은 있어도 정말로 하고 싶은 말은 해본 적이 없다. 어떻게 말해야 할지 알 수가 없었다.

옛날부터 아무도 소노코가 하는 말을 들어주려 하지 않았다.

정말로 가여운 건 그런 소노코에게 찾아온 생명이리라.

소노코는 아랫배를 가만히 어루만졌다.

이 안에 생명이 자라다니, 지금도 믿기지가 않는다. 원래 통통한 편이어서 배 모양도 전과 거의 차이가 없고 입덧도 하지 않았다.

지속되는 컨디션 난조로 종합병원에 갔을 땐 이미 임신 중기에 접어든 상태였다. 임신했다는 말을 듣고 누구보다 놀란 것은 다름 아닌 소노코 자신이었다.

애인에겐 임신 소식이 달갑지 않겠지. 그 마음은 이해한다.

그렇다고 발을 걸어 계단에서 밀어트리려고 할 줄이야.

다 망상이라고 생각하고 싶지만 역 플랫폼에서 왠지 기분 나쁜 변호사와 눈을 마주친 이후부터 그 가능성을 완전히 부정할 수가 없었다.

늘 주차장을 배회하는 눈매가 사나운 남자가 그 일대에

일상다반사로 일어나는 갈등을 중재하는 변호사라고 알려준 사람은 다름 아닌 애인이었다.

"꽤 많은 사람이 신세를 지고 있는 모양이야."

잠자리에서 그런 이야기를 들었다.

머릿속에 울리는 그의 목소리가 여전히 달콤하게 들려서 소노코는 입술을 꽉 깨물었다.

"어려운 일이 있어도 어떻게든 방법을 찾아서 해결해 준다더라. 무슨 일이 있으면 나도 부탁해 볼까. 뭐 나야 당장 힘든 일은 없지만."

키득거리는 애인의 음성을 한 귀로 흘리면서 소노코는 '악덕 변호사'라는 말을 떠올렸다.

믿고 싶진 않지만 애인은 그 기분 나쁜 변호사와 결탁해 임신을 '어떻게든' 해결하려 했는지도 모른다.

그런 일을 당해도 딱히 놀랍지 않다. 소노코는 옛날부터 이런 일에 익숙했다.

'원래 어디에도 내 편은 없었으니까.'

소노코는 다 포기하고 싶은 기분이었다.

어린 시절부터 엄마는 소노코를 상대해 주지 않았다.

대체 어디서부터 어긋난 걸까….

소노코가 태어난 기타큐슈는 밤에도 굴뚝의 불꽃이 하늘을 붉게 물들이는 '철의 도시'다. 그녀는 하루 종일 공장의 소음이 끊이지 않는 비좁은 아파트 한구석에서 자랐다.

철들 무렵부터 엄마는 소노코의 모든 것을 부정했다.

예쁘지 않네, 머리가 나쁘네, 버러지 같네, 거짓말쟁이에 쓸모가 없네….

기억하는 건 엄마의 그런 말뿐이다.

정말로 자신의 무엇이 그렇게 엄마의 심기를 거스른 것인지 알 수가 없었다.

가만히 있으면 화난 것처럼 보이는, 쌍꺼풀이 없는 밋밋한 눈 탓인가. 그러고 보니 엄마도 남동생도 쌍꺼풀이 보기 좋게 잡혀 있고 눈망울도 크다.

"네 눈은 뱀을 닮았어."

엄마는 소노코가 힐끔힐끔 사람들의 눈치를 보는 모습이 음습한 뱀을 닮았다며 머리를 냅다 쥐어박곤 했다. 그때가 초등학교 시절이었던가. 그 이후로 소노코는 엄마를 똑바로 쳐다볼 수가 없었다.

엄마는 다섯 살 어린 남동생만 예뻐했고, 소노코를 보란 듯이 차별했다. 엄마가 누나를 대하는 태도를 보고 자란 남동생은 어느 정도 자라자 엄마를 따라서 장난치듯 소노코를 못살게 굴었다. 그게 당연하다고 생각하는 듯했다.

아빠는 소노코를 괴롭히지는 않았지만 소노코가 중학교에 들어갈 무렵, 돌연 집을 나갔다. 그 뒤로 아빠의 얼굴은 한 번도 보지 못했다.

고등학교에 들어가서 시작한 아르바이트 수입은 '생활비'라는 명목으로 엄마가 전부 가져갔다.

그래도 좋았다.

돈을 줄 때만큼은 엄마가 아주 조금 다정해졌으니까.

소노코는 문득 창유리에 비친 자신의 우중충한 얼굴을 보면서 작게 한숨을 쉬었다.

결국 그런 식이 아니면 소노코는 누구의 관심도 끌지 못했다. 그래서 애인에게 푹 빠졌다.

고등학교 졸업과 동시에 소노코는 아무에게도 말하지 않고 도망치듯이 상경했다. 그 무렵 오냐오냐 자란 남동생이 뭔가 마음에 들지 않는 일이 있을 때마다 소노코와 엄마에게 폭력을 휘둘렀기 때문이다.

하지만 정말로 견딜 수 없었던 건, 생활비를 대는 소노코보다 변덕스럽고 폭력을 휘두르는 남동생을 엄마가 변함없이 맹목적으로 사랑했다는 점이다.

'엄마는 왜 그토록 나를 미워한 걸까.'

유리창에 비친 자신의 음울한 눈빛을 보면서 소노코는 자문했다.

독사 같다는 비유가 있는데, 소노코는 엄마에게 정말로 뱀 같은 존재였을까?

뱀이라면 이유 없이 미워해도 어쩔 수 없다.

소노코의 입가에 체념한 듯한 미소가 번졌다.

도망치듯 찾은 도쿄는 놀라운 곳이었다. 착취당하는 것만 감수하고 받아들이면 미성년이라도 얼마든지 일할 곳이 있었고 주변의 누구와도 말을 섞지 않고 살 수 있었다.

보증인이 필요 없는 아파트는 대부분 환경이 열악했으나 엄마에게 구박당하고 동생에게 두들겨 맞는 집보단 훨씬 나았다. 몇 년 동안 음지에서 똬리를 틀고 사는 뱀처럼, 소노코는 조용히 숨어 살았다.

그저 일하고 먹고 자고, 다시 일한다. 그렇게 쳇바퀴 도는 일상을 보내는 것만으로도 좋았다.

그랬는데.

소노코는 유리창에서 시선을 돌렸다.

외로웠다.

혼자 상경했을 때는 겨우 피난처를 찾았다고 생각했다. 하지만 고향을 떠나고 10년이 지난 지금도 소노코는 예나 지금이나 변한 게 없었다. 언제나 없는 걸 갖고 싶어 했다.

갖고 싶어도 가질 수 없다는 걸 알면서 다정하게 대해 주면 그게 거짓말이라는 걸 알면서도 매달리게 된다.

"중절 수술은 기본적으로 보험 대상에서 제외됩니다."

임신 사실을 알았을 때, 소노코의 절망적인 표정을 읽고 여의사가 미안해하며 설명해 주었다. 12주가 채 안 되는 임신 초기와 달리 임신 중기에는 사산 동의서나 태아의 매장 허가증이 있어야 중절 수술을 할 수 있는 듯했다. 의사가 이제 태아의 성별을 알 수 있다고도 말해 줬으나, 소노코는 고개를 휘휘 저으며 알기를 거부했다. 그런 걸 알면 어떻게 해야 좋을지 더더욱 모르게 된다.

자세한 절차가 적힌 팸플릿을 받는데 손의 떨림이 멈추지 않았다.

"시간이 지날수록 모체에 부담도 더 커집니다. 한시라도 빨리 아이 아빠 되는 분과 상의해 주세요."

의사의 얼굴에는 동정의 빛이 선명했다.

만약 그 의사가 '아이 아빠 되는 분'의 생업을 알아도 소노코를 동정해 줄까?

"내 딸이라면 반쯤 죽여 놓는다."

법무 담당자가 계약 해제를 통고했을 때, 옆에 앉아 있던 남자 인사 담당자가 내뱉듯 웅얼거렸다.

"채용한 지 얼마나 됐다고. 참 도움이 안 되네."

결혼하지 않고 임신한 여성을 향한 시선이 이렇게나 차갑다.

게다가 상대가 어떤 사람인지 알면….

소노코의 '애인'은 진짜 애인이 아니다.

그는 소노코가 외로움을 달래려고 다니던 여성 전용 클럽의 호스트였다.

클럽 밖에서도 만났지만 결코 사귄 건 아니다. 클럽에서 부르는 '렌'이라는 별명 외에는 그의 본명이 뭔지도 몰랐다.

그래도 부르면 어디든 달려갔다. 지저분한 방을 청소하는 것도, 그의 방에서 밥을 차리는 것도 마다하지 않았다. 외려 진짜로 연인이 된 것 같아 기뻤다.

그런 것도 포함해서 '영업'이라는 걸 소노코 역시 어렴풋이 알고 있었지만 실낱같은 희망을 걸지 않을 수 없었다.

그는 다정한 사람이었다.

유일하게 자신을 부정하지 않은 사람이었다.

호스트가 손님을 부정할 리 없겠지만.

불현듯 눈물이 차올라 무릎에 내려놓은 주먹을 꽉 쥐었다.

집안일도 편하게 시킬 수 있고 피임할 필요도 없고 원할 때 원하는 대로 실컷 안을 수 있다. 무엇보다 클럽에서 인기 없는 축에 속하는 렌에게 최고로 '손이 큰 손님'이었다.

소노코는 그런 사실을 쭉 외면했다.

임신 소식을 알리고 나서 렌과는 연락이 되지 않았다. 아마 착신 거부를 해 놨을 것이다. 휴대전화로 여러 번 전화를 걸었지만 그때마다 통화 중이었고 문자메신저도 차단 당했다. 매장에 전화해도 연결해 주지 않았다.

직접 클럽을 찾아가면 바로 문전 박대를 당했다. 렌은 가끔 들르던 본인의 자취방에도 벌써 한참을 들어오지 않은 듯했다.

소노코도 원치 않는 아이를 낳을 생각은 없다.

엄마가 될 자신도 없다. 자신의 어린 시절을 떠올리면 과연 배 속의 아이를 제대로 사랑해 줄 수 있을지도 의심스러웠다.

별다른 각오도 없이 아이를 낳은 부모들이 육아 방치 등의 비참한 학대 사건을 일으키는 사례도 심심치 않게 보았다.

소노코의 뇌리에 사랑스러운 소녀의 얼굴이 떠올랐다.

일 년쯤 전이었나.

작년 가을경, 떠들썩하게 보도된 뉴스가 생각났다.

"너무하네. 아무리 봐도 제정신이 아니야. 저럴 거면 처음부터 아이를 낳지 말았어야지."

소노코에게 방 청소를 시키고 소파에 누워 맥주를 마시던 렌이 와이드 쇼 화면을 가리켰다.

"그치, 소노코."

동의를 구하기에 소노코도 애매하게 고개를 끄덕였다.

텔레비전에는 자식을 죽음에 이르게 한, 자기보다 약간 더 젊은 엄마의 모습이 여러 번 비춰졌다. 출연자들은 다들 험악한 눈빛으로 그녀를 바라보았다.

소노코는 그 눈빛을 본 적이 있다.

이어달리기를 하다가 넘어지거나 밥그릇이나 접시를 깨트리는 등 이런저런 실수를 했을 때, 반의 중심이 되는 여자애와 엄마가 보내던 눈빛과 꼭 닮았다.

그런 잘난 사람들에게 더 이상 욕먹고 싶지 않았다.

경력 사칭. 거짓말쟁이. 쓸모없는 계집애.

비수처럼 날아온 말에 맞아 온몸이 따끔따끔 아팠다. 일이 더 커지기 전에 어서 뭐라도 해야 할 것만 같았다.

하지만 보험 적용이 안 되는 까닭에 임신 중절 비용이 50만 엔이 넘는다는 사실을 알고 머리에 핏기가 가시는 듯했다.

소노코는 지금까지 10년 동안 착실히 일했지만 수중에 돈이 거의 없었다. 워낙 박봉이기도 했고, 식비를 제하고 남은 돈을 전부 렌에게 쏟아부었기 때문이다.

엄마한테 조금이라도 잘 보이고 싶어서 아르바이트로 번 돈을 죄 집에 갖다 바쳤듯이, 렌의 웃는 얼굴이 보고 싶어서 마시지도 못하는 술을 렌 이름을 대고 마구 사들였다. 렌의 '자칭' 생일에는 샴페인 타워를 세우고 클럽 단골

손님 전부에게 샴페인을 한 잔씩 돌리는 '골든벨'을 울린 적도 있다.

그뿐만인가. 비싼 선물도 알아서 척척 안겼다. 데이트 비용도 호텔 비용도 전부 소노코의 몫이었다.

돈으로 관계를 이어 나갈 수 있다면 그래도 좋다고 생각했다.

하지만 이제 다 끝이다.

기적적으로 면접에 합격해 들어온 이번 회사에서도 해고당했다. 게다가 경력 사칭에 의한 징계성 해고라서 이번 달치 월급은 나오지 않는다고 했다.

지금까지 갖다 바친 금액의 일부라도 좋으니 중절 비용에 쓸 돈을 마련해 줬으면 한다. 그렇게만 해 주면 그다음부턴 혼자서 어떻게든 해 보겠다. 더 이상 만나러 오는 일도 없을 것이다.

그 말만이라도 렌에게 전하고 싶었는데 방법이 없었다.

그런데 클럽 앞에서 몇 번인가 문전 박대를 당하고 돌아오는 길에 역에서 누군가가 발을 걸었다. 비틀비틀 힘없이 걷고 있던 소노코도 소노코였지만, 난간에 매달려 넘어질 뻔한 몸을 겨우 가눈 직후, 플랫폼에서 자신을 올려다보는 그 남자와 눈이 마주쳤을 때의 오싹함이란.

"무슨 일이 있으면 나도 부탁해 볼까."

순간 렌의 목소리가 귓가에 울려 찬물을 맞은 듯 등골이 오싹해졌다.

어쩌면 그 변호사는 발을 건 결과를 확인하고 싶었는지도 모른다.

주먹을 꽉 쥔 손이 떨렸다.

하지만 이제 됐어. 그렇게 걸리적거린다면 알아서 사라져 줄게. 배 속의 아이와 함께.

그래야 이 아이도 외롭지 않고 좋을 것이다.

소노코는 다시 코트 주머니를 뒤져 안에 든 작은 병을 꽉 쥐었다. 인터넷에서 구한 수면 유도제보다 효과가 훨씬 강력하다는 외국산 수면제였다. 이 약을 정량보다 많이 마시고 산속에서 잠들면 요새와 같은 계절엔 저체온증으로 죽을 것이다.

지금 지내는 곳에서 자살하면 그 방은 '사고 물건'이 된다. 그러면 과거의 자신처럼 보증인이 필요 없는 방을 구하는 사람들이 곤란해질 것이다. 깊은 산속에서라면 누구에게도 폐를 끼치지 않고 죽을 수 있다.

그러니 이게 가장 좋은 방법이야, 소노코는 정말로 그렇게 생각했다.

그렇게 마음을 먹자 몸에 들어갔던 힘이 겨우 빠졌다.

그 각오와 교대하듯 갑자기 격렬하게 잠이 쏟아졌다. 전과 같이 규칙적인 진동이 부르는 완만한 졸음과는 질적으로 달랐다. 마치 지금 여기서 강력한 수면제를 먹은 것 같았다.

바닥이 보이지 않는 늪에 끌려 들어가는 것처럼 소노코는 걷잡을 수 없이 깊은 잠에 빠졌다.

얼마나 잤을까. 잠이 깼을 때 버스는 멈춰 있었다.

종점인 온천지에 도착한 것일까.

소노코는 허둥지둥 주변을 둘러보았다.

하지만 창밖은 여전히 깊은 숲속이었다. 관광지다운 풍경으론 전혀 보이지 않았다. 푸른 나무가 빽빽이 서 있는 숲에 가랑비가 내리고 있었다.

"손님."

그때, 젊은 남자의 목소리가 들렸다.

화들짝 놀라 시선을 돌리자 관모를 깊숙이 눌러쓴 남자가 운전석에서 이쪽을 보고 있었다.

"손님, 정말 죄송합니다. 버스 엔진에 이상이 생겼습니다. 대단히 죄송하지만 일단 버스에서 내리셔야 합니다."

"아…"

운전사의 말에 소노코는 귀를 의심했다.

이런 산속에서, 그것도 진눈깨비가 내리고 있는데 버스

에서 내리라는 말인가.

버스 좌석을 다시 둘러보니 같이 탔던 승객이 한 명도 보이지 않았다.

"손님이 마지막입니다."

운전사가 재촉하듯 말했다.

하는 수 없이 소노코는 자리에서 일어났다. 무거운 몸을 이끌고 앞쪽에 있는 문으로 향했다.

"길을 따라 걸으면 민박 집이 나올 겁니다. 교대할 버스가 올 때까지 손님은 그쪽에서 쉬고 계세요."

운전사가 앞 유리창 너머로 보이는 샛길을 손으로 가리켰다. 관모를 깊숙이 눌러써서 표정은 읽을 수 없었지만 꽤 젊은 남자인 듯했다.

이 사람이었나….

소노코는 미심쩍은 생각이 들었다.

운전석엔 십대 소년처럼 호리호리한 체격의 남자가 앉아 있었다. 왠지 고등학생이 운전사 흉내를 내는 것처럼 보였다. 게다가 관모에서 삐져나온 머리카락은 밝은 다갈색이었다.

"아유, 괜찮아요. 민박 집에는 이미 연락이 다 되어 있어서 아무 문제도 없답니다. 여기서 조금만 걸어가면 바로 도착할 거예요."

소노코의 표정이 불안해 보였는지 다갈색 머리 운전사가 조금은 격의 없는 말투로 말했다.

"길이 하나밖에 없어서 길을 잃진 않을 거예요."

운전사의 입꼬리가 올라가더니 '헤헤'거리며 도저히 이 상황에 어울릴 법하지 않은 웃음소리를 냈다. 어이가 없어서 쳐다보자 운전사가 바로 입을 꾹 다물고 앞을 보았다.

좀 이상한 운전사라는 생각은 들었지만 소노코는 더 이상 상관하지 않고 말없이 계단을 내려갔다.

등 뒤에서 "큰일 날 뻔했네" 하고 중얼거리는 소리가 들렸다.

이상한 사람이야.

그나저나 이런 곳에서 엔진 고장이라니. 아무도 항의하지 않았나? 아니면 자신이 잠든 사이에 이미 한바탕 난리가 났던 걸까?

뒤에서 다갈색 머리 운전사의 시선이 느껴졌으나 소노코는 돌아보지 않았다.

어차피 어딘가 인적 없는 곳에 내리려고 했다. 그렇게 생각하면 여기가 딱 맞는 곳이라고 할 수 있었다.

소노코는 우산도 쓰지 않고 진눈깨비가 내리는 산속 길을 따라 걸었다. 주변은 온통 떨어진 낙엽 천지였다. 젖은 낙엽이 미끄러워 몇 번이나 넘어질 뻔했다.

노인들이 이런 길을 따라 걸었다니, 소노코는 도저히 믿기지가 않았다. 길이 험한 까닭에 숨은 찼지만 신기하게도 별로 춥진 않았다. 하지만 주변에 짙은 안개가 끼기 시작했다.

소노코는 슬쩍 뒤를 돌아보았다. 버스는 희뿌연 안개 속에 가려져 보이지 않았다. 평소라면 불안해서 견딜 수 없었겠지만 외려 이런 상황이라 결심이 굳었다.

샛길을 벗어나 낙엽을 밟으며 소노코는 더 깊은 산속으로 들어갔다.

이러면 자살이 아니라 사고사로 보일 수도 있다. 버스 회사에서 보상금이 나오면 엄마는 기뻐할까.

소노코는 여기까지 와서도 여전히 엄마의 기분을 살피는 자신이 부끄러웠다.

하지만 이제 그마저도 어떻게 되든 상관없다. 두 번 다시 이런 일로 고통받지 않는 세계로 가자.

이 아이와 함께….

소노코는 조용히 아랫배를 어루만졌다.

평생 혼자였지만 마지막 순간에는 혼자가 아니다. 그렇게 생각하니 이런 결말도 썩 나쁘지 않았다.

소노코는 자욱한 안개 속을 더듬더듬 걸었다.

희뿌연 안개에 보일 듯 말 듯한 삼나무와 소나무의 푸

른빛. 갈색으로 말라 버린 앙상한 가지를 드러낸 잎갈나무 숲. 단조로운 세계에 빗소리만 쓸쓸히 들렸다. 새와 동물의 기척은 일체 없었다.

꽤 안쪽까지 걸어온 소노코는 다리가 저렸고 시야도 흐려졌다. 몸에는 땀이 흥건했다.

이쯤이면 괜찮겠지.

유달리 큰 삼나무 밑에서 소노코는 이마에 흐르는 땀을 닦았다. 그러고 나서 코트 주머니에 손을 집어넣으려는 순간, 별안간 한줄기 강한 바람이 불어왔다.

소노코는 깜짝 놀라 숨을 멈췄다.

자욱했던 안개가 걷히고 눈앞에 파란 호수가 나타났다. 사파이어를 녹인 것 같은 투명한 호수가 끝없이 펼쳐져 있었다.

"엄마!"

순간 옆에서 소리가 났다.

느닷없이 작은 그림자가 품 안에 달려들어 소노코는 엉덩방아를 찧을 뻔했다.

달려든 것이 허리께쯤 오는 소녀인 것을 알고 소노코는 간신히 버티고 섰다.

"엄마, 엄마!"

다짜고짜 매달리는 아이를 받아 주는 사이에 소노코는

차츰 자신이 이 아이를 알고 있는 것처럼 느껴졌다.

알고 있다니 대체 이게 어떻게 된….

'어쩌면 이 아이는 내 아이가 아닐까.' 불현듯 이런 생각
이 들었다.

"엄마, 얼마나 기다렸다고."

큰 눈에 눈물이 가득 고인 것을 보고 소노코는 확신했다.

'이 아이는 배 속에 있는 내 아이야. 난 이미 이 아이와
함께 죽은 거겠지.'

이곳은 십중팔구 영혼이 다른 세계로 가기 전 방황한다
는 연옥이란 곳이리라.

"혼자 기다렸단 말이야."

소노코는 눈물을 흘리며 칭얼대는 소녀 앞에 무릎을 꿇
고 소녀의 가냘픈 몸을 다시 품에 꽉 안았다.

"기다리게 해서 미안."

"엄마, 이제 어디 가지 마."

소녀가 소노코의 가슴에 얼굴을 묻고 서럽게 흐느껴 울
었다. 그 모습이 너무나 애처롭고 사랑스러워 소노코는 소
녀를 끌어안고 머리를 어루만졌다.

"어디에도 안 가. 앞으론 쭉 너랑 있을게."

"정말?"

"정말이야."

겨우 안도한 소녀가 소노코의 품 안에서 얼굴을 들었다. 소노코는 코트 주머니에서 손수건을 꺼내 눈물로 얼룩진 소녀의 뺨을 닦아 주었다.

쌍꺼풀이 진하게 진 큰 눈으로 소녀가 소노코를 올려다보았다.

참 사랑스러운 아이다.

소노코는 반쯤 넋을 잃은 채 커다란 검은 눈에서 연신 흘러내리는 눈물을 닦아 주었다.

이렇게 울 수 있다니, 이 아이는 아직 엄마를 믿고 있구나.

뱀을 닮았다며 머리를 쥐어박히고 나서 소노코는 엄마 앞에서 울 수 없었다. 울어 봤자 아무 소용없다고 체념했기 때문이다.

이렇게 솔직하고 사랑스러운 아이라면 행복한 인생을 살 수도 있었을 텐데.

그렇게 생각한 순간, 강렬한 통증이 밀려왔다. 그리고 그제야 깨달았다. 자신이 이 아이의 인생을 빼앗았다는 걸.

폭풍 같은 후회가 밀려왔지만 이제 어쩔 도리가 없다.

소녀가 흰 뺨에 꽃이 핀 것처럼 해사하게 미소 짓더니 다시 소노코의 목에 매달렸다.

"엄마, 약속이야."

그 몸이 너무나도 가냘팠다. 가냘프다 못해 부서질 것

같았다. 소노코에게 내민 앙상한 팔이 후들후들 떨렸다.

이렇게 추운데 소녀는 하늘하늘한 얇은 셔츠와 오버올
만 입고 있었다.

"괜찮니? 안 추워?"

생각 없이 묻자 소녀가 소노코에게 매달린 채 고개를 저
었다.

"계속 더웠는걸."

"더웠어?"

"응."

소노코의 목덜미에 얼굴을 파묻은 채 소녀가 고개를 주
억댔다. 하지만 그 말과 달리 소녀의 가냘픈 몸은 얼음장
처럼 차가웠다. 소노코는 서둘러 코트를 벗어 소녀의 몸
을 감싸 주었다. 순간, 뼛속까지 마비될 것 같은 추위가 밀
려왔다.

방금 전까지만 해도 추운 줄 몰랐는데 몸이 덜덜 떨리기
시작했다. 빗방울마저 무겁게 느껴졌다.

"엄마, 고마워."

소노코를 올려다보는 소녀의 뺨은 핏기가 없었고 입술
은 보라색으로 변해 있었다. 이대로 두면 이 아이는 얼어
죽을 터였다.

무슨 수를 써야 돼.

초조해서 주변을 둘러보니, 파랗고 투명한 호수 너머로 오래된 저택이 보였다.

"길을 따라 걸으시면 민박 집이 나올 겁니다."

문득 젊은 운전사가 해 준 말이 생각나 소노코는 눈을 가늘게 뜨고 그쪽을 쳐다보았다.

그러면 저기에 버스 승객들이 있다는 건가.

돌연 연옥이라 생각했던 세계와 현실의 경계가 모호하게 느껴졌다.

여긴 대체 어디지? 이 세상인가, 저세상인가.

곁에 있는 소녀가 심하게 기침을 해서 소노코는 퍼뜩 정신이 들었다.

'어쨌건 이 아이를 살려야 돼. 비록 여기가 사후 세계라 할지라도 내 아이를 힘들게 하고 싶진 않아.'

소노코는 소녀를 업고 걷기 시작했다.

자세히 보니 호수 주변으로 산책로가 둘레둘레 이어져 있었다. 이 산책로를 넘어가면 저 저택까지 갈 수 있을 것이다.

"꼭 잡고 있어."

소녀에게 말하고 소노코는 비바람을 맞으며 한 발 한 발 걷기 시작했다. 자작나무 숲속 산책로가 끝도 없이 길게 뻗어 있었다.

코트를 걸친 소녀의 몸은 바람처럼 가벼웠다. 마치 코트만 업은 것 같았다.

"힘내. 조금 있으면 도착할 거야."

자작나무 숲을 지나 파란 호수에서 멀어질수록 소녀의 몸이 점점 축 늘어졌다. 이윽고 소녀가 뭐라고 웅얼거리는 소리에 소노코는 걸음을 멈췄다.

"뭐, 뭐라고?"

소녀를 고쳐 업으려고 하자 작은 목소리가 귓가에 똑똑히 들렸다.

"역시 엄마가 아니야."

슬픔에 찬 음성에 소노코의 몸이 굳어졌다.

"왜 그런 말을…."

소노코는 더는 말을 잇지 못했다. 이 아이는 눈치챈 걸까. 소노코가 이 아이와 함께 죽기로 결심한 것을.

"엄마가 아냐."

비통한 소리가 울려 퍼졌다.

"부탁이니까 그런 말 하지 마. 이제 날 혼자 두지 마. 널 위해서라면 뭐든지 할 테니까…."

소노코의 마음속에 간절한 바람이 움텄다.

그 순간, 등에 있던 코트가 묵직해졌다. 중력이 쿠쿠쿠쿵 늘어나더니 소노코를 짓눌러 죽이려 했다.

코트 안의 소녀는 이미 사라지고 없다는 걸 소노코는 본능적으로 느꼈다.

"기다려, 가지 마."

소노코의 입에서 비명에 가까운 소리가 새어 나왔다.

등에서 어깻죽지까지 가해지는 엄청난 압력에 소노코는 무너져 내리듯 산책로에 무릎을 꿇었다. 소녀 대신 코트에 들어온 것이 소노코를 굴복시키려 했다.

"그, 그만."

몸부림치며 고개를 든 소노코는 헉 하고 숨을 들이켰다.

희뿌연 안개 속에 가물가물 보이는 거대한 저택이 화염에 휩싸여 붉게 타오르고 있었다. 검은 나무숲을 배경으로 검붉게 타오르는 모습이 몹시도 불길해 보였다.

그때, 소노코는 비로소 깨달았다.

설령 아이와 함께 죽는다 해도 그 아이와 같이 있을 수 없다는 것을.

연옥을 방황하는 영혼에겐 정화할 길이 있지만 스스로 죽음을 선택한 인간에겐 지옥의 업화만이 기다리고 있을 뿐이다.

타오르는 불꽃이 소노코와 아이의 앞길을 가로막았다.

"역시 엄마가 아냐."

슬픔에 찬 목소리가 귓가에 메아리쳤다.

그렇다. 그리고 사실 이 애는 소노코 자신의 아이도 아니었다.

점점 몽롱해지는 의식 속에서 현실에서 봤던 장면이 떠올랐다.

이 세상의 불행이라곤 조금도 모르는 듯 티 없이 웃던 소녀.

그 아이의 사진을 몇 번이나 보았다. 작년 가을, 텔레비전만 틀면 나오던 뉴스와 와이드 쇼에서.

소노코는 세차게 뛰는 가슴을 진정시키려 했다.

그 아이는 사건의 피해자였다.

부모가 게임 센터에 가 있는 동안 차 안에서 방치됐던 다섯 살 소녀.

체포 당시 소녀의 아빠는 차가 나무 그늘에 주차되어 있었다고 큰 소리로 주장했다. 하지만 부모가 몇 시간이나 게임에 빠져 있는 동안에 소녀가 자고 있던 뒷자석에 해가 직통으로 내리쬈다.

늦더위로 차 안의 온도가 50도 가까이 치솟아서 소녀의 엄마가 소녀의 오버올 주머니에 몰래 넣어 둔 캐러멜이 완전히 녹았다고 한다.

"계속 더웠는걸."

소녀의 힘없는 목소리가 생각났다.

이후 열사병으로 죽은 소녀가 일상적으로 학대를 받은 정황이 드러났다.

가정교육이란 이름으로 밥을 굶었던 소녀의 체중은 평균보다 5킬로그램이나 덜 나가 영양실조에 걸리기 일보직전의 상태였다. 게다가 발바닥에는 담뱃불로 지진 화상의 흔적이 군데군데 남아 있었다.

"심하다. 아무리 생각해도 정상이 아니야. 저럴 거면 처음부터 아이를 낳지 말았어야지."

소파에 드러누운 채로 맥주를 마시며 렌이 늘어진 목소리로 말했다.

"그치, 소노코?"

동의를 구하는 환청이 들려서 소노코는 귀를 막았다.

조사 결과에 따르면, 극단적 식사 제한과 신체적 학대는 당초 육아에 관여하지 않았다고 주장한 부친의 소행이었고, 그가 부인에게도 일상적으로 폭력을 가하고 있었던 사실이 드러났다. 사건 당일 역시 소녀의 아빠만 게임에 빠져 있었고 소녀의 엄마는 그 뒤에서 남편이 게임하는 모습을 내내 지켜만 봤다.

하지만 와이드 쇼에는 주범인 부친보다 다갈색 머리를 허리까지 기른 모친의 모습만 반복적으로 나왔다.

"게임도 안 하면서 아이 엄마는 왜 주차장으로 돌아가

지 않은 걸까요?"

"아이가 걱정되지도 않았을까요?"

"조금만 생각하면 알 수 있었을 텐데요."

출연자들은 험악한 표정으로 돌아가며 말했다.

"다정한 엄마로 보였어요."

아이의 사망이라는 비통한 현실 앞에서 이웃 사람들의 적지 않은 호의적 증언은 털끝만큼의 효력도 발휘하지 못했다.

사실 참혹한 사건이라고 생각한다.

하지만.

왜 여자만 "처음부터 낳지를 말지"라고 욕을 먹어야 하는가. 여자 혼자 아이를 낳는 것도 아닌데.

그 애는 맑고 푸른 호숫가에서 엄마가 데리러 오기를 기다리고 있었다.

하지만 결과적으로 자기 자식을 죽인 엄마는 아이가 기다리는 연옥엔 결코 갈 수 없을 것이다.

그 아이는 그곳에서 영원히 엄마를 기다려야 한다.

가여워라!

그 애는 여전히 엄마가 올 거라 굳게 믿고 있는데.

소노코의 입에서 울음이 터져 나왔다.

그건 결코 남의 일이 아니었다.

만약 지금 여기서 자기가 죽는다면 배 속의 아이는 이곳과는 다른 어딘가의 연옥에서 홀로 방황하게 될 것이다.

그걸 깨달은 순간, 뒤에서 밀려오는 거대한 절망이 마침내 소노코를 무너트렸다. 활활 타오르는 저택 앞에서 소노코는 완전히 정신을 잃었다.

살며시 눈을 뜨자 바로 옆에서 불이 활활 타오르고 있었다. 소노코는 잠이 덜 깬 채로 흔들리는 불꽃을 바라보았다. 지옥의 업화치고는 불꽃이 부드럽고 따뜻했다.

"정신이 들었어요?"

갑자기 소리가 나서 소노코는 화들짝 놀랐다. 일어나려는 순간, 현기증이 났다.

"아, 아직 무리하지 마세요."

이윽고 시야가 또렷해지자, 눈앞에 살이 통통하게 오른 젊은 여성이 보였다.

"여기는….."

"여관이에요옹."

"여관이요?"

"네, 저는 이 여관의 프런트 직원이에요옹."

흰 바탕에 검은색과 갈색의 얼룩 모양이 점점이 박힌 프린트 무늬 원피스를 입은 여성이 생긋 미소를 지었다.

타닥 하는 소리와 함께 장작에서 불똥이 튀어 올랐다.

옆에서 타오르는 불꽃은 업화가 아니라 난롯불이었다. 소노코는 난로 앞 가죽 소파에 누워 있었다. 가슴에는 소녀에게 걸쳐 주었던 코트가 덮여 있었다.

"이게 무슨 난리래요, 손님. 이런 산속에서 버스 고장이라니요옹."

프런트 직원은 유리구슬처럼 동그란 눈으로 소노코를 말끄러미 쳐다보았다.

"손님이 저희 여관 입구에서 비를 맞으며 쓰러져 있었어요옹. 틀림없이 빈혈 때문일 거예요옹. 그 모습을 팡구르가 발견하고 여기로 데려왔답니다앙."

"팡구르…."

"네. 저희 여관의 요리장이에요옹. 마침 숲으로 사냥하러 갔다가 돌아오는 길이었어요옹."

정보량이 너무 많아 소노코는 직원이 무슨 말을 하는지 바로 따라잡을 수가 없었다.

아무래도 여기가 다갈색 머리 운전사가 말한 '민박 집'인가 보다.

소노코는 소파에서 일어나 다시 주변을 둘러보았다. 고급스러운 양탄자가 깔려 있는 로비는 어두침침했고 중앙에는 고풍스러운 느낌의 커다란 괘종시계가 있었다.

"그러면 다른 손님들도 다 여기에?"

"다른 손님이요?"

소노코가 묻자 프런트 직원은 순간 어리둥절한 표정을 지었다.

"아, 맞다, 맞다. 그랬었지."

급하게 얼버무리듯 고개를 크게 끄덕였다.

"다들 방에서 쉬고 계세요옹."

"방에서…?"

소노코는 뭐라고 말을 하려다가 입을 다물었다.

이 여관은 버스 회사와 업무 제휴라도 맺은 걸까? 대행 버스를 기다리는 것뿐인데, 방까지 제공하다니 서비스가 제법 실하다.

조금 수상쩍게 느껴졌지만 다른 승객들이 죄 나이든 노인들이었던 것을 생각하면 그런 배려도 필요할 것 같았다. 뭐, 이십대인 자신은 정신을 잃고 쓰러져도 로비 소파에 던져 놨지만.

로비 안쪽은 조용해서 발소리 하나 들리지 않았다. 괘종시계 소리만이 어두운 로비에 기묘하리만치 무겁게 울려 퍼졌다.

난로 대각선 맞은편 창으로 천천히 시선을 옮기다 소노코는 눈을 동그랗게 떴다.

연둣빛 커튼이 절반쯤 열린 창이 온통 손바닥처럼 생긴 커다란 무언가로 빨갛게 덮여 있었다. 자세히 보니 붉게 물든 담쟁이덩굴 잎이었다. 산에는 단풍잎이 다 져 버렸던데, 여관의 벽과 창문을 뒤덮은 담쟁이덩굴은 여전히 멋지게 물들어 있었다.

저택의 벽이 활활 타오르는 것처럼 보인 것도 이 담쟁이덩굴 때문이었나 보다.

전부 꿈이었나, 소노코는 멍하니 생각했다.

보석을 녹인 것 같은 파란 호수도, 호숫가의 소녀도 전부 다.

커다란 삼나무 아래서 약을 마시고도 결국 죽지 못하고 몽롱한 상태에서 여기까지 걸어왔는지도 모른다.

소노코는 무의식중에 아랫배를 어루만졌다.

"일어나셨습니까? 손님."

그때, 뒤에서 살짝 높은 톤의, 중성적이면서도 맑은 목소리가 들렸다.

뒤를 돌아본 소노코는 깜짝 놀랐다.

긴 흑발의 남자가 소리도 없이 이쪽으로 다가오고 있었다. 그 모습이 너무나도 아름다웠다.

소노코는 벌어진 입을 다물지 못했다.

가슴까지 내려오는 비단결처럼 고운 흑발은 한 올의 흐

트러짐도 없었다. 매끈한 턱선에 기다란 목, 탄력 있는 흰 피부는 진주 빛으로 은은하게 빛났다.

날카로운 칼로 단숨에 깎아 낸 듯한 눈꺼풀 아래 흑요석을 연상시키는 눈동자가 이쪽을 가만히 쳐다보았다. 소노코가 문턱이 닳도록 다니던 호스트 클럽에서 제일 인기 있던 넘버원 호스트도 이 남자의 미모에 비하면 하잘것없었다.

검은 양복으로 감싼 남자의 전신에서는 호스트들이 떼로 와도 당해 낼 수 없는 진정한 고귀함이 배어 나왔다.

"저희 여관의 오너에요옹."

프런트 직원이 귓가에 속삭이는 소리에 소노코는 뺨에 핏기가 도는 것을 느꼈다. 남자의 아름다움에 넋을 잃은 게 분명하다.

"손님께 차를."

프런트 직원에게 지시를 내리고 남자는 소노코 맞은편 소파에 천천히 앉았다.

"네에."

몸에 딱 맞는 프런트 무늬 원피스를 입은 프런트 직원이 몸을 흔들며 춤추듯 로비 안쪽으로 사라졌다. 그러자 난로 앞에는 소노코와 오너, 둘만 남았다.

오너는 깍지 낀 기다란 손가락 위에 날렵한 턱을 올려놓

고 칠흑 같은 눈동자로 이쪽을 정면으로 바라보았다. 난롯
불에 반사된 흰 얼굴은 공들여 깎아 놓은 조각상처럼 흠잡
을 데 없이 완벽했다.

이렇게 아름다운 남자가 앞에 있으니 몸 둘 바를 모르
겠다.

둔해 빠져선.

어디선가 갑자기 날아온 듯한 말에 소노코는 가슴이 답
답해졌다. 엄마가, 같은 반 여자애들이 자신을 차갑게 노
려보는 것 같았다.

못생긴 주제에 아주 신이 나셨네.

네가 상대가 될 것 같아?

힐끔힐끔 남의 눈치만 보고. 네 눈을 보면 꼭 뱀이 생각나.

렌의 자칭 생일날, 샴페인 타워를 세워 단골손님들 전부
에게 술을 돌렸을 때도 "촌닭 같은 게 무리하네"라고 수군
거리는 소리를 들었다.

등이 점점 무거워져서 짓눌려 죽을 것만 같다.

댕, 댕, 댕, 댕.

무거운 침묵을 깨고 괘종시계가 오후 네 시를 알렸다.

문자판 아래 문이 열리고 시계 안쪽에서 뭔가가 나왔다.
뻐꾸기시계 안에서 나온 것은 거대한 고양이 등에 올라탄
여성이었다. 여성은 한손엔 아이의 손을 잡고 다른 한손엔

갓난아기를 안고 있었다.

호숫가에서 여자아이를 안았던 감촉이 되살아나 소노코
는 고양이에 올라탄 여성의 모습에서 눈을 떼지 못했다.

"샤슈티 마라고 합니다."

소노코의 시선을 따라 오너가 천천히 입을 열었다.

"샤슈티 마?"

"인도 민간 구전에 나오는 여신의 이름입니다. 정확히는
인도 북동부 벵골 지방에 전해 내려오는 이야기라고 해요.
마는 여신, 요컨대 샤슈티 모신이란 뜻이죠. 불교의 귀자모
신(불교에서 해산과 유아 양육을 맡은 신을 이르는 말-옮긴이)을 힌
두교화한 것이라고 해요. 귀한 자식이나 아이의 건강을 지
켜 주는 토착 신으로, 벵골 지방에서는 지금도 많은 사람
들이 믿고 있다고 합니다."

"그런데 왜 고양이를 타고 있는 거죠?"

"고양이가 샤슈티 마의 권속이기 때문입니다. 그 지역
에선 고양이가 샤슈티 마의 축복을 받는 성스런 동물이
거든요."

오너가 깍지 낀 손을 풀고 비단 같은 머리카락을 귀 뒤로
넘겼다. 잘생긴 귀에서 금으로 된 피어스가 쨍하고 빛났다.

"샤슈티 마는 많은 아이들의 목숨을 앗아 간 천연두 여신
시탈라와 사이가 나빴습니다. 그런데 어느 날, 그녀는 시탈

라와의 전쟁에서 지고 천연두에 걸리고 맙니다."

소노코는 난롯불을 쬐면서 오너가 들려주는 흥미진진한 이야기에 귀를 쫑긋 세웠다.

천연두에 걸려 온몸에 부스럼이 나서 괴로워하는 샤슈티 마 앞에 어느 날 커다란 고양이 한 마리가 나타난다. 그 고양이는 매일같이 모신의 몸을 핥아 주었는데, 그 덕에 모신은 천연두를 이겨 내고 건강을 되찾는다. 그 이후로 샤슈티 마의 권속이 된 고양이는 모신과 함께 아이들을 지켜 주고, 그 보상으로 '가장 좋은 것을 가장 먼저 배부르게 먹는 것'을 허락받게 된다.

아무리 봐도, 제멋대로 행동하는 고양이의 습성을 긍정적으로 본 구전이었다.

소노코가 긴장을 풀고 웃자 오너도 살며시 미소를 지었다. 무서울 정도로 아름다운 얼굴에 살짝 부드러운 빛이 감돌았다.

"고양이가 아이나 여성을 지켜 주는 이야기는 일본에도 숱하게 전해 내려옵니다."

이어서 오너는 일본 각지에 남아 있는 고양이와 어린 소녀들의 이야기들을 들려주었다.

하지만 그 이야기 속 고양이들은, 샤슈티 마의 축복을 받고 제멋대로 굴던 고양이들과 다르게 대체로 비극적인 결말을 맞는다. 어린 소녀들을 쫓아 뒷간까지 졸졸 따라가려는 고양이를 사람들은 불길하게 여겨 멀리 쫓아내고 목을 베어 버린다. 잘린 목이 뒷간에 몸을 숨기고 소녀를 노리고 있던 큰 뱀을 잡아먹고 나서야, 사람들은 고양이의 온정을 깨닫는다.

오해받은 채로 목숨을 잃은 고양이가 가여웠다.

"고양이가 가여워요."

소노코가 생각난 대로 말하자 오너는 조용히 고개를 저었다.

"동정하실 필요 없습니다. 이번 생을 한번밖에 살지 못하는 인간과 달리 고양이에게는 아홉 개의 목숨이 있으니까요. '고양이에게는 아홉 개의 목숨이 있다'라는 속담을 들어 보신 적이 있습니까?"

그런 말을 소노코도 어디선가 들은 기억이 났다.

"이 속담은 꼭 앞에 독하다느니 악착같다느니 식의 표현이 붙지요. 그다지 좋은 의미론 쓰이지 않습니다. 영력을 가진 고양이를 일본에선 네코마타(둔갑술을 부려 사람을 잡아먹는 요물-옮긴이)라며 꺼림칙하게 여긴 탓입니다."

싸늘한 눈빛으로 오너가 속삭이듯 말했다.

"그런 점에서는 고양이의 영력을 그대로 숭상하는 인도인들의 사상이 한 수 위라고 할 수 있겠지요."

오너의 흰 뺨에 이번에는 잔혹한 웃음이 피어올랐다.

"샤슈티 마는 고양이의 존엄을 지키려고 인간을 벌한 적도 있습니다."

"고양이의 존엄…."

"그렇습니다."

이어서 오너는 머리끝이 쭈뼛해질 만한 오싹한 이야기를 들려주었다.

물건이 없어지고 일이 잘못될 때마다 전부 고양이 탓으로 돌리던 브라만 승려의 아내는 샤슈티 마의 노여움을 사서 자기가 배 아파 낳은 아이들을 전부 빼앗긴다.

비탄에 빠진 아내 앞에 한 노파가 나타나 썩은 고양이 시체를 가리키며 말한다. 항아리에 가득 들어 있는 요구르트를 고양이 시체에 뿌린 뒤, 그 요구르트를 깨끗이 핥아먹고서 항아리를 돌려주면 아이들을 돌려받을 수 있을 거라고.

썩을 대로 썩어 구더기가 나오는 고양이 시체에서는 코를 찌르는 강렬한 악취가 났다.

그래도 아이를 사랑했던 브라만 승려의 아내는 노파가 시킨 대로 울면서 썩은 고양이 시체에 뿌린 요구르트를 핥아먹는다. 그렇게 요구르트를 남김없이 핥아먹고 항아리를 돌려주자, 노파로 변신했던 샤슈티 마와 고양이 시체로 변신했던 권속인 고양이가 원래 모습으로 돌아와 아이들을 무사히 돌려준다.

샤슈티 마는 고양이들의 억울함을 풀어 주며 앞으론 그들의 존엄을 해치지 못하도록 브라만 승려의 아내를 엄하게 꾸짖는다.

아이를 되찾기 위해 구더기가 나오는 고양이 시체에 요구르트를 뿌려 그걸 핥아먹은 브라만 승려의 아내. 그런 그녀를 상상하며 소노코는 부르르 몸을 떨었다.

"너를 위해서라면 난 뭐든지 할 테니까⋯."

사라진 소녀에게 했던 말을 떠올리며 소노코는 정말로 그렇게 할 수 있을지 속으로 자문해 보았다.

나는 이제 어떻게 하면 좋을까, 답을 찾지 못한 채 소노코는 말없이 난롯불을 바라보았다. 타닥타닥 장작이 타자 나무에서 달콤한 향이 은은하게 퍼졌다.

"손님, 차를 준비했습니다."

그때, 쟁반을 든 프런트 직원이 돌아왔다.

그녀는 소파 앞 낮은 테이블에 잔을 내려놓고 차를 따라 주었다. 맑고 청아한 레몬색 차였다.

"아이리시 모스를 넣은 허브티입니다."

오너가 기다란 손을 깍지 끼고 말했다.

모스라면 이끼를 말하는 건가.

"아이리시 모스는 바위가 많은 아일랜드 해안에서 자라

는 해초입니다."

소노코의 생각을 읽기라도 한 듯 오녀가 덧붙여 말했다.

"떫지 않고 카페인도 들어 있지 않습니다. 자, 안심하고 드세요."

오녀의 얇은 입술에 여유로운 웃음이 피어올랐다.

마치 소노코가 임신한 것을 알고 있는 것처럼 말해서 소노코는 그 자리에 있기가 불편해졌다.

설마, 아니겠지.

지금까지 겉만 보고는 아무도 눈치채지 못했다.

지나친 생각이라 여기고 소노코는 조용히 입으로 잔을 가져갔다. 해초라고 해서 약간 짭짜름할 줄 알았는데, 오녀의 말대로 목에 부드럽게 넘어가는 허브티였다.

"저희 여관의 요리장은 아일랜드에서 왔어요옹."

프런트 직원이 초승달 모양으로 눈웃음을 지으며 로비 안쪽을 가리켰다. 주방과 연결되어 있는 식품 저장실에 백발의 긴 머리를 등까지 기른 거한의 사내가 얼핏 보였다. 키가 족히 2미터는 돼 보였다.

저 덩치 큰 남자가 의식을 잃은 자신을 여기까지 데려온 '팡구르'인가.

남자의 손에 목이 축 늘어진 거위가 들려 있는 것을 보고 소노코가 기겁했다. 흘긋 이쪽을 돌아보는 팡구르의 한쪽 눈이 금빛으로 빛났다. 팡구르는 거위를 들고 주방으로 성큼성큼 사라졌다.

"오늘밤엔 사냥 요리가 나올 거예용. 갓 잡은 고기는 최고거든요용. 손님도 드셔 보시겠어요용?"

프런트 직원이 만면에 웃음을 띠고 물었다.

썩은 고양이 시체와 목을 축 늘어트린 거위의 모습이 한꺼번에 떠올라 소노코는 속이 울렁거렸다.

정말로 메슥거려 토할 것 같았다.

"죄, 죄송해요. 화장실에 가고 싶은데."

소노코가 잔을 내려놓고 일어섰다.

"저쪽이에요오옹."

코트를 걸치고 프런트 직원이 가리키는 방향으로 서둘러 걸어갔다. 이미 임신 중기에 접어들었는데 이제야 입덧이 시작된 것일까.

어둠침침한 복도를 지나 맨 끝 쪽에 있는 큰 문에 섰다. 나무로 만든 중후한 문을 열자 소노코가 사는 자취방보다 넓은 호화로운 공간이 나타났다.

볼일 보는 곳 외에도 그곳엔 큼직한 거울이 달린 화장대가 놓여 있었다. 문자 그대로 '화장'실이란 말에 적합한 공간. 화장대 앞 가죽 의자에 앉아 소노코는 크게 한숨을 쉬었다.

대행 버스는 언제 올까.

하지만 버스가 온다한들, 어떻게 해야 할지 알 수 없었다.

소노코는 코트 주머니를 뒤져 약병을 꺼냈다. 약병은 아직 개봉되지 않은 상태였다.

떨리는 손으로 뚜껑을 열었다.

세면대에 버리려는 건지, 마시려는 건지 소노코도 자기 마음을 알 수 없었다.

테두리가 호화롭게 장식된 거울로 소노코는 자신의 부은 얼굴을 물끄러미 쳐다보았다.

그때 어디선가 기묘한 소리가 들려왔다.

샤악, 샤악, 샤악.

태엽이 감기듯 희미하지만 날카로운 소리가 점점 더 선명하게 들려왔다. 주변을 조심스레 둘러보던 소노코는 몸을 바짝 움츠렸다.

화장실 천장에 거대한 뱀이 기어 다니고 있었다.

태엽을 감는 듯한 쇳소리는 뱀의 목에서 새어 나오는 위협음이었다. 소노코를 보고 뱀은 고개를 위로 쳐들더니 마름모꼴로 열린 입에서 끝이 갈라진 가는 혀를 번뜩거렸다.

샤악!

한층 더 날카로운 위협음을 내며 뱀이 천정에서 미끄러져 내려왔다.

소노코가 비명을 지르며 몸을 웅크리자, 머리 위에서 와 장창 거울 깨지는 소리가 났다. 깨진 거울 조각이 화장실 바닥에 산산이 흩어졌다. 소노코는 화장실 구석으로 허겁 지겁 뒷걸음질 쳤다.

　머리를 감싸 안고 벌벌 떠는 소노코를 노려보던 뱀이 차 갑게 웅얼거렸다.

　"네가 아니야."

　뱀은 비늘에 거울 파편이 박혔는데도 아랑곳하지 않고 기다란 몸을 비틀어서 화장실 문을 밀고 밖으로 빠져나 갔다.

　소노코는 기력을 잃고 한동안 그 자리에 웅크리고 앉 아 있었다.

　네가 아니야, 소름끼치는 뱀의 목소리가 귓가를 떠나지 않았다.

　문득 소노코의 뇌리에 오너에게 방금 들은 전승이 떠올 랐다. 뒷간에 몸을 숨긴 뱀이 노리던 것은 다름 아닌 어린 소녀들이었다.

　호숫가에 있던 그 아이가 위험해.

　생각이 거기에 미치자, 소노코는 발밑에 떨어져 있던 거 울 조각을 쥐고 일어섰다.

　아직 다리의 후들거림이 멈추지 않았다. 힘없는 내가 무얼 할 수 있을까, 소노코는 자신이 없었다.

하지만 이대로 있으면 안 돼.

거울 조각에 비친 자기 얼굴을 보고 고개를 끄덕인 뒤, 소노코는 뱀을 쫓아 뛰쳐나갔다.

어느새 아무도 없는 텅 빈 로비를 지나 저택 밖으로 빠져나왔다. 휘몰아쳐 내리는 찬비에 온몸이 찌르는 듯이 추웠지만 소노코는 겁먹지 않고 고개를 들었다.

운동 한번 제대로 해 보지 않아 몇 걸음 걷지도 않았는데 다리가 꼬였다. 그래도 땅을 박차고 있는 힘껏 달렸다.

그때, 저택 안에서 무언가가 탄환처럼 날아와 뒤에서 소노코를 세게 들이받았다. 허공으로 튕겨 나간 소노코의 몸이 그대로 커다란 짐승 위에 떨어졌다.

"꽉 잡아!"

소노코를 돌아본 것은 벨벳처럼 털이 고운 거대한 검은 고양이였다. 호박색을 연상시키는 황금빛 눈동자가 소노코를 쏘아보았다.

대체 어디서 나타난 걸까. 적군인가 아군인가.

하지만 고양이가 풍기는 장엄한 분위기에 가슴속 의구심이 순식간에 사라졌다.

이 고양이라면 모든 걸 맡길 수 있어, 소노코의 가슴은 경외심으로 가득 찼다.

"왜 날 도와주는 거야?"

소노코의 물음에 검은 고양이가 주저 없이 대답했다.

"도와주고 싶은 건 네가 아냐. 소리를 내지 못하는 작은 사람이지."

그렇구나. 고양이는 샤슈티 모신의 권속이자 아이를 보호하는 신이었지.

납득한 소노코는 검은 고양이의 목을 잡고 뱀의 꼬리가 보이는 방향을 가리켰다. 검은 고양이가 고개를 끄덕이고 위로 훌쩍 뛰어올랐다. 그 귀에서는 금으로 된 피어스가 쨍하고 빛났다.

소노코는 진눈깨비와 안개, 바람을 가르며 샤슈티 마처럼 검은 고양이를 타고 하늘을 달렸다.

뒤로는 권속인 고양이들이 따라 달렸다. 길게 자란 흰 털을 날리며 달리는 오드아이 고양이, 통통하게 살찐 삼색 고양이, 눈치 빠르고 동작이 날쌘 치즈 태비 고양이가. 모두가 눈동자를 활활 빛내며 바람을 가르고 달렸다.

이를 눈치챈 뱀이 뒤를 돌아보고 입을 크게 벌려 예리한 독화살을 날렸다. 그러나 검은 고양이는 잽싸게 몸을 날려 독화살을 피했고, 뒤에서 따라오는 고양이들도 화살을 요리조리 피하며 하늘을 달렸다.

휙휙 무서운 기세로 날아오는 화살이 무서웠지만 소노

코는 뱀을 놓치지 않으려고 사력을 다해 눈을 크게 떴다.

이윽고 시야 너머로 보석을 녹인 것 같은 새파란 호수가 나타났다.

"우린 아직 저곳에 가까이 갈 수 없어. 여기서부턴 너 혼자 가야 돼."

검은 고양이가 몸을 흔들자 소노코가 산책로로 떨어져 엉덩방아를 찧었다. 하지만 아파할 겨를도 없이 벌떡 일어나 앞으로 달렸다. 고양이들이 지켜보는 가운데 소노코는 호숫가로 서둘러 달려갔다.

"소리쳐!"

뒤에서 검은 고양이가 엄숙하게 외쳤다.

"소리쳐! 소리쳐! 소리쳐!"

세 마리 고양이들도 일제히 화답하듯 외쳤다.

소노코는 거울 조각을 다시 쥐고 산책로에 남아 있는 뱀의 흔적을 따라갔다. 유리 파편에 찔린 뱀은 군데군데 검은 핏자국을 남겨 놓았다. 뱀도 만신창이였다.

절대 지면 안 돼, 소노코는 이를 악물었다.

지금까지 누군가가 구하러 와 주길 기다렸다. 사랑해 주지 않는 엄마로부터, 폭력을 휘두르는 남동생으로부터, 자신을 업신여기던 반 친구들로부터, 자신을 돈줄로만 보는 애인으로부터 누군가가 구해 주러 오기를.

하지만 기다리기만 해서는 안 되는 것이었다.

안개에 가려 더는 고양이들의 모습이 보이지 않았다.

자작나무가 서 있는 호숫가에 도착한 순간, 눈에 들어온 광경에 소노코는 소름이 끼쳤다.

뱀이 소녀의 가녀린 몸을 꽁꽁 감아 얼굴이 보이지 않았다. 이대로 소녀를 질식시켜 죽일 셈인가.

힘껏 소리를 지르려고 숨을 들이마신 순간, 그보다 먼저 욕설이 날아왔다.

쓸모없는 계집애. 거짓말쟁이. 밥버러지.

지금까지 소노코를 괴롭혔던 말이 비수처럼 목구멍에 꽂혀 소노코의 외침을 빼앗아 갔다.

들어주지 않아.

역시 아무도 들어주지 않아. 닿지 않아.

목은 얼어붙은 것처럼 막히고 등은 점점 더 무거워졌다.

"소리쳐!"

그때, 안개 저편에서 외치는 소리가 들렸다.

활활 붉은 불꽃이 타오르는 여관을 배경으로 아름다운 오너가 길고 검은 머리를 흩날리며 서 있는 모습이 떠올랐다. 흑요석처럼 까만 눈으로 소노코를 뚫어져라 쳐다보던.

"그 애를 놔줘!"

소노코가 고개를 획 들면서 처음으로 큰 소리로 말했다.

그와 동시에 시야가 흐려지며 엄마 앞에서도 흘리지 않았던 눈물이 터져 나왔다.

"난 쓸모없는 계집애가 아냐! 나도 하고 싶은 말이 있어! 나도 할 수 있는 게 있다고!"

눈물이 터지는 동시에 여태까지 하지 못했던 말이 연이어 쏟아져 나왔다. 등을 짓누르던 것들이 하나씩 떨어져 나갔다.

소노코는 거울 조각을 꽉 쥐고 뱀에게 돌진했다. 그러고는 뱀의 목구멍에 거울 조각을 깊숙이 찔러 넣었다. 그 순간, 소노코의 손에도 격렬한 통증이 밀려왔다.

"흘끔흘끔 남의 눈치만 보는 네 눈빛은 꼭 뱀을 닮았어."

엄마의 악다구니가 귓가에 울렸다.

아무리 봐도 이 뱀은 나다, 소노코가 생각했다.

쌓이고 쌓인 원한이 똬리를 틀어 마음속에 뱀을 낳은 것이다. 하지만,

"난 뱀이 아니야!"

다시 외친 순간, 뱀의 비늘이 후드득 떨어져 나가더니 마침내 산산조각이 나며 뿔뿔이 흩어졌다.

뱀에게 꽁꽁 감겨 있던 어린 소녀가 정신을 잃고 쓰러졌다. 소노코는 두 팔을 뻗어 쓰러진 소녀의 몸을 꼭 끌어안았다.

그 소녀는 배 속의 아이도, 학대 사건의 피해자도 아니었다.

바로 어린 시절의 소노코였다.

"미안…."

소노코가 과거의 자신에게 사과했다.

너를 위해 한 번도 화내 주지 않아서 미안, 한 번도 싸워 주지 않아서 정말 미안해.

어릴 때는 정말로 뭐라고 대꾸해야 좋을지 알 수가 없었지만 지금의 나라면 해 줄 말도 써야 할 수단도 얼마든지 찾을 수 있었을 텐데, 소노코가 생각했다.

아직 늦지 않았을까.

너에게 해 주지 못한 걸 태어날 아이에게는 해 줄 수 있을까.

소노코는 자기 자신을 꼭 안아 주었다.

할 수 있어.

어디선가 어린 소녀의 목소리가 들리는 것 같았다.

드넓은 주차장에 강한 북풍이 불었다.

소노코는 코트 깃을 세우고 머플러에 얼굴을 묻었다.

12월에 접어들어 신주쿠 거리는 어디나 크리스마스 캐럴과 화려한 일루미네이션으로 가득했다.

지금쯤이면 어느 호스트 클럽이든 호스트들이 산타 옷을 입고 여성 손님들과 광란의 파티를 벌이고 있을 것이다.

아마 렌도 그럴 것이다.

그런 생각을 해도 이제는 가슴이 아프지 않았다.

생물학적으로는 배 속에 있는 아이의 아버지이지만 이제는 털끝만큼의 미련도 남아 있지 않았다. 앞으로는 지금까지와는 전혀 다른 방식으로 그를 만나게 될 것이다.

"어때? 잡혔어?"

주차된 자동차 사이를 걸으면서 소노코는 주차장 한구석에 웅크리고 앉은 머리가 부스스한 남자의 등에 대고 물었다.

"실패야. 또 먹이만 먹고 사라졌어."

웅크리고 앉아 포획 틀 안을 들여다보는 남자의 허리와 무릎에는 고양이 몇 마리가 매달려 있었다.

"그 고등어 태비를 붙잡으려면 발판식으로는 안 될 것 같아. 그 녀석, 한쪽 눈이 이상해서 얼른 붙잡아 병원에 데려가고 싶은데."

투덜거리며 남자가 포획 틀 안에서 빈 접시를 꺼냈다.

자치단체에서는 길고양이를 중성화해 지역 고양이로 관리한다. 이것을 포획Trap, 중성화Neuter, 방사Return의 머리글자를 따서 TNR활동이라고 하는 모양이다. TNR을 거친 고양이는 한쪽 귀 끄트머리에 V자 모양으로 칼집을 넣는데, 그것이 지역 고양이의 증표가 된다. 이러한 활동에 여러 구와 자치단체에서 지원금을 대고 있다.

남자에게 매달려 떨어질 줄 모르는 고양이는 죄다 벚꽃 잎처럼 한쪽 귀 끄트머리가 잘려 있었다.

"이 녀석들은 간단히 걸려들었는데."

부스스한 머리를 긁적이며 남자가 한손으로 고양이들을 어루만졌다.

원래 좁은 곳을 좋아하는 고양이를 먹이로 유인해 포획 틀 안에서 잡는 건 그렇게 어렵지 않다. 발판식 포획 틀은 먹이를 먹으려는 고양이가 발판을 밟으면 문이 닫히는 구조로 되어 있어 대개의 고양이가 이 보호기에 쉽게 걸려든다. 그런데 드물게 발판을 밟지 않고 먹이만 홀랑 빼먹고 잽싸게 도망치는 아주 영리한 고양이가 있는 모양이다.

어중간한 길이의 머리에 눈 아래가 거무죽죽한 사에구사 변호사가 분한 표정으로 돌아보았다.

늘 주차장을 어슬렁거리던 이 기분 나쁜 남자가 실은 이런 활동을 하고 있는 사람인지 소노코는 분명 얼마 전까지만 해도 몰랐다.

길고양이를 중성화시키는 TNR과 같은 활동이 있는지도, 사에구사가 정말로 무엇을 하고 있는지도 전혀 알지 못했다.

스스로 목숨을 끊기로 결심하고 장거리 버스에 탔던 그 날. 완전히 곯아떨어진 소노코를 운전사가 종점에서 흔들어 깨웠다. 좀처럼 일어나지 못하는 소노코를 난감한 얼굴로 흔들어 깨운 운전사는 초로에 가까운 남성이었다. 다갈색 머리는 고사하고 모발이 거의 남아 있지 않은 사람이었다.

소노코는 여우에 홀린 기분으로 버스에서 내렸다. 종점은 평범한 온천지였고, 함께 버스에 탄 노부인들은 서둘러 탕에 들어가 따뜻한 물에 발을 담그고 이야기꽃을 피웠다.

"아가씨도 들어와요."

내친김에 소노코도 탕에 발을 담갔다.

모든 게 꿈이었을까.

기분 좋게 뜨거운 온천에 발을 담그고 아무 생각 없이 앉아 있으려는데, 처음으로 태동을 느꼈다. 그 순간 온갖 감정이 밀려와 소노코는 눈물을 멈출 수가 없었다.

"어머머, 무슨 일이에요?"

노부인들의 위로를 받으며 소노코는 하염없이 눈물을 흘렸다.

결국 탕에는 발만 담그고 그날 바로 버스를 타고 다시 신주쿠로 돌아왔다.

밤늦게 신주쿠 터미널에 도착한 소노코는 역 화장실에 들러 코트 주머니에 들어 있던 약을 버리려고 했다. 하지만 아무리 찾아도 약병은 나오지 않았다. 게다가 무슨 일인지 오른쪽 손바닥에 상처가 나서 크게 부어 있었다.

어디에 약을 버렸는지, 어디에서 손을 다쳤는지 아무리 생각해도 기억이 나지 않았다.

그렇게 비틀비틀 역으로 걸어가는데 갑자기 뒤에서 누가 팔을 붙잡았다.

"괜찮아요?"

팔을 붙잡은 것은 꾀죄죄한 점퍼를 입은 장발의 변호사였다. 그를 보고 겨우 정신을 차린 소노코는 꺄악, 하고 비명을 질렀다.

"뭐야, 왜 혼자 키득거려."

빈 포획 틀을 들고 일어서면서 사에구사가 미심쩍은 눈초리로 눈을 샐긋거렸다. 눈 아래 진한 다크서클이 있는 사에구사는, 도저히 좋은 인상이라고는 할 수 없었다.

"미안, 아무것도 아냐."

사에구사의 무뚝뚝한 얼굴을 보면서 소노코는 웃음을 참을 수가 없었다.

척 보기에도 수상해 보이는 이 남자를 소노코도 전에는 악덕 변호사라고 믿었다.

그야 아무리 봐도 악한처럼 생겼는걸. 인상이 저래서 오해도 많이 받지 않았을까, 소노코는 내심 동정했다.

사에구사는 사무실 맞은편에 있는 호스트 클럽 입구에서 몇 번 문전 박대를 당하고 얼빠진 사람처럼 힘없이 걷던 소노코를 순수하게 걱정해 준 것뿐이었다. 사실 그는 이전부터 소노코의 동향을 예의 주시하고 있었던 모양이다.

얼마 전, 호스트에게 돈을 쏟아붓고 거액의 빚을 진 술집 여직원이 사에구사를 찾아왔을 때, 클럽에 무리해서 드나드는 성실해 보이는 애가 있다고 말해 주었다고 한다.

게다가 그 성실해 보이는 애가 호스트의 아이를 임신한 듯 클럽 출입이 금지되었다는 사실도.

하지만 그런 이야기를 들었다고 소노코가 사에구사를 바로 믿을 수는 없었다. 그랬던 소노코가 지금까지 있었던 일을 감추지 않고 털어놓게 된 것은 그의 성장 과정을 알고 난 뒤였다.

"여기는 됐으니까 다음 장소로 가자."

발목에 매달려 떨어질 줄 모르는 고양이를 달래면서 사에구사가 걷기 시작했다.

"그러자."

소노코가 그 뒤를 쫓아갔다.

사에구사는 TNR 활동 외에도 고양이 배설물 처리와 계획적인 먹이 주기 활동에도 참여하고 있었다. 그의 사무실에 다니면서 소노코도 자연히 사에구사의 봉사 활동을 돕게 되었다.

마스크를 쓰고 주차장 나무 그늘에 설치된 고양이용 화장실을 함께 청소했다.

"이 녀석들도 교육을 받으면 아기 고양이들 사이에 껴서 제대로 화장실을 쓸 수 있게 될 거야."

옆에 웅크리고 앉은 사에구사의 지저분하게 수염 난 뺨에 자조적인 웃음이 피어올랐다. 그 옆얼굴을 소노코는 가만히 쳐다보았다.

사에구사는 학대 생존자였다.

남편의 폭력을 견디지 못하고 어린 사에구사를 데리고 집을 나온 엄마는 처음엔 열심히 일했다. 하지만 어느 날 어딘가에서 실이 툭 끊어진 것처럼 일을 내팽개치고 자식도 돌보지 않게 되었다.

하루 종일 기저귀를 찬 채로 배변 훈련도 받지 못한 사에구사는 초등학교에 들어가서도 좀처럼 배설 타이밍을 잡지 못했다고 한다. 아차, 하는 순간에는 배설물을 지린 뒤였다.

"뒤처리를 못하는 건 아이에겐 지옥이야."

처음으로 그의 사무실에서 이야기하던 날 밤, 사에구사는 한숨을 쉬며 말했다.

더러운 놈. 냄새나는 자식. 세균덩어리.

배설에 실패할 때마다 심하게 놀림을 받아서 도저히 학교에 적응할 수가 없었다. 설상가상으로 그 무렵부터 사에구사의 엄마는 중증 우울증에 걸려 일상생활을 하는 데도 제동이 걸렸다.

"난 우연히 이해심 많은 육아 지도원을 만나 그분이 속한 아동 요양 시설의 보호를 받으며 최고의 양부모를 만나게 됐어."

양부모의 사랑을 받으며 긴 시간에 걸쳐 배설 문제를 극복한 사에구사는 공부에 매진했다. 원래 머리가 우수한 소년이었던 모양이다.

변호사를 지망한 건 모친과 같은 여성이나 자기 같은 아이가 줄었으면 하는 마음에서였다고 한다.

"아동 학대의 경우, 대개 조금만 늦어도 사태가 걷잡을 수 없이 커져. 하지만 그러면 의미가 없잖아. 죽고 나서 많은 사람들이 들고 일어나 봤자 너무 늦는다고."

이렇게 말하는 사에구사의 눈빛이 무서울 정도로 진지했다.

"그래서 미리 방법을 강구해야 돼. 가정 내 폭력이나 빈곤, 의존증 등 학대의 요인은 다양하지만 대처 방법이 아주 없는 건 아니야. 꼭 친부모에게만 의지해야 할 필요도 없고. 지역의 행정 시설도 어느 정돈 이용 가능하니까. 다만 그런 도움이 절실한 사람에게 필요한 정보가 잘 전달되지 않는 게 현실이야."

사에구사의 모친은 우울증을 이겨 내지 못하고 바이러스성 폐렴으로 사망했다. 사에구사가 스무 살이 되기 직전의 일이라고 한다.

더 어렸으면 원망만 했을 텐데, 모친의 어려움을 조금은 이해할 수 있는 나이가 되어 나름 이성적으로 보낼 수 있었던 것이 조금이나마 위로가 되었다며, 사에구사는 쓴웃음을 지었다.

"아이를 낳든 낳지 않든 네가 결정하면 돼. 하지만 어떤 결정을 하든 너에겐 너를 자른 회사와도, 너를 임신시킨 남자와도 싸울 권리가 있어."

싸울 생각이 있다면 있는 힘을 다해 함께 싸워 줄게, 사에구사는 소노코를 쳐다보며 입으로도 눈으로도 그렇게 말하고 있었다.

소리쳐!

가슴속에서 의연한 목소리가 울려 퍼졌다.

"잘 부탁드립니다."

그 목소리에 힘입어 소노코는 고개를 푹 숙였다.

"그런데….'

고양이용 화장실 청소를 마치고 보호 고양이들이 애타게 기다리는 캣 푸드를 준비하면서 소노코가 사에구사에게 물었다.

"왜 나를 이 정도로 걱정해 주는 거야?"

호스트에게 버림받고 우는 여자라면 이 거리에 얼마든지 있는데.

"어쩐지 우리 엄마랑 닮아서 위태로워 보였거든."

야옹야옹 치근대는 고양이를 어루만지며 사에구사가 웅얼대듯 말했다.

"의존심은 많으면서 뭐든 혼자 짊어지다 결국엔 펑 하고 터지는 타입이거든."

정곡을 찔린 탓에 소노코는 입술을 깨물었다.

아마도 그가 정말로 돕고 싶은 건 소노코 자신이라기보단 그녀의 배 속에 있는 아이일 것이다. 아이가 과거의 자신과 같은 처지에 놓이게 될까 봐 손을 내밀어 주고 싶은 것이다.

"돕고 싶은 건 네가 아니야. 소리를 내지 못하는 작은 사람이지." 어딘가에서, 누군가에게 이런 말을 들었던 기억이 난다.

다만 그게 누구였는지 기억해 내려고만 하면 바로 머릿속이 흐릿해졌다.

"앞으론 정신을 똑바로 차려야 돼."

사에구사의 말에 소노코는 퍼뜩 정신이 들었다.

"책임을 지려고 하지 않는 호스트도 쓰레기지만, 임신했다고 해고를 통보한 법무 담당자도 그에 못지않은 쓰레기야. 애초에 임신은 개인의 능력과 아무 관계도 없는데, 임신이 징계 사유라며 해고를 들먹이다니. 그런 게 부당 해고가 아니면 뭐가 부당 해고겠어."

먹이를 달라고 보채는 고양이를 어르면서 사에구사가 소노코를 손으로 가리켰다.

"끝까지 싸울 작정이니까 너도 마음 단단히 먹어."

"그럴게."

소노코가 힘차게 끄덕였다.

이미 소노코는 아이를 낳기로 결심했다. 아이를 지키기 위해서라면 어떤 일도 마다하지 않을 작정이다.

그때, 작년 가을 차 안에서 열사병으로 죽은 어린 소녀의 얼굴이 홀연 머릿속을 스치고 지나갔다.

그 사건은 가정 폭력에 시달리던 엄마에게 과연 책임을 물을 수 있는지를 둘러싸고 지금도 재판이 계속되고 있었다. 뉴스와 와이드 쇼에서 그렇게 화제였는데도 그 뒤에 어떻게 되었는지는 자세히 보도되지 않았다. 연이어 일어난 잔학한 사건에 묻혀 버렸다.

한 가지 분명한 건 우리는 모두 피해자가 될 수도, 가해자가 될 수도 있다는 사실이다.

한 어린 소녀가 호숫가에 외로이 서 있는 모습이 떠올라 소노코는 무의식중에 아랫배를 감싸 안았다.

"나 이 애를 위해서라면 어떤 일도 할 수 있어. 썩은 고양이 시체에 뿌려진 요구르트를 핥아먹는 것도 포함해서 뭐든."

소노코가 자기도 모르게 그렇게 말했다.

"뭐야 그게."

순간, 사에구사가 얼굴을 찌푸렸다.

"인도 벵골 지방에 전해 내려오는 샤슈티 모신의 신화… 랬나."

대답하면서도 소노코는 자신이 왜 이런 이야기를 알고 있는지 모르겠다는 표정을 지었다.

"신화는 어느 나라나 내용이 참 끔찍해."

사에구사가 질렸다는 듯이 쓴웃음을 지었다.

듣고 보니 그럴지도 모른다. 그리스신화도, 일본 신화도 잔혹한 이야기가 많다.

하지만 신화는 인간 세상을 비추는 그림이다.

집단 괴롭힘과 학대, 갑질과 자살이 만연한 현대 못지않게, 태곳적부터 인간 세상은 비참한 일들로 가득했다.

"그래도 지지 않아. 난 이제 혼자가 아니니까."

소노코는 다짐하듯 혼자 중얼거렸다.

"할 수 있어."

문득 발치에서 소리가 나, 소노코가 화들짝 놀랐다.

작고 검은 고양이가 감람석을 연상시키는 올리브색 눈으로 소노코를 가만히 올려다보았다. 무심코 손을 뻗자 고양이는 소노코의 손길을 훌쩍 피하더니 그녀가 준비한 먹이를 정신없이 먹기 시작했다.

종
장

　마침내 때가 왔다.

　바다와 같은 광대한 주차장에서 속절없이 유리창을 닦
던 그 무더운 날로부터 1년이 좀 지났다. 이제 막 올해의
마지막 보름달이 떠오르려 한다.

　벨벳처럼 윤기가 흐르는 칠흑 같은 검은 털. 호박색 눈동
자. 한쪽 귀에 금으로 된 피어스를 한 당당한 자태의 검은
고양이가 사뿐사뿐 저택 밖으로 걸어 나왔다.

　뒤를 돌아보니 성벽과도 같은 문 안쪽에서 고양이 세 마
리가 검은 고양이를 배웅하러 나왔다. 문 위에는 '여관'이
라고 쓰인 간판이 걸려 있었다.

　한쪽은 하늘색, 다른 한쪽은 금색 눈동자를 가진 덩치 큰

흰 털 고양이부터 유리구슬 같은 눈동자를 가진 통통한 삼색 고양이, 아직은 아기 고양이에 더 가까운 장난기 많은 치즈 태비 고양이까지.

예로부터 고양이 수련장으로 알려진 네코마가다케의 깊은 산중에서 세 고양이와 만났을 때, 검은 고양이는 단박에 알아차렸다.

그들도 사랑하는 이들의 비참한 최후를 지켜본 자들이라는 것을. 그리고 기원전, 까마득히 먼 옛날부터 면면히 이어져 내려온 예지에 눈떠 '우리'가 사실 누구인지 알고 있는 자들이라는 것도.

세 고양이와 마주한 순간, 검은 고양이는 아름다운 남자로 변신했다.

그는 한쪽 귀에서 피어스를 떼더니 앞으로 내밀었다.

그 피어스를 흰 털 고양이가 받았다. 그러자 어느새 흰 털 고양이도 흰머리를 등까지 기른 건장한 체격의 남자로 변신했다. 덩치 큰 남자 뒤에서 살이 통통하게 오른 젊은 여성과 다갈색 머리의 소년이 웃고 있었다.

금으로 된 피어스를 한 고양이는 마성의 술사.

러시아에는 그런 이야기가 전해 내려온다는데 정확한 건 아니다. 마성이란 무릇 '우리' 안에 있는 법이니까.

두 눈의 색깔이 다른 덩치 큰 남자에게 피어스를 내준

아름다운 남자는 긴 흑발을 나부끼며 홀로 여관을 빠져나갔다.

이제부터는 고대 켈트의 기억을 간직한 오드아이 흰 털 고양이 팡구르가 이 저택의 주인이다.

귀에 금으로 된 피어스를 단 덩치 큰 오드아이의 남자가 젊은 여성, 소년과 나란히 서서 아름다운 남자가 점점 멀어져 가는 모습을 지켜보며 손을 흔들었다.

긴 흑발의 남자는 더 이상 뒤돌아보지 않고 안개가 자욱한 자작나무 숲을 지나 산책로를 미끄러지듯 걸어갔다. 이윽고 남자가 가는 길 앞쪽에 눈이 번쩍 뜨일 정도의 새파란 호수가 보였다.

방황하는 작은 영혼들이 이 세상에 미련을 남기고 사는 곳.

결코 이뤄지지 않을 애달픈 약속의 땅.

아, 네가 바라는 모습으로 변신할 요력을 얻기 위해 얼마나 많은 어리석은 인간들을 상대해야 했던가.

호수로 한 발 한 발 다가가는 동안 어느 틈엔가, 희뿌연 안개가 남자의 몸을 완전히 휘감았다.

희뿌연 안개 속에서 남자의 모습이 서서히 변하기 시작했다. 키가 줄어들고 검은 머리는 갈색으로 변하고 남자에서 여자로 바뀌었다.

그리고 마침내, 안개를 헤치고 다갈색 머리를 허리 부근까지 기른 젊은 엄마의 모습이 나타났다.

아, 너는 어째서 너를 죽음으로 내몬 자를 그토록 그리워하는가.

전지전능한 '우리'는 그 이유를 도저히 이해할 수가 없다.

그러나 인간이여.

그런 불가사의한 면으로 인해, '우리'는 너희에게 이토록 끌리는지도 모른다.

약 5000만 년 전, 아득히 먼 옛날.

숲속에 '미아키스'라고 불리는 체구가 작은 포식 동물이 탄생했다. 머지않아 미아키스는 깊은 산속에서 독립적으로 사는 개체와 산에서 나와 초원에서 무리를 지어 사는 개체로 나뉘었다.

우리 고양이목 고양이과 고양이속은 깊은 산속에서 홀로 고고하게 사는 길을 택한 긍지 어린 미아키스의 후예다. 숲의 미아키스인 '우리'는 무리를 짓고 사는 다른 동물들처럼 모습을 크게 바꾸지도, 다른 누군가에게 사육을 당하지도 않았다.

비록 '우리'가 쥐를 쫓는다고 해도 그것은 순전히 포식하고 즐거움을 누리려는 충동에 의해서지, 다른 누군가에게 명령을 받아서가 결코 아니다.

그렇다면 우수한 '사냥개'도, 유용한 '가축'도 아닌 우리가 왜 이토록 오랜 시간 인간과 함께 살게 되었는가.

별다른 이유는 없다.

약 1만여 년 전 머나먼 옛날. 티그리스강 지류의 비옥한 초승달 지대, 할란 체미(1989년에 발견되어 11000년 이상 된 것으로 추정되는 아나톨리아 남동부의 신석기 시대 유적지-옮긴이)라는 작은 마을에서 우리는 인간과 교류하기 시작했다.

젊은 엄마로 변신한 검은 고양이의 뇌리에 태곳적 기억이 되살아났다.

알고 있는가.

우리 고양이들은 배를 채우거나 인간에게 명령을 받아서가 아닌, 자발적으로 인간에게 다가간 흔적이 있는, 유사 이래 유일한 동물이라는 것을.

그리고 먼 옛날 사람들은 깊은 산속에서 마을로 내려온 아름다운 작은 동물에게 부족한 식량을 나눠 주며 함께 살기를 원했을 정도로 순수한 애정을 갖고 있었다.

"야옹아, 이리 온⋯."

뚜껑에 요구르트를 가득 따라 내민 소녀의 미소와 태곳적 기억이 포개어졌다.

이후로 '우리'는 인간의 시찰자로서 발톱과 이빨을 숨기고 인간 곁에 머물렀다.

개중에는 숲의 미아키스의 후예란 기억을 잊고 집고양이가 된 개체도 있다. 하지만 어느 고양이나 깊은 산중에서 홀로 지내던 시절에 갖고 있던 예지와 마성을 마음속 깊은 곳에 면면히 이어받았다.

무리를 짓지 않는 '우리'는 혼자이자 전부이다.

우리는 결코 길들여지지도 종속되지도 않으며 그저 인간의 삶을 가까이서 쭉 지켜볼 뿐이다.

하지만 알고 있는가.

일본어로는 '냐옹', 영어로는 '묘우MEOW', 중국어로는 '먀오MIAO'로 표현되는 고양이의 대표적인 울음소리는 본래 아기 고양이가 엄마 고양이를 부르는 소리이지, 성묘 간에 주고받는 울음소리가 아니다.

그 애정으로 가득한 달콤한 소리는 오직 인간을 위해서만 내는 것이다.

"야옹아⋯."

마른 입술로 마지막으로 자신을 부르던 소녀의 축 처진 모습이 떠올랐다.

인간의 관찰자인 '우리'는 맹세코 너의 그 원통함을 그냥 두고만 보지는 않을 것이다.

여관에 남은 세 마리 고양이들도 사랑하는 인간들이 원통하게 죽어 가는 모습을 지켜본 자들이다. 그들도 언젠가 힘을 길러 방황하는 영혼을 맞으러 가겠지.

젊은 엄마의 모습으로 변신한 검은 고양이가 마침내 호숫가에 도착했다.

벤치 한구석에 웅크리고 앉아 있던 어린 소녀가 고개를 들었다.

"엄마아."

비명에 가까운 소리를 지르며 소녀가 엄마에게 달려들었다.

"엄마, 엄마, 엄마…!"

필사적으로 매달리는 야윈 몸을 엄마로 변신한 검은 고양이가 말없이 안아 주었다.

소녀의 눈동자에 순식간에 눈물이 고이더니 둥근 볼을 타고 뚝뚝 눈물이 떨어졌다.

아아, 방황하는 가련하고 무구한 영혼이여.

산속에서 이럭저럭 1년이 넘게 방황하는 인간들을 상대하며 느낀 건, 인간은 누구나 어리석고 여리고 약하고 애달프다는 것이다. 하지만 그래서 더욱 전능한 '우리'는 불완전한 너희들에게 속절없이 끌리고 만다.

젊은 엄마로 변신한 검은 고양이는 소녀의 볼을 타고 흐르는 눈물을 손으로 닦아 주고 가만히 손을 잡았다. 그 손을 꽉 맞잡은 소녀가 검은 고양이를 쳐다보았다.

파란 호수에 깔려 있던 짙은 안개가 걷히고 보름달이 둥실 떠올라 수면 위에 한 줄기의 빛 길을 만들었다.

자, 가자.

이곳은 이제 네가 있을 곳이 아니야. 미련을 털어 버리고 다음 세계로 가는 거야.

나비가 날갯짓하며 떨어트리고 간 은빛 가루와 같은 달빛이 두 사람의 몸을 감쌌다.

호수 위에 떠오른 한 줄기 빛나는 길을, 검은 고양이와 소녀는 손에 손을 잡고 천천히 걷기 시작했다.

젊은 엄마로 변신한 검은 고양이의 눈동자가 어느새 호박색으로 환하게 빛났다.

마침내 나의 전능을 되찾았다. 검은 고양이에게 마침내 그날의 원통함을 털어 낼 때가 온 것이다.

젊은 엄마로 변신한 검은 고양이는 숭고한 빛이 깃든 눈빛으로 곁에 있는 소녀를 지그시 쳐다보았다.

함께 이 길을 건너자.

모든 고통과 슬픔에서 해방되어 한 번 더 새롭게 태어나기 위해.

오늘 밤, 아홉 개의 목숨 중 하나를 사랑스러운 너에게 바치려 한다.

참
고
자
료

· 애비게일 터커. 『거실의 사자』(2018). 마티.

· Andrew Lang. 『The Red Fairy Book』(1890). public domain.

· Fred Gettings. 『The Secret Lore of the Cat』(1989). Lyle Stuart.

· Katharine Mary Briggs. 『Nine lives: Cats in folklore』(1980). Routledge & K. Paul.

· 山根明弘. 『ねこはすごい』(2016). 朝日新聞出版.

· 日本民話の会 外国民話研究会. 『世界の猫の民話』(2017). 筑摩書房.

- 平岩 米吉. 『猫の歴史と奇話』(1992). 築地書館.

- 桐野作人. 『猫の日本史』(2017). 洋泉社.

- 池上正太. 『猫の神話』(2013). 新紀元社.

- 西岡直樹. 『インド動物ものがたり―同じ地上に生なすもの』(2000). 平凡社.

- 松井ゆみ子. 『家庭で作れるアイルランド料理』(2013). 河出書房新社.

- 松井ゆみ子. 『ケルトの国のごちそうめぐり』(2004). 河出書房新社.

・ 宮田雄吾. 『「生存者」と呼ばれる子どもたち―児童虐待を生き抜いて』(2014). KADOKAWA.

・ 杉山 春. 『児童虐待から考える―社会は家族に何を強いてきたか』(2017). 朝日新聞出版.

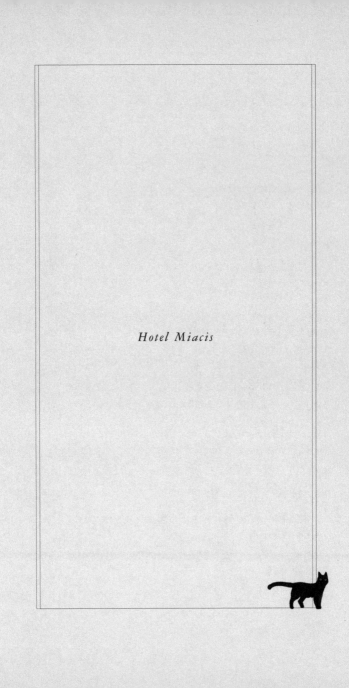

Hotel Miacis

고양이 여관 미아키스

1판 1쇄 인쇄	2022년 7월 26일
1판 1쇄 발행	2022년 8월 17일
지은이	후루우치 가즈에
옮긴이	전경아
발행인	황민호
본부장	박정훈
책임편집	김사라
기획편집	김순란 강경양 한지은
마케팅	조안나 이유진 이나경
국제판권	이주은 김준혜
제작	심상운
발행처	대원씨아이㈜
주소	서울특별시 용산구 한강대로15길 9-12
전화	(02)2071-2019
팩스	(02)749-2105
등록	제3-563호
등록일자	1992년 5월 11일
ISBN	979-11-6918-772-5 03830